# 明將軍傳奇之換日箭

上卷

時未寒——著

# 目錄

# 名人推薦

時未寒的《明將軍》系列，共同構建了一個以京城為中心的天下，它北至塞外，南至海南，西至吐蕃，成為朝廷和江湖的角力場。時未寒文氣縱橫，其小說的武功較量別具一格，自成一派，有「陽剛技擊」的美譽，在「新武俠」的諸多作品中獨樹一幟。

——《武俠小說史話》作者　林遙

破浪竊魂偷天換日碎絕頂，時光荏苒江湖再見二十年，山河永寂的那一刻，是一代讀者的記憶，時未寒加油！

——知名網紅　劍光俠影

時未寒把經典武俠小說向未來推進了一大步。

少年的成長、浪子的情懷、俠客的熱血和將軍的野望是構成《明將軍傳奇》小說的基礎。

——知名網紅　Christopher Zhang

偷天煉鑄，換日凝鋒。碎空淬火，破浪驚夢。登絕頂而觀山河，卻道那一場無涯的生。

——知名網紅　華山一風

為什麼一個女生也這麼喜歡時未寒？我的回答是：我喜歡他作品裡猶如春日繁花那樣漫山遍野四季搖曳的美麗句子。

——知名網紅　沈愛君

文如其人，時未寒這個圍棋高手，以下棋的精巧構思編織故事，時而大氣磅礴時而溫婉細膩，還設有很多局，所以要小心他書中美麗的圈套，溫柔的陷阱……

——知名網紅　禾禾

# 「綜藝」武俠開新面——時未寒武俠小說序

師大教授　林保淳

在中國近代武俠小說發展的過程中，金庸與古龍可以說是兩座高不可攀的巍峨大山，橫絕在其發展的中路上，「後金古時期」的作者，如果未能克服障礙、超越其巔峰，勢都無法窺見其後一馬平川的坦途。因此，如何絞心盡力、整備藝能，以求超金邁古，就成為後起諸秀最大的考驗了。

武俠經過了大半個世紀的拓展，盛極而衰，雖是日薄崦嵫，而餘光普照，夕色之美，仍是不可勝收，卻也正是「後金古時期」的諸子，力揮魯陽之戈所呈顯的多姿多采的景象。於是，我們可以看到，無論台灣、香港，或是中國大陸，都有不少對武俠難以忘情的新銳作家，各逞其巧思妙手，從各個不同角度出發，為打造一個新的武俠世紀而盡心戮力。在這些作家當中，我對台灣的奇儒、蘇小歡、張草、孫曉，及香港的黃易、鄭丰都有所論列，也頗關注於喬靖夫，皆不無可圈可點，令人耳目一新的表現。但總體來說，時移世易，在中國大陸改革開放之後，由於人口上的絕對優勢，以通俗為主導方向的武俠小說之發展重心，無疑已轉向由大陸肩負起重新開疆闢土的重責大任，繁星點點，熠耀生光，雖未能有如金庸古龍之高懸日月，亦可為武俠天空綻現如希臘神話般的瑰麗色彩。

## 時未寒脫穎而出

大陸在改革開放後的武俠小說發展，韓雲波以「新武俠」名之，展現出大陸在禁絕武俠題材又重新予以重視後的強烈企圖，而其真正具有「開新」意義的轉捩點，無疑當以二〇〇一年武漢《今古傳奇．武俠版》的創刊為嚆矢，其間新秀輩出，滄月、步非烟、慕容無言、楊虛白、李亮、方白羽、盛顏、趙晨光、扶蘭、碎石等，皆頗有可觀，彬彬之盛，實不亞於前此的港台作家，尤其是王晴川、鳳歌、時未寒、小椴，號稱「四傑」，更是備受矚目。

時未寒（一九七三—），本名王帆，初期泛寫各類不同題材，二〇〇二年十一月始以時未寒為筆名，於《今古傳奇》發表《碎空刀》，遂開始專力於武俠創作，歷年來已有三百多萬字的創作量，而其中二百多萬字的《明將軍》系列：《偷天》、《換日》、《絕頂》、《山河》四正傳；《碎空刀》、《破浪錐》、《竊魂影》三外傳，可謂是嘔心瀝血之作，廣獲各方好評。

大陸「新武俠」興起較晚，基本上是奠築於前此舊派武俠及港台新武俠的基礎上發展起來的，平心而論，雖仍難以企及金庸、古龍的巔峰，但相較於其他多數的舊武俠作家，都已有長足的進步，蓋前此作家機杼已然略盡，後起新秀自不可能重蹈舊轍，而無寸進；反而能在其此的基礎上開新創發，這是文學史發展的慣例，也代表著武俠小說吐絲成繭之後，在繭蛹中默釀其新生命的階段，既有其或顯或隱的承襲，也蘊涵著未來破繭成蝶的新姿——儘管我們還很難斷定其會翩然化為何色何樣的蝴蝶。

葉洪生在論列台灣武俠小說流派時，將其心目中僅次於金庸、古龍的台灣名家司馬翎，歸為「綜藝俠情派」，所謂的「綜藝」，正如電視上的「綜藝節目」一般，有歌有唱、有演奏、有短劇，將所有能一搏觀眾眼球的各項表演，盡情納入一個節目當中，而其間固是應有盡有，卻也有其自家節目的特色，司馬翎的小說，正復如此，在博取各家之長後，又別有開新的特色，故亦能成其一家之言。時未寒的小說，據我看來，正如同司馬翎一般，是妙於綜合，而又能夠從中化生出一己特色的新銳作家。

## 明將軍氣象萬千

在「新武俠」之前，金庸、古龍深入人心，恐怕沒有任何一位後起諸秀能擺脫其籠罩，時未寒儘管極力想突破金古的枷鎖，還是未能掙脫其束縛，這是無可避免的，《明將軍》系列中的「一個將軍，半個總管，三個掌門，四個公子，天花乍現，八方名動」，雖說人物眾多，又各有特色，但基本還是金庸在《射鵰》中的「東西南北中」的格局；而「英雄塚」的英雄碑，雖具巧思，也還是古龍百曉生「兵器譜」的故轍。扼要來說，時未寒在金古之間，於金庸取其宏大的格局及架構，參之以古龍的離奇變化，而以複雜的人物定位關係推動整個系列小說的進展；在武功摹寫上，不取古龍的乾淨俐落、迎風一刀，既欲從哲理上論武學境界的高低，又不忍放棄詳盡的互鬥描寫；文字的運用，又從舊派擷取泉源，委屈詳盡，對摹寫景物曲盡其雅致之能事，可謂是冶金庸、古龍、舊派，乃至溫瑞安於一爐，算是道道地地的「綜藝」了。

當然，此一「綜藝」，也包含了時未寒冶傳統文化於武俠小說之爐的企圖，琴、棋、書、畫、機關、法醫之學，莫不刻意藉書中的不同人物展現出來，雜學之豐富，更是其所長之一。但時未寒卻絕非簡單鋪排，如《換日》中的那場慘烈的

「人棋」之戰，摹寫得驚心動魄，儘管也曾有人寫過，但卻絕無如此毛骨聳然的效果，其中的悲壯、勇烈，幾乎令人窒息，這正是時未寒萬鈞的筆力。

不過，《明將軍》系列最足稱道的，還是整系列小說迴環聯結、變而有體的結構。在此，時未寒刻意隱伏的人物「定位」，起了莫大的功效。所謂「定位」，指的是人物之間的關係，有明有暗，不到最後關頭，無法呈現，而一旦呈現，卻又順理成章，有條不紊。

《明將軍》系列的故事，人物非常龐雜，但從源流說起，則可上溯至千年前的唐朝武周時期，這點顯然是有取於金庸《天龍八部》中的慕容世家。所不同的在於，當初欲扶持武周後代的五大家族水、花、景、物及御泠堂，觀念不合，故幾百年爭論不休，這又與金庸《雪山飛狐》中李自成的四大護衛有異曲同工之妙。明宗越是四大家族經數百年隱忍後終於培植出來有力可爭奪天下的「少主」，武功高強、智計優勝，且功業偉然，為手握權柄的大將軍。然此時朝廷乃屬異姓，又有泰親王、太子兩幫勢力與之抗衡，明爭暗鬥。三方勢力，各自培養親信，江湖諸大門派、勢力，皆各有依附，且各有隱間，局勢相當詭譎。

## 後現代綜合各家

故事是從明宗越征伐西北開始，由於欲建功業，故殺戮慘烈，激起冬歸劍客許漠洋的反抗。冬歸城陷，許漠洋得巧拙和尚之助，脫出重圍，帶引出「暗器王」林青，欲以「偷天弓」制服明宗越，但不幸落敗。許漠洋隱居鄉野，以打鐵為生，收一養子許驚弦，其實正是當初巧拙和尚之所以救助許漠洋的原因，許驚弦無疑就是「換日箭」，弓箭合一，足以「換日偷天」，改變氣運，冥冥之中，就是足以克服明宗越的一股力量。少年許驚弦成長的過程，屢有機遇，而逐漸與相關的江湖人士取得飽含恩怨情仇的聯繫與接觸，作者處處作了奇巧而又不失情理的安排，波瀾起伏，可謂密合無間。

朝廷與江湖，在《明將軍》系列中是綰合為一的，故江湖恩怨、朝廷政爭、中外糾葛，聯成一氣，使此系列格局龐大、劇力萬鈞。明宗越、林青、許驚弦及御泠堂的宮滌塵無疑是其中最重要的角色，雖有複雜的恩怨關係，卻無明顯的所謂正邪的區分，林青的傲岸正直、許驚弦聰慧調皮，固是典型正派角色；而明宗越的坦朗氣度、宮滌塵的深謀遠慮，亦是自具特色，這足見時未寒在人物角色設計上的深沉功力。

《明將軍》系列也可視為「後現代」觀念凸出的一部武俠，後現代的特色，就是打破一切截然區畫的觀念，讓眾聲在喧嘩之際，各持己見，而自待定奪，故每個角色都自有其一段未必足以為外人道的心路歷程，是非善惡，實難一言而定，而其委曲的重重心思，則化作各種不同的智慧、謀略展現出來，這是時未寒最能引人矚目的特點。但除了前述我所提到的諸家影響外，我卻也從其「綜藝」的成效中，窺見其與司馬翎的共同特點。

司馬翎武俠的特色之一，在於他對整部小說的人物，無論或重或輕，都不會有所輕忽，能從人物自身的角度思量其應有的行動，智力與武力，交替而用，故呈顯出一個既鬥智而又鬥力的江湖爭鬥模式，而欲如此經營，則勢不得不針對多數的角色作內心思慮的詳盡刻劃，故推理、鬥智，層出不窮而詭譎多變，卻又縝密緊湊，條理分明。時未寒雖自謂其實對司馬翎所知不多，但天下文章的輾轉變化，往往是萬變難出其宗的，英雄所見，很難不有雷同；更何況，相信時未寒對取法於司馬翎甚多的黃易相當稔熟，故其蹊徑相同，也就不足為奇了。

## 看他廿年磨一劍

事實上，《明將軍》系列中的每一角色，都是饒具智慧的，只是在智計上有高下疏密之別，絕非只是但憑武功決勝的一勇之夫，這與朝廷上的勾心鬥角倒是相得而益彰，而如此也引帶出一個充滿智性的武俠世界，這與司馬翎特別強調「智慧」及借雜學凸顯智慧的構思，也是相當類似的，足以讓讀者費心去思量其智計角鬥的成與敗。至於人物的設計，具有一代梟雄氣度的明宗越，與《劍海鷹揚》中的嚴無畏相類，於驍勁之外，具有堂堂宗師的風範，與林青惺惺相惜，欲進窺「武道」，也暗合於司馬翎對「武道」的探索；至於女扮男裝的宮滌塵，在朝野各方智計的角量中，縱橫捭闔、步步為營，又與司馬翎小說中刻意凸顯女性，如《劍海鷹揚》中的端木芙、《金浮圖》中的紀香瓊，也是難分軒輊，而各有所長的。

許驚弦的設計，應是時未寒企圖別開生面的塑造與過去武俠小說那種英俊瀟灑、允文允武的主角不同的構想，刻意強調其面貌之醜。平心而論，如此的設計，功效並不顯著，但明顯受到古龍《絕代雙驕》中江小魚、金庸《鹿鼎記》中韋小寶的影響，是可以確定的，聰穎慧黠、機靈巧變，自是不在話下，例如許驚弦設計逃脫出「追捕王」監管的計略，渾然如江小魚與韋小寶的綜合體。但是，細究之下，卻又饒有司馬翎在《纖手馭龍》中裴淳的影子。裴淳在《纖手馭龍》中是武俠小說中少見的忠厚懇直的俠客，無論「南奸」商公直是如何的機詐多變，各種機關算盡的智謀，在裴淳身上都起不了任何作用；而「日哭鬼」與許驚弦的鬥智，結果也和商公直一樣，最終受到了許驚弦善念的感化，作家思致，有時竟是雷同若此，或許是「集體潛意識」的默化吧？

我對大陸「新武俠」涉獵不多，時未寒的《明將軍》系列的第一部也是二〇〇二年就出爐了，時隔十數年，其《山河》一書竟尚未完成，這使我在「後睹亦快」中，略有惋惜，但也頗為慶幸還是有緣得見。武俠夕色雖闌，時猶未寒，但願借此一序，能如金雞一啼，喚起猶在混沌朦朧中徬徨的時未寒，能及早跨過漫漫長夜，於晨曦之中，重綻光芒。是為序。

於庚子歲說劍齋

# 斷刃風波

那越風寶刀能斷金鐵，本身自是堅固至極，
卻被人無聲無息地折斷，出手的定是高人無疑。
馮破天自知難查端倪，但畢竟難咎其責，
只得一面暗中使人調查，一面苦思應對之法。
心想事到如今，神不知鬼不覺地接好寶刀方為上策。

清水鎮位於蜀南與滇北交界處的敘永城南營盤山下。因此地山多矮小，少見連綿，卻又各自相鄰，相隔間距不過數丈，營盤之名亦由此而來。

那清水鎮地處偏僻山間，少有人來，民風純樸，多以耕種為生，雖是山地貧瘠，但人少地多，卻也不憂溫飽。

此處雖以鎮名之，卻亦言過其實，不過是山坳中一塊空地，周圍錯落著數十戶人家，借著地勢或憑崖畔、或依溪邊，各占彈丸之地，幾乎無有兩家毗鄰。只有那從山頭上蜿蜒而下的一條條羊腸小徑如一張大網般，將這些人家串聯在一起。

那是個平凡無奇的夏日午後，才經了一場突如其來的暴雨，白熾的日頭便急不可待地從雲層中鑽了出來，將火辣辣的熱浪肆意地渲瀉、噴吐在這片大地上。

路邊那蓬剛剛舒展開枝葉的青草復又被陽光燒灼得垂下了腰身，顯得甚為柔弱；夏蟬在樹上無休無止地叫著；沾了雨水的路面上蒸騰起淡淡煙氣，嫋然盤升而起，越高越淡，終和蒼白的天穹接為一體，再不可分。

鎮口的那棵老樹下卻是一汪蔭涼。一個看起來不過十二、三歲的男孩臥躺於樹下，嘴裡尚嚼著半截草根，側著頭眼望天空，動也不動一下，似是在聆聽著蟬聲，又似是在想著什麼事情。

清水鎮中的居民俱都留於家中以避暑氣，整個鎮上一片沉寂。除了嚦嚦蟬聲，便再不聞蟲鳥吟鳴。在這樣一個懶洋洋的午後，縱有一絲涼潤的水汽調和了沉悶煩熱的空氣，也依然讓人昏昏欲睡。

山道上忽傳來一陣清亮蹄音，將男孩從沉思中驚醒。

「奇怪！這時候居然會有人來，莫非是賣貨郎中麼？」男孩喃喃自語道，從地上一躍而起。他久處山間，少有玩伴，於此無聊午後見到有人來，自是興奮不已。目明亮的陽光乍然射入眼中，一陣發花。他揉揉眼睛，努力往山道上望去。目光透過那片白濛濛的霧氣，顯得路更崎嶇，山更傾側，樹更稀落，鳥更遝然。

山道上緩緩行來一人一騎。那馬全身上下一片火焰般的赤紅，卻只有四蹄雪白。華蹬銀鞍，昂然闊步而來，高頭迎風，鐵蹄踏地，極為神駿。那馬兒想是在路上淋了雨，又奔得急了，再被陽光一烤，長長的鬃毛被雨水和汗漬黏連成條狀，隨著身體的起落頗有節奏的上下翻飛。

馬上人一身黑衣，不過三十餘歲，相貌平凡無奇，眉目間卻隱有一股煞氣。他身無長物，只是在腰畔一左一右掛著兩把帶鞘長刀。

那男孩見到來人非是賣貨郎中，不由略微有些失望，再看到其身挾兵器，卻也不見慌亂，反是饒有興味地上上下下打量著來人。

黑衣人來到男孩身前，勒住馬頭，反手抹了一把臉上的汗，肅容發問：「這位小哥，請問這裡可是清水鎮麼？」他神態威武，聲音倒是彬彬有禮，帶著滇地口音。

「不錯，這裡正是清水鎮。」見黑衣人又要張口發問，那男孩笑嘻嘻地一擺手：「你先別急著問我，且讓我猜一猜你是來做什麼的。」

黑衣人一愣，這孩子不過十二、三歲的年紀，不但不懼生人，反而神態如此悠閒輕鬆。定睛望來，卻見那孩子顴高唇厚，鼻拱眉淡，相貌甚醜，臉上最醒目的便只是那一雙忽閃個不停的大眼睛，雖是當地人的模樣，卻是一口北方口音，與此間居民迴然不同，心知有異，也不下馬，微微一笑：「好，你便猜猜吧。」

「我若是猜中了可有獎嗎？」男孩倒是做足派頭，一副老成的模樣。

黑衣人大笑：「你要什麼獎？」

男孩目光望向那紅馬，做個鬼臉：「我若猜中了你便讓我騎一下這馬。」他側頭想了想又道：「我不要你帶著我，要自己騎。」

「你這小鬼頭！」黑衣人本是有事來清水鎮，但見這孩子有趣，卻也忍不住與他討價還價：「這匹火雲駒性烈非常，若是摔壞了你怎麼辦？」

「火雲駒！這名字好棒！」男孩眼中閃出一絲羨色，又挺挺胸：「你放心，男子漢大丈夫一人做事一人當，就算摔了我也與你無關。」

黑衣人見他裝模作樣，心裡好笑：「好吧，只要你猜中了就讓你騎半個時辰。」

「說好了你可不許賴皮。」男孩雀躍歡呼，拍手大叫，看他神情，倒似是成竹在胸，一副定能猜中的模樣。

黑衣人好整以暇：「你且說說我來清水鎮做什麼？」

「這個嘛，」男孩目光在黑衣人身上游移不定，一臉似笑非笑：「雖然難猜卻也難不住我。」

黑衣人見男孩賣弄關子，頗不耐煩：「料你也猜不到，我可沒空與你這小鬼夾纏不清。」說罷一提馬頭，就待入鎮。

「別急別急。我知道——」男孩拉長語氣，一個字一個字地緩緩道：「你是來找楊鐵匠的！」

「你怎麼知道？」黑衣人見男孩果然一猜就中，心頭大疑。

「你先說我猜得對不對？」男孩故意不看黑衣人驚愕的表情，一副洋洋自得的樣子。

「不錯，算你猜中了。」黑衣人雖是心中驚疑莫名，自不會與一個孩子計較，也不否認。

「哇！」男孩歡呼一聲，上前一把揪住馬轡：「楊鐵匠在鎮裡最西頭的小屋裡，沒幾步就到了，我先試試這馬。」

黑衣人心忖這次自己來清水鎮全起於一己之念，行事又極為機密，便連左右的心腹亦不知道他來此地，料想應不會走露風聲，這個男孩卻如何得知？再看到男孩身手敏捷，更是起疑，一撥馬頭：「你先告訴我你是怎麼猜到的？」

男孩的手一指黑衣人右側腰間的刀鞘：「是它告訴我的。」

黑衣人的目光隨之看向右側腰間。他雖佩著兩柄刀，但形狀俱不相同，掛於左側的刀平平無奇，三尺長短，只是江湖上最常見的普通馬刀；而掛於右腰的那刀鞘長足有五尺，吞口上鑲著金邊，刀柄純黑，綴著幾顆明珠，顯得甚是華貴。不過雖然此刀鞘外觀上頗為惹眼，但亦只是一把刀鞘而已。黑衣人望了半天，猶是不解男孩憑這一把刀鞘看出來了什麼名堂。

男孩見黑衣人一臉茫然，十分得意，放聲大笑，用脆生生的童音道：「因為，這是一把斷刀！」

黑衣人這一驚非同小可。這柄刀事關重大，若是斷刀之事傳於江湖中，只怕立時便會引起莫大的風波。他之所以費盡周折來到此地，便是聽人說起那楊姓鐵匠冶劍煉刀之術十分了得，欲想讓其神不知鬼不覺地駁起這柄斷刀，誰料才一進鎮便被這男孩看破。一時心急之下，一掌拍下，要將那男孩擒下來好生拷問。

那男孩卻十分滑溜，黑衣人才一伸手，他立刻知覺，閃到一邊。黑衣人身在馬上行動不便，也不繼續出手，只是定目望著他。男孩苦著臉道：「你捨不得讓我騎馬也就罷了，為何要動手？」

黑衣人見男孩縱躍之際步法靈活，與尋常孩童大不相同，顯是身懷武功，心中更是疑惑。他乃江湖上有頭有臉的人物，一擊不中，自不會同孩子一般見識，沉聲問道：「你如何知道這是一把斷刀？」他聲音轉冷：「你若不想我把你抓起來拷問，就乖乖的回答我。」

此事牽連甚大，所以他務要問清這一點，要知這把刀斷刃亦不過二三天前的事，然後他一路快馬加鞭風雨兼程趕來此處，幾乎無人知道他的行蹤，但若不是走露了風聲，難不成這孩子有透視眼麼？

男孩撇撇嘴，本還想硬著頭皮說自己並不怕他出手。但眼見黑衣人眼中凶光隱現，卻也有些心虛。說到底他亦只是一個孩子，若是真的動起手來，只是氣力上首先便差了老大一截。

「這有何難！」男孩退開幾步，與黑衣人保持一段距離，這才雙手一叉腰，搖頭晃腦地道：「刀鞘如此名貴，此刀定是有些來歷的。既然有來歷，那無論如何也不至與刀鞘不合。可我見此刀置於鞘中卻偏了一線，而且略有晃動，看起來就似是鞘中有空隙，不能與刀刃絲絲苟合，若不是這把刀鞘不是刀的原配，那就定是刀斷了。」

黑衣人聽到這裡，方才略微釋懷。另一層疑慮又浮上心頭，這番解釋倒是合情合理，但無論如何也不應從一個孩子的口中說出，除非是大人教好了說辭，不然一個十餘歲的孩子如何能懂這許多道理，而且如此明察秋毫的眼力也委實讓人嘆服。若對方是一個老江湖也就罷了，可分明是一個乳臭未乾的孩子，如何能有這麼精準的眼光？

「你是什麼人？」黑衣人越想越是心驚，臉色更寒，若不是運功察視四周毫無埋伏，真以為自己落入了對頭設好的圈套中了。

「我?!」男孩用手一指自己的鼻尖，十足誇張地道：「行不更名，坐不改姓，清水鎮楊鐵匠的公子，楊驚弦是也。」他起初尚是笑嘻嘻的，見黑衣人臉色不善，終是有些慌了，聲音越說越低，末了再頗有些氣短地補上一句：「你叫我小弦就是了。」

黑衣人終於拋下顧忌，哈哈大笑起來。這孩子既然是楊鐵匠的兒子，想必家學淵源，對兵器的認識非他人可比，看出來自己鞘中是柄斷刀亦不出奇。由此推想其父定是有非常本領，自己這一趟總算沒有白來。

他倒不是完全去了戒心，只是對自己的行蹤頗有自信，料想對頭雖然厲害，卻也不會有這麼大的神通，不然本門上下便只有束手就擒，又憑什麼能與之相抗數年。

「小弦，快帶路去找你爹。」黑衣人臉上露出笑意，一拍座下駿馬，正色道：「然後這匹火雲駒就借你騎二個時辰。」

「太好了，江湖人不打誑語，你可要說話算話哦！」小弦大喜，一蹦一跳地朝前跑去，卻又停下身來，回頭拱手一揖：「不知好漢尊姓大名。」

黑衣人見小弦十足一副小大人的樣子，再也忍俊不住，亦是有模有樣的拱手一揖，大笑道：「楊兄請了。在下行不更名，坐不改姓，滇西媚雲教右使馮破天是也！」

小弦帶著馮破天穿過集鎮，直往鎮西行去。清水鎮雖然狹小，但住戶不多，道路卻也寬敞，火雲駒信步走來亦不見擠迫，只是小鎮少見外人，更是難得見到如此神駿的馬匹，自是引來周圍居民的嘖嘖讚歎。

馮破天見一路上不斷有人招呼小弦，態度極為熟稔，看來這小鬼果是本地人，最後一線疑惑終散去。他身居媚雲教中高位，自是懂得收買人心，當下收起心事，面呈微笑，便似走親訪友般絲毫不引起他人的猜忌。

清水鎮西是一片荒嶺，草木稀少，便只有靠著山坳處孤零零的一間草屋，屋前亦無招牌，只是架起一圍鐵爐，一方鐵砧，旁邊散亂地擺著一些打鐵的工具。鐵爐中只有零星的一絲餘火，鐵砧上亦是鏽跡斑斑，看起來平日少有人往來，生意頗為清淡。

小弦叫了兩聲，不見人應，回頭對馮破天道：「我爹去山中採石，不定何時回來，你若是沒有其他的事，不妨先等一會。我……」他眼望火雲駒，欲言又止，分明是想騎上去。

馮破天心中暗忖，聽介紹自己來此的那人說起這楊鐵匠技藝超群，冶煉之術天下罕有，原以為定是江湖上有名有姓的人物，卻不料看此處如此荒涼，少有人來，更何況近處居民平日也難得去打造鐵器，卻不知他為何要逗留於此，莫非是一個隱居的高人麼？自己倒不妨先從這孩子身上打探一下其來歷。

當下馮破天跳下馬來，將韁繩遞至小弦手上，小弦大喜接過，馮破天卻不放手：「你多大了？來此處有多久了？」

小弦早是心癢難耐，又怕馮破天反悔，只得答道：「我從小便長在這裡，今年已經十二歲了。」

馮破天又問道：「你母親呢？」

小弦身體一震，臉上現出一種極古怪的神情，搖搖頭道：「我不知道，從小便是爹爹將我養大，每次問起母親他總是歎一口氣，然後什麼也不肯說。」說到此處，他眼光微垂：「我想大概是不在了吧。」

馮破天雖是久闖江湖，心腸剛硬，但聽到這樣一個聰明伶俐的孩子自承身世，也不禁有些惻然，不忍再問，手頭一鬆，將韁繩放開，囑咐道：「你自己小心點，這馬性子烈，可別摔下來了。」

小弦嘻嘻一笑，用手輕撫火雲駒腦邊鬃毛：「我爹說了，馬通人性，只要你對牠好，牠也就對你好。火雲老兄，你說是不是啊！」最後一句卻是墊著腳尖對著馬耳所說的。

馮破天見小弦童真稚趣，亦不禁莞爾一笑。

「小弦，你做什麼？」一個聲音遙遙傳來。馮破天抬頭看去，一個青衣大漢健步如飛從前方山腰上直奔下來，兩手中各提著一隻大籃子，其勢極快，幾個起落間便來到草屋前。

小弦壓低聲音對馮破天道：「你可別說起我們打賭的事，我爹不許我到處賣弄的。」看他一臉驚惶之色，想是常常與人賭約，怕是為此還吃過不少的苦頭。

馮破天朝來人看去，不由暗喝一聲彩。這楊鐵匠虎背雄腰，寬肩闊胸，眉飛入鬢，目燦若星，狀極威武。那兩個大籃子中俱滿放著石塊，怕是足有幾百斤重，而他卻渾然無事地舉重若輕，顯是身有不俗武功。看其面相尚不到四十年紀，仍在精壯之年，兩鬢卻已隱有華髮。

馮破天一拱手：「在下馮破天，來請楊兄接駁一件兵器。」

楊鐵匠回了一禮，臉上略有疑色：「你如何找到這裡的？」

馮破天恭聲道：「是一個朋友介紹我來此處。他說楊兄冶煉之術可謂是天下無雙，任何破損的兵器到了楊兄的手上均可煥然若新，是以才來冒昧打擾。」

「小弦，你不許碰那馬。」楊鐵匠厲然的眼神先掃了小弦一眼，見小弦噘著嘴退到一邊，這才對馮破天正色道：「兄台想必是認錯人了，楊某不過是一個山村野夫，平日只給村民修修犁耙、補補鍋碗，何來什麼天下無雙的冶煉之術。這一趟馮兄怕是白跑了。」

馮破天雖聽楊鐵匠如此說，哪裡肯信。料想他在此隱居多年，自是不願露出痕跡，唯先試以利誘之，當下解下右腰上的刀鞘，雙手奉上：「不瞞楊兄，小弟的身分實為媚雲教的赤蛇右使，此寶刀名為『越風』，乃是我教中的鎮教之寶。如若楊兄能重接寶刀，媚雲教上下必將感恩不盡，定有厚禮相贈。」

「赤蛇右使?!這名字好……可……愛。」小弦雖在爹爹面前老實了許多，乍聽到這名字卻也忍不住脫口出聲，不過他本意是想說這名字好可怕，卻被楊鐵匠一眼望來，急急改口。他卻不知媚雲教中右使喚為赤蛇，左使稱做青蠍，均是以教中信奉之神為名。

「媚雲教?!」楊鐵匠臉色微變，沉吟不語。

馮破天亦不催促，料想以媚雲教的名頭，不怕這楊鐵匠不從，當下默立一側，待其自己決斷。好整以暇之餘，尚對小弦擠擠眼睛，吐吐舌頭，故做蛇狀，引得小弦想要放聲大笑卻又不敢，只得強自忍耐，一張小臉都憋得通紅了。

媚雲教總教教壇位於滇南大理，信徒多是滇地彝、苗、瑤、白、傣等各異族，勢力龐大，與祁連山的無念宗、南嶽恒山的靜塵齋、東海的非常道合稱為天下僧道四派。據說其教信奉蛇神，教徒多善驅使蛇蠍等毒物，加上行跡一向詭秘，少為人知，更難涉足中原，所以被江湖中人視為邪教。

不過媚雲教的開山教主陸羽在數十年前卻是武林中響噹噹的人物，憑著一套「媚雲掌法」威震江湖，後因與六大邪派宗師中的龍判官交惡，方在滇南成立媚雲教，與川東龍判官的擒天堡一南一北，遙遙對峙。

六年前媚雲教內訌，陸羽夫婦被手下暗害身亡，唯一幼子亦下落不明，便由其侄陸文淵接替教主之位。

這陸文淵性格懦弱，優柔寡斷，管理無方。幾年下來，媚雲教威勢已是大不如前，這些年更是被川東擒天堡壓得抬不起頭來。教中長老對陸文淵暗地裡皆是頗有微詞，其中媚雲青蠍左使鄧宮聯合媚雲教五大護法中的雷木、費青海、景柯三人有意另立陸文淵的胞弟陸文定為教主，為此與媚雲教赤蛇右使馮破天、五大護法中另二人依娜、洪天揚鬧得不可開交。最後雙方商定於下月初一召開教眾大會，重新選定教主。

不料距大會尚有半月：「越風刀」卻忽然莫名其妙地斷於鞘中。此刀非是凡品，切金斷玉，削鐵如泥，被教中人視為神刀，是媚雲教的鎮教之寶，一向為馮破天所保管。他見寶刀斷得蹊蹺，又是正巧在欲重定教主的時候，心知有異，恐是有人暗中搗鬼。若是教徒得知寶刀折斷，定是會指責其護刀不力，連帶亦會影響陸文淵的威信。

那越風寶刀能斷金鐵，本身自是堅固至極，卻被人無聲無息地折斷，出手的定是高人無疑。馮破天自知難查端倪，但畢竟難咎其責，只得一面暗中使人調查，一面苦思應對之法。心想事到如今，神不知鬼不覺地接好寶刀方為上策。他怕斷刀之事走露風聲，不敢就近找人補刀，正好在機緣巧合下聽人說起了楊鐵匠的治鐵之術，這才一路星夜兼程，來到了這營盤山域的清水小鎮。

這楊鐵匠便是當年的冬歸城劍客許漠洋。

自從許漠洋當年在塞外隔雲山脈幽冥谷中與暗器王林青、物由心、楊霜兒一別後，便獨自一人四處流落。他知道在塞外多有人認得他是當年的冬歸城守，反而在中原武林中少有人識得他的本來面目，當下便將其名字倒轉過來，化名楊默，一路南下，處處謹慎，倒也不曾沾惹什麼麻煩。只是他身為朝廷欽犯，自不敢久涉鬧市，唯恐露了痕跡，何況本就欲找一個清靜的地方研習杜四留下的《鑄兵神錄》，幾個月後便來到了營盤山下的清水鎮中，心喜此處的山清水秀，民風質樸，加上與外界亦少有往來，這一住便是將近六年的時光。

他這些年韜光養晦、矢志復仇。卻也自知難敵明將軍絕世武功，一意只想專心修習兵甲派傳人杜四留下的《鑄兵神錄》，待煉成換日箭以助暗器王林青一臂之力，自是不願輕易暴露身分，引來官府的緝捕。這些年便以打鐵為生，雖是日子清貧，卻也不會洩露行藏。

那男孩小弦乃是他於六年前無意間收下的養子，起名叫做驚弦，便是因為心繫那偷天弓、換日箭之意。只是小弦因幼時陡遭變故，失去了以前的記憶，許漠洋憐其身世，反正在山野間左右無事，便將一身所學悉心傳教於他，亦從不與小弦說起其身世。小弦倒是一直以為自己便是許漠洋的嫡出親子。

聽馮破天表明來歷，許漠洋沉吟半晌。他心知此地處在媚雲教的勢力範圍內，若不答應馮破天接好「越風」寶刀，事情定無善了，何況亦要從馮破天的口中問一些情況，當下便開口道：「不瞞馮兄，我在此地隱居實是為了躲避仇家的追殺，幫你接刀也無不可，只求馮兄莫要洩露我的行蹤。」他仍是把不準馮破天的真正意圖，心道不妨先以言語穩住他，日後伺機再換個地方。

馮破天見許漠洋答應接駁寶刀，自是有十足的把握，心中大喜，滿口應承道：「楊兄放心，我來此地沒有告訴過任何人，日後自然也不會說起楊兄的行蹤。」

許漠洋點點頭：「卻不知馮兄聽誰人說起了我的名字？」他這一問實是關鍵，要知他這許多年來一直隱居於此，也就偶爾去幾十里外的敘永城中置辦些家用，少有人知道他的落腳之處，若馮破天不能給他一個合理的解釋，自然難消疑心。

馮破天緩緩道：「我是聽『梨花社』的宣老大說起了楊兄的名字，楊兄當可知我非妄言。」

許漠洋這才恍然大悟。當年在塞外隔雲山脈的幽冥谷中，暗器王林青曾囑咐可將他的行蹤告訴走江湖的戲班中佩帶月形珠花女子。這六年來林青下落不明，他曾到就近的市集中打探過其消息，卻一無所獲。那「梨花社」乃浪落江湖間的一家戲班，常年往返於滇粵兩地，許漠洋去年無意間在敘永城中碰到，恰恰見到那佩著月形珠花的女子，便裝作好戲之人，暗中結識，留下了地址。

那女子姓蘇，名淺君，雖不過是一個妙齡戲子，又是終日流離不定，但卻是不乏江湖兒郎的颯爽英氣，而且秀外慧中，談吐磊落不群，應是有些來歷的。許漠洋孤曠多年，雖自慚形穢，一見之下也不禁暗中略有傾心，恰好戲班中有劍斷，耐不住施展小技，將劍接原如初，卻被戲班的班主宣老大看在眼裡。那宣老大行走江湖多年，多有結識奇人異士，一見神技若此，自是刻意結交許漠洋。許漠洋一來行走江湖時日尚淺，二來這些年心意鬱結，難以釋懷，幾杯水酒下肚，引發了舊日豪氣，雖不曾洩露真實身分，卻也引宣老大為知交，還拜了兄弟。

此刻聽馮破天說出了宣老大的名字，許漠洋不知當中情由，心中怪責宣老大透露自己的行藏，卻也不好推託，只得道：「既然如此，馮兄稍等，我這便給你補刀。我亦不要你的謝禮，只是日後有人問起，還望莫要說出我的名字。」

馮破天察言觀色，恭聲道：「楊兄敬請放心，若不是看到事關我的身家性命，宣老大也不會輕易透露楊兄的下落。何況若是接好寶刀，楊兄實是於我有大恩，所言自當遵從。」他了卻心事，又見小弦在一邊神思不屬的樣子，有心討好道：「楊公子如此年紀，卻是身手敏捷，果是名門虎子，既好騎射，我這火雲駒不妨讓他騎去玩耍一會。」

小弦這才怯生生地望著許漠洋，一臉求懇之色。

許漠洋實是極疼愛這個養子，聽馮破天誇獎，心中卻也歡喜，面上卻仍是一片冷淡之色：「馮兄過獎了，犬子頑劣，若不嚴加管教，不知早闖下多少禍事了。」

小弦不服道：「我哪有闖禍？鎮上誰不說我懂事乖巧，暗地裡都說爹爹管教有方呢……」

許漠洋佯怒：「有客人在旁，也虧你說得出這番自誇的言語，爹爹的臉面都給你丟盡了。」

小弦何等機靈，見許漠洋眉眼間隱隱的一抹笑意，知其面厲心軟，終現頑皮本色：「當然應該在客人面前誇我，這樣爹爹才有面子嘛。總不成父子倆在家裡你誇我一句我誇你一句，豈不笑死人了。」

馮破天哈哈大笑，將馬韁交給小弦：「放心吧，有馮叔叔給你做主，你儘管去騎。」轉過頭對許漠洋道：「令公子既然愛馬，事後我便送上良駒數匹以示敬意，楊兄便莫推辭了。」

許漠洋隱居多年，不虞與武林中人沾上關係，何況媚雲教在江湖上一向聲名不佳，只是眼見馮破天盛情難卻，不好當面推辭，只得暗地打定主意待馮破天走後便帶著小弦離開清水鎮，另覓他處。

小弦卻不接馬韁，對馮破天眨眨眼睛：「我可先不能走，不然誰來給你補寶刀？」

馮破天奇道：「你也會補刀？」

「怎麼不會？」小弦洋洋得意地道：「既然得了叔叔的好處，無功不受祿，怎麼都要露一手才行。」

許漠洋對馮破天笑道：「這孩子也算得了我幾分真傳，平日幫鄰居補補鍋瓢，做一些小玩意，就有點不知天高地厚，倒讓馮兄見笑了。」

馮破天一挑拇指：「明師出高徒。楊公子小小年紀就有如此能耐，日後前途當不可限量。」

許漠洋見馮破天送上高帽，小弦趾高氣揚的欣然受之，沉聲道：「這孩子尚需多多磨練，馮兄可不要助長了他的驕狂之氣。」

小弦笑嘻嘻地道：「我才不驕狂呢。平日都沒有什麼練習的機會，現在正好有了這把斷刀，便讓我多多磨練一下吧。」小孩子心性不定，此刻他一意想要試著接駁寶刀，倒將騎馬的事拋在腦後了。

許漠洋道：「你幫我拉拉風箱遞遞工具也就罷了，這把寶刀如何敢讓你這個敗家子碰。」

小弦不忿：「我怎麼是敗家子？」

許漠洋啐道：「你好意思說，那日讓你打磨一把剪刀，結果費了我十餘斤的生鐵。」

小弦臉一紅，兀自強辨：「我是精益求精，這才反覆煉製，不然若是煉出一把什麼也剪不動的剪刀，豈不壞了老爹的名頭。」

馮破天卻是擔心小弦功力不到，將寶刀接壞了，亦勸道：「所以你現在才應該好好跟父親學藝，待得火候夠了，自會讓你承接衣缽。」

小弦心有不甘：「爹爹總是不肯讓我接手，總不成到得我五六十歲，人家問起：『你會做什麼呀？』我便說，『我只會拉風箱。』真是好沒面子。」

馮破天見小弦說得有趣，哈哈大笑：「你年齡還小，刀劍這等兇器還是先不要碰為好。」

小弦一挺胸：「就算我年齡小，可本事卻不小了。適才我不是一眼就看出這是斷刀了嗎？」

許漠洋亦是拿小弦無法：「好，你不妨先看看寶刀的斷口，若能說出寶刀是因何而斷，就算你有本事。」

馮破天只得依言將越風寶刀遞給小弦，小弦抽出刀，一股沁寒之氣撲面而來。「刀乃百兵之王，其勢大開大闔，其法拙中藏巧，利於砍劈，勝於力雄……」小弦一面細細察看，一面煞有介事地念念有詞：「寶刀斷口在刀柄前半尺，此處平厚無脊，若是在動手之際原是萬難斷折，可判定為重物大力橫擊而斷。」小弦這些年將《鑄兵神錄》爛熟於胸，難得有用上的機會，此刻不免賣弄起來，令馮破天不由刮目相看。

許漠洋含笑點頭，小弦見父親讚許，頗為得意地瞟了一眼馮破天，繼續道：「看此斷痕齊整圓滑，斷口處卻是生硬窒滯，應是用軟木等物品箍定於四周，再用鈍硬之物大力擊斷……」說到此處，似是有些怯了，惑然望向馮破天：「不知我說得對不對？」

「說得好！我雖不知道此刀是如何斷的，但想來應該不差。」馮破天原只道小弦只是裝模作樣一番，誰知居然頭頭是道地講出這許多道理，細細想來，卻也合情合理，大掌一拍，由衷讚道：「看不出你小小年紀，竟然如此厲害，區區一把斷刀就能看出了這麼多名堂，叔叔都甘拜下風嘍。」

小弦聽馮破天誇獎自己，大受鼓勵，嘻嘻一笑：「還不止這些呢，只是我有點把不準……」

許漠洋看到小弦果然不枉自己多年來的悉心教誨，亦是心中歡喜，眼見小弦欲言又止，發話道：「你還看出了什麼，不妨都說出來。」

小弦面色一整，一邊思索一邊道：「此斷口的上沿呈鋸裂狀，下沿卻是平緩得多，可看出擊打的方向。而且斷刀者一擊之力中尚留有一股回力，這應該是其武功的特點……」

「真是天外有天。我無論如何也想不到這裡面竟然有這麼多學問！」馮破天直到此刻，方才真正對小弦心服口服，再也不覺得對方只是一個十二、三歲的孩子，正色道：「實不相瞞，此寶刀平日都供於我媚雲教的神壇上，周圍日夜都有守衛，所以我斷定係內奸所為，但暗中察訪卻是全無頭緒，若你能由此斷口看出他的武功套數，助我抓住內奸，實是大功一件。」

小弦赧然一笑，饒是他一向頑皮，聽到馮破天衷心的誇獎，亦不由有些手足無措。

許漠洋對此亦是大出意料之外。他這些年左右閑來無事，便將一身所學悉數傳與小弦，不但有自己本身武學與杜四兵甲派的鑄兵鑄甲之術，亦有巧拙大師《天命寶典》中的易理神算之學。平日難得考較小弦，此刻聽到義子這一番分析細緻慎密，入情入理，方才驚覺此子年紀雖幼，武功馬馬虎虎也就罷了，這份心智卻是身兼兵甲派對武器的熟悉認知與《天命寶典》對事理的體察入微之長，實已不可小覷。

要知那《鑄兵神錄》與《天命寶典》皆是不可多得的秘笈，雖與武功技法無關，但其中實是蘊含著極精深博大的道理。其中《天命寶典》更是言辭紛繁，內容晦澀，若非有大智大慧的天賦將寶典的學識融會貫通，單只從字面上理解極易讓人墜入魔道，一般人便是窮一生的心力也未必能窺得堂徑。所謂兵強則滅，木強則折，似這等通湛玄學若是心無旁騖的一意苦修，卻是有違道教清淡無為的心境，若不遇機緣，未必能成正果，這亦是巧拙大師當年不將《天命寶典》留下來的一番苦心。何況再與《鑄兵神錄》兩項兼修，更是難有大成。

但小弦年齡尚小，又識不得幾個字，所學全是得於許漠洋的口傳言教，許漠洋所知的《天命寶典》本就是巧拙大師的傳功所授，此時再傳於小弦，無意中正是暗合了道派的取用不盈之理，就若名劍淬火更利，先抑方能後揚，是以《天命寶典》由巧拙大師而起，承於許漠洋，再傳述於小弦，反是更能慧達通透。而小弦年幼，無有太多雜念，再加上從小生活於此荒野郊外，自然而然便達到了無為之境，以《天命寶典》對世事萬物的明悟為基礎，曉一理而通萬理，修習任何武學皆會是事半功倍。

鑄兵甲最講究量材適性。那《鑄兵神錄》不但細細講解了如何鑄兵製甲之術，更是對每一種武器的特性均有極為精緻細微的分析。天下兵器均是相生相剋，如槍長斧短，刀厚劍薄，如何發揮一件武器的最佳功效便是《鑄兵神錄》的主旨，用於對戰就是務求以巧勝拙，以柔克剛，以己謀勝敵勇，以己長克敵短，這些都需要臨敵時極具變通之道，在最短的時間內判斷出對方兵器的弱點，從而尋隙直進，戰而勝之。

這些亦都是對心智潛力的最大挖掘，加上《天命寶典》相輔相成下，竟然一併造就了小弦心思的敏銳迅捷，以及對事物的明察秋毫、對環境的善於利用、對世理的達觀通透，更有一種對武道別出機杼的慧識頓悟。

這番機緣實是難得，縱是巧拙大師復生，亦定會對小弦以十餘歲髫齡而隱通《天命寶典》為奇。只不過許漠洋與小弦身處局中，反不自知罷了。

許漠洋與小弦朝夕相處數年，卻是直到此刻方才發現養子身上的變化，不由百感交集，心懷大暢，有心再考考他，沉聲問道：「你既能看出斷刀者的武功套路，能不能判斷出他是用什麼兵器擊斷越風寶刀？」

馮破天亦是怦然心動，如果斷刀者是以慣用的兵刃擊斷越風刀，一旦小弦能看出此點，那個內奸實已是呼之欲出，自己來此地本只想補好越風寶刀，實料不到會有如此意外的收穫。

「這個似乎有點不對……」小弦撓撓頭，看看馮破天一臉期待的神色，大著膽子道：「從斷口處應可看出一件重兵器，但大凡用此類兵器者均是力道剛猛不留餘力，似是與他出手的套路不符。從他在力道欲盡時留力回勾的勢道來看，其人慣用的似乎是用繩鞭、索勾、流星之類的軟兵器……」

馮破天見小弦如此說，心念電轉。媚雲教青蠍左使鄧宮與護法中的費青海、洪天揚均用的是長劍，雷木使獨腳銅人，景柯使單刀，而唯一的女性依娜擅長驅使毒物，平日都是空手，實猜想不出是何人斷刀，但若說是普通的媚雲弟子，卻難有獨自進入教內神壇接觸寶刀的機會……一時心中沉吟，難下決斷。

許漠洋見馮破天眉頭緊鎖，安慰道：「童言無忌，馮兄莫要為此傷神，或許他看錯了。」

馮破天雖對小弦的話半信半疑，卻也不無當真。念及自己教中內鬨，自己身為僅次於媚雲教主陸文淵之下的赤蛇右使，卻對教中內奸全無頭緒，反而要借助一個孩子的話來疑神疑鬼一番，不禁頗有些心灰意冷，長歎一聲，正要發話，卻見許漠洋臉色驀然一變：「什麼人？」這才忽覺有異。

原來馮破天雖已住口，但那一聲長歎卻尚有尾音，嫋然不絕，竟是有人與馮破天同時歎了這一聲。

聽聲音的來處卻是在十餘步外的一片樹林中，馮破天與許漠洋同時轉身察看，只見草木輕揚，樹影婆娑，卻是不見半個人影。

一聲長笑驀然從屋後傳來：「胡老六你這一聲歎息豈不是露了痕跡，我本想再聽聽這個小孩子還能說出什麼名堂呢？」

又是一個蒼老的聲音從那片樹叢間傳來：「這個小兄弟真是了得，雖不在場卻猶若親見，不但能看出老夫如何折斷越風刀，還能看出我武功的來路，便是老夫的獨門兵刃竟然也猜得八九不離十，豈能不歎?!」

只見從樹叢中大步踏出一人，先是對小弦一笑，拱起一雙盤根錯節的大手：「小兄弟目光如炬，實在讓人不得不佩服！」其人年約五十上下，眉鬚斑白，身材雄闊，身高八尺有餘，更是滿面紅光，精神矍鑠，一點也不似個老人。

許漠洋暗暗心驚，剛剛他循聲遊目察視樹林中，卻是不見這個老人的半點蹤跡，看他身材如此高大，也不知剛才是隱藏於何處。而此刻又驀然從眼皮底下鑽了出來，顯非庸手。而聽他說話的口氣，越風寶刀便是斷在他手裡，自然是馮破天的對頭。自己雖不願陷入武林的爭鬥中，但既已答應馮破天接刀，於情於理都不好置身事外。更何況屋後尚有一人藏在暗處，若是亦有與這老人相近的武功，只怕不好打發。

小弦見到那老人突然現身出來，嚇了一跳，隨即恢復常態，嘻嘻一笑：「哪裡哪裡，老爺爺大大過獎了，在下的目光如炬全賴爹爹調教有方，栽培有術，自己只不過有一點小聰明而已。」他這句話學著大人的口氣說話卻又學得不倫不類，實是引人發笑，只是許漠洋暗忖對策，馮破天呆立當場，卻是誰也沒有笑。

屋後那人卻又是一陣大笑：「這個小娃娃說話如此有趣，若是我們將他獻與堡主，定能討得堡主歡心。」

小弦吃了一驚，發急道：「我才不去見什麼堡主，我一向調皮，定會把他活活氣死。」

那人嘿嘿一笑：「由得你麼？你若是不聽話，我就把你痛揍一頓，再拿去餵狗。」

小弦躲到許漠洋的身後，握緊父親的手，只覺得膽氣也略壯了些，大聲道：「哼，你好厲害麼？鬼鬼祟祟的不敢出來見人，算什麼本事？」

一聽那人提到「堡主」二字，許漠洋微一皺眉，立刻明白了這二人原是媚雲教的對頭擒天堡的人，應該是與自己無關。但擒天堡離此地足有幾百里的腳程，他們顯然是一路跟蹤馮破天來此，意圖不明，恐怕難以善了。

何況這二人若是真要擒下小弦去見擒天堡主，自己卻是無論如何亦不能袖手不顧。

擒天堡位於川東豐都，堡主正是武林中大名鼎鼎位列邪道六大宗師之一的龍判官。因地理位置的關係，一向與中原武林少有來往，擁兵自足，官府亦對之無可奈何，就若是一個土皇帝般，連整個川境都在擒天堡的勢力籠罩下。這些年擒天堡更是招兵買馬，大力發展，現已涉足於滇境內，終與媚雲教這個冤家對頭開始正面衝突。

「嗆」的一聲，馮破天抽刀在手：「擒天六鬼本都是些見不得人的東西，你們與媚雲教有仇就衝著我來，何必為難小孩子。再說我與楊兄亦是初識，不用將他捲入事端。」馮破天不愧是媚雲教的赤蛇右使，雖是心悸對方一路上神不知鬼不覺地躡著自己，但面對強敵凛然不懼，更是出言為許漠洋與小弦開脫，料想對方不過二人，縱不能敵，憑著自己的刀法與火雲駒的神駿，至不濟也可自保脫身。

許漠洋雖是隱居多年，但時刻留意江湖諸事，對擒天堡的人物卻也悉知不少。擒天堡除了堡主龍判官外，尚有一個師爺寧徊風，四個香主，統領著旗下二千堡丁。另外龍判官身邊還有六個武功高強的貼身高手，因判官轄鬼，江湖上人便將其稱為「擒天六鬼」，想不到今天居然會碰上。擒天六鬼聲名在外，武功自是不弱，縱然自己與馮破天聯手，勝負恐也是未知之數。

那個老人見馮破天出刀，亦是有一絲顧忌，退後三步，探手於腰際，一抖一繞之下，一條銀色的軟索狀兵器從腰間飛出，舞動之下，熠熠生光。原來是一條繩鏢，只是與普通繩鏢有所不同，銀鏈上面尚墜著數片金色葉狀的事物，在陽光的映射下，煞是好看。

小弦拍手大笑：「我果然說對了吧。」

老人微一頷首：「這個兵器叫銀龍鞭，是我的獨門兵刃。」

小弦見老人一團和氣，銀龍鞭更是舞得好看，渾忘了危險，好奇道：「那上面附著的可是龍鱗麼？讓我看看可好？」

身後那個聲音又笑道：「哈哈，小娃娃不知深淺，胡老六的這個龍鱗可是專要人命的。」

馮破天氣運周身，揚聲道：「吊靴鬼你出來吧，只憑一個纏魂鬼恐怕還纏不住我。」

原來那擒天六鬼各有名目，分別是：日哭、夜啼、鎖神、滅痕、吊靴、纏魂。馮破天雖沒有與之朝過面，但擒天堡是媚雲教的大敵，自然早知對方的虛實，一見到那銀龍鞭便知道那個姓胡的老人當是擒天六鬼中排名最末的纏魂鬼，其人本是出沒於湖廣境內的大盜，幾年前被龍判官搜羅帳下，因其鞭法陰柔，連綿不絕，是以得纏魂之名。而對方能不露痕跡地跟隨自己來到此處，猜想另一人自應是擒天六鬼中最善跟蹤術的吊靴鬼。

「好！馮破天竟然也有如此膽氣，我一向倒是小看了你。」語音未落，從小屋後飄出一人。

來人年約三十上下，身材瘦削，一身淡青，手搖一把摺扇。他的衣服卻是非常短小，衣袖只到肘部，現出瘦骨嶙嶙的兩隻胳膊，甚是古怪。一張相貌看似平常，但一雙狹長的眼睛就彷彿豎吊在寬大的額間，十分顯目。

那人摺扇輕搖，狀極悠閒，大剌剌地對纏魂鬼道：「胡老六你若是沉不住氣，便先來鬥鬥媚雲右使，我負責給你掠陣，保證不會有人漏網。」看他語氣，似是有十足的把握，渾不把馮破天與許漠洋二人放在眼裡。

許漠洋見這吊靴鬼年齡遠較纏魂鬼為輕，卻直呼纏魂鬼之名，想來擒天六鬼的排名不是按照年紀的大小而是依著武功的高低。那持著銀龍鞭的胡姓老人武功看來不弱，這吊靴鬼只怕還在其之上，自己若與馮破天聯手當可一拚，卻是要想辦法護得小弦的安全。

馮破天喝道：「你們跟我到此，是何目的？」

吊靴鬼奇道：「馮兄豈非明知故問？我擒天堡與你媚雲教勢不兩立，自然要趁你落單時取你性命。」

馮破天冷哼一聲：「那你們何需偷偷摸摸地弄斷神刀？有本事就明刀明槍地上來，看我可會怕了你麼？」

吊靴鬼搖頭晃腦地道：「馮兄想知道我卻偏偏不告訴你，讓你在黃泉路上也做個糊塗鬼。」

小弦先見到吊靴鬼不倫不類的裝束，本就覺得滑稽，再看他裝腔作勢一番，忍不住哈哈一笑：「你是吊靴鬼，他是糊塗鬼，大家都是一家人，何必還打打殺殺的？」

吊靴鬼看了一眼小弦，對纏魂鬼笑道：「這小娃娃雖然相貌醜了些，可不但聰明伶俐，而且膽子也不小，我越看越是喜歡，說什麼也要活擒下來送給堡主，你可小心別誤傷了他。」

許漠洋拍拍小弦的腦袋，示意他不要害怕，對吊靴鬼沉聲道：「閣下視我等如無物，想必手下頗有些斤兩，倒不妨出手試試。」他見對方氣焰囂張，絲毫不把己方放在眼裡，亦忍不住動氣。

「一個山村的鐵匠也敢與我擒天堡作對，看來倒是不簡單。」吊靴鬼怪眼一翻：「我本不想傷你性命，你若是識趣，就乖乖退到一邊。」

許漠洋眉尖一挑：「閣下一上來就要搶我兒子，還說是我不識趣，天下可有這樣的道理麼？」

吊靴鬼道：「我能看上他是你的福氣，日後他跟著我們衣食無憂，總好過陪你在這窮鄉僻壤裡餓死。你可不要不識抬舉？」

許漠洋長笑道：「好霸道的擒天堡！」只見他腳尖一挑，將身下的大籃子挑於空中，右手微揚，從籃底抽出一把明晃晃的長劍。目光鎖住吊靴鬼，冷冷道：「可惜我便偏偏不識抬舉，要鬥一鬥擒天六鬼！」這把寶劍正是他修習《鑄兵神錄》所煉成的，平日無機會派上用場，此刻方有機會試劍。何況他隱姓埋名蟄居多年，早就憋了一股氣，如今重拾昔日豪情，心中大覺快意，忍不住仰天長嘯，良久方歇。

纏魂鬼見那籃中全裝滿著從山谷中搜集來的礦石，足有幾百斤重，許漠洋卻輕易挑起，顯是身懷不俗武功，臉上驚容微現。吊靴鬼眼睛一亮，盯住許漠洋手中的長劍：「好極好極，此劍我也要了。」

馮破天與纏魂鬼對峙著，心中卻是驚疑不定。越風寶刀一斷他就立刻趕來此地，這二人定是從媚雲教一路跟來，只是自己日夜兼程馬不停蹄，對方無法提前設下埋伏，直到現在方才找到動手的機會。可見到這楊鐵匠身手敏捷，更是嘯聲雄渾，中氣充沛，看來絕非庸手，為何吊靴鬼仍是一副有恃無恐的樣子？莫非敵人還另有援兵麼？但事到如今多想無益，眼見纏魂鬼腳步微移，銀龍鞭顫動不休，隨時可能出手，當下亦鼓起鬥志，緊握刀柄，尋機出手。

小弦本是有些害怕，躲在許漠洋身後，但見父親神態凜然，狀極威武，心中大定，從許漠洋身後探出頭來對吊靴鬼做個鬼臉：「你口口聲聲要將我送給什麼堡主，卻還沒有問我是不是同意呢。」

吊靴鬼嘿嘿一笑：「你隨我去有吃有住，還有許多好玩的事物，比跟著你這個窮鬼爹爹可強多了，你怎麼會不同意？」

小弦一撇嘴，一指吊靴鬼那身裝束：「我看你才是窮鬼呢，連衣服都沒有錢買。」

吊靴鬼對著小弦一瞪眼睛，嘖嘖怪笑：「待我將你送與堡主，只要你逗得堡主開心，自然會有許多賞賜，就不會窮了。」

小弦哼了一聲：「若是我惹得你們堡主生氣，只怕他一怒之下別說不給你賞賜，還要將你臭罵一番、痛打一頓。」

吊靴鬼一愣：「說得有理……」

小弦笑道：「既然如此，那大家就和和氣氣的吧，我爹爹一向好心，也許還能送你幾件衣服呢。」

馮破天與纏魂鬼本是劍拔弩張，伺機找到對方的破綻出手，耳中聽到小弦這一番胡攪蠻纏，都覺好笑，一時倒無出手之意了。

就在雙方戒備稍稍鬆懈的這剎那間，一道黑影忽從屋角邊上疾速閃出，直向許漠洋撞來，其勢極快。許漠洋萬萬料不到屋後還有一人，一時措手不及，勉強沉身錯步讓開，聽得身後小弦一聲驚叫，已被那黑影一把抓住，直往後山奔去。

這個變化出乎所有人的意外，纏魂鬼大叫道：「大哥你做什麼？」吊靴鬼亦急聲叫道：「大哥且慢，莫要搶我的功勞。」

卻聽得一個破啞的聲音遙遙傳來：「這小娃娃牙尖嘴利，模樣又不甚乖巧，與其送與堡主惹厭，還不如交與我自有用處。你倆負責擒下這二人，亦是大功一件。」

馮破天驚呼一聲：「日哭鬼！」這才明白為了對付自己，擒天六鬼中武功最高的日哭鬼竟然一直伏身於側，怪不得那吊靴鬼如此有恃無恐。一失神間，卻見那纏魂鬼的銀龍鞭蕩起一弧銀光，直往自己頸部掃來，不及細想，大喝一聲，與纏魂鬼鬥在一處。

許漠洋眼見小弦被擒天六鬼中最是凶名昭著的日哭鬼擄走，心中大急，正要追趕，卻見吊靴鬼一晃身攔在身前，一柄摺扇直往自己腰間點來，只好持劍擋住，眼角餘光猶瞥見日哭鬼挾著小弦幾個起落後沒入山巒叢林的深處，消失不見。

# 第二章

# 生死豪賭

小弦只見日哭鬼雙目發紅，淚水似決了堤般源源不絕地淌了出來，
耳中忽就灌滿了淒慘的哭音，就似有無數冤鬼厲魂在周圍呼叫不休。
初時尚被震得頭腦發昏，漸漸那聲音愈來愈低凝作一線，
便如一條小蟲般徑直鑽到心裡去，擾得心神難寧……

小弦只覺得身體就如騰雲駕霧般在空中跳蕩不止，又是害怕又是暈眩，但一雙涼冰冰的大手箍在自己頸上，別說哭喊，連氣也幾乎透不出來。起初尚能聽到父親的呼喝聲，大概正與那吊靴鬼相鬥不休，待轉過幾個山坡後便什麼也聽不到了，只有呼呼風聲鼓蕩耳邊。

也不知過得多久，翻了好幾個山頭，日哭鬼終於放慢了腳步，鬆開手將小弦擲於地上。

小弦摔得眼冒金星，爬起身來，昏頭昏腦的轉身就跑，卻覺得腳下被什麼掛了一下，撲通一聲重重的摔倒在地上。復又爬起，尚未站穩，又被絆倒。他這次學乖了，不再急於爬起來，只是雙手撐在地上，呆呆望著眼前一雙黑忽忽滿是泥垢的赤腳，恨不得撲上去咬一口。

一個聲音冷冷地刺入耳中：「跑呀，看你還往哪裡跑?!」

小弦聽對方語氣不善，再想到剛才好像隱隱聽得馮破天叫了一聲「日哭鬼」，纏魂鬼叫了一聲「大哥」，心知必是落入敵人手中，耍起賴來：「我不跑了，反正總要摔跤。」

小弦話音未落，猛覺胯下一陣刺骨的疼痛傳來，原來卻是日哭鬼伸足踢在他環跳穴上。此穴乃是足上經脈大穴，小弦乍痛之下身不由己又是一躍而起，卻再度被絆倒，這次摔得甚重，幾乎連牙也磕落了。索性雙手一軟，全身放鬆趴在地上。

日哭鬼又踢了幾下，小弦強忍痛苦，卻說什麼也不再爬起來，只感覺到對方足上的勁道越來越大，忍不住放聲大叫：「你只會欺負小孩子，算什麼本事？」

「你說得不錯。」日哭鬼一本正經地道：「我就是喜歡欺負小孩子。」

小弦憤憤道：「為什麼？」

日哭鬼的嗓音越發乾啞：「因為小孩子愛哭。」

小弦奇道：「哭了於你又有什麼好處？」

日哭鬼嘿然冷笑：「小孩子若是一哭，全身肌肉就繃得緊了，咬起來便更有味道。」

小弦聽他語氣森寒，止不住打個哆嗦：「那又如何？你總不會想要吃了我吧？」

日哭鬼怪笑一聲：「我便是要吃了你，小娃娃的細皮嫩肉才正對我的胃口。」

小弦緩緩抬起頭來，見到長長的一張馬臉被亂髮遮住了半邊，只有一雙眸子透著陰鷙的寒光死死盯著自己，心裡頭不由好一陣發毛，慌忙垂下頭不敢再看：

「你不是像那沒錢買衣服的吊靴鬼一般窮吧，吃什麼不好偏偏要吃了我。」

日哭鬼道：「我最見不得可愛的小娃娃，今天碰到你如此聰明伶俐，若不吃了實在可惜。」他眼中寒意更甚，喉中格格作響，喃喃道：「我好像已有七八年沒有吃人了……」

小弦越聽越怕：「我可不聰明，你莫吃我……」又勉強笑笑：「你既然那麼久都沒有吃人，又何必因我而破戒？」

日哭鬼齜牙一笑：「正因為那麼久沒有吃人，所以才懷念得緊。你快快哭出來。老子好不容易有機會吃人，可不能浪費了好材料。」

原來這日哭鬼名叫做齊戰，數年前本是出沒於陝北一帶的一個大魔頭，性格乖張孤僻，喜噬幼童，為世人所恨。只是其武功太高，官府幾次集兵捕殺均奈何他不得，直至驚動了華山派掌門無語大師親自出手，這才銷聲匿跡了數年。

齊戰在陝北無法立足，便投奔川東擒天堡，借著龍判官的勢力以自保。而龍判官雖是一心擴張勢力，網羅各方人馬，但亦知齊戰作惡太多，為武林共憤，只是欲借助其一身不凡的武功，方才勉強收容。齊戰自知仇家眾多，也不敢太過招搖，便隱姓埋名，做了擒天六鬼中的老大日哭鬼，不再食人，而他對自己的來歷諱莫如深，便是吊靴鬼等人亦不清楚。

這一次日哭鬼奉命帶著吊靴鬼和纏魂鬼先潛入媚雲教中折斷「越風」寶刀，本欲趁著媚雲教的內亂一舉除去這個擒天堡的大敵，卻見馮破天一見刀折立時毫不停留地趕往營盤山來，只道是媚雲教另有援兵，所以一路跟蹤過來。因為不知清水鎮周圍的虛實，便先由纏魂鬼與吊靴鬼挑戰馮破天，日哭鬼則躲在一邊，伺機出手。

這些年日哭鬼只恐洩露了身分，惹得無語大師找來，一直老老實實地待在擒天堡中，早就憋了一肚子怨氣。過了這麼久料想風聲已弱，此次行動中忽又見到小弦這般活潑可愛的孩子，再也按捺不住昔日噬童之念，終蠢蠢欲動。料想憑吊靴鬼和纏魂鬼二人足可打發馮破天與許漠洋，這才驀然發難擒下小弦，欲找個無人的地方一嚐新鮮的孩童之肉。

小弦眼見日哭鬼惡狠狠地盯著自己，眼中精光亂閃，就欲要撲上來一般，心頭大懼，顫聲道：「我捉魚捉小鳥給你吃可好，我還燒得一手好菜，若是你吃了我做的菜，保證就再也不想吃人了。」他雖然偶爾鬧著玩似的做過幾次飯，卻哪會做什麼好菜，現在情急之下只好亂說一氣，總好過馬上被日哭鬼給吃了。

日哭鬼大嘴一張，露出幾顆尖利的牙齒，怪笑道：「我等不及了，現在就要吃了你。」

「慢著！」小弦雙手亂搖，大叫道：「可我還沒有哭呀，是你自己說未哭的人肉不好吃……」

「那好辦！」日哭鬼驀然深吸一口氣，囁唇嗚嗚而鳴，竟然放聲大哭起來。

小弦只見日哭鬼雙目發紅，淚水似決了堤般源源不絕地淌了出來，耳中忽就灌滿了淒慘的哭音，就似有無數冤鬼厲魂在周圍呼叫不休。初時尚被震得頭腦發昏，漸漸那聲音愈來愈低凝作一線，便如一條小蟲般徑直鑽到心裡去，擾得心神難寧……

小弦心中悲傷難禁，鼻尖一酸，幾乎忍不住要掉下淚來了。他深怕自己一哭便會被這怪人吃了，當下強收心神，咬緊牙關，一滴眼淚在眼中轉來轉去，就是不落下來。後來見日哭鬼哭得久了，漸已不再害怕，索性去想平日那些快樂的事情，對哭聲充耳不聞，反而平息下來……再見到日哭鬼天愁地慘的模樣，心中忽又覺得好笑了。

原來此乃日哭鬼的一種攝魂傳音之術，最能擾人心魄，與人對敵時往往能收奇效，他日哭鬼的名字亦由此而來。

不過他倒是第一次對小孩子用此絕招，以往抓到的小孩子往往見了他相貌便哭作一團，似小弦這般能和他說了這麼久的話已是絕無僅有了。他倒也不是非要惹得小弦痛哭不可，只是久未嘗到人肉，此刻抓到小弦如獲珍寶，捨不得一下子便吃了，便如貓捉到老鼠般要盡情玩弄一番，是以才極盡嚇唬，料想自己神功一發，這孩子定是嚇得屁滾尿流，癱作一團，任由自己擺佈……

誰知日哭鬼哭了足足有一柱香的功夫，卻見小弦一雙眼睛初時尚是一片朦朧，漸漸便清亮起來。日哭鬼強加功法，哭得更是淒慘無比，而小弦僅是充滿好奇地望著他，末了嘴角竟然隱隱還透出一絲笑意來。令日哭鬼不由又氣又驚。

他卻不知小弦身懷《天命寶典》的慧識，對世事萬物皆有一種不縈於懷的淡定，若論心志堅定怕是一般久經滄桑的老人亦有所不及。起初乍聽哭聲的時候有所觸動，不多時便已習慣，何況小弦心裡打定主意不哭，他這等懾魂之術更是全然無效了。

日哭鬼一口真氣終泄，收功止住哭聲，心中百思難解，不明所以，實想不透自己百試不爽的神功為何對這樣一個小孩子絲毫不起作用？呆呆望著小弦：「你為什麼不哭？」

小弦看日哭鬼問得一本正經，偏偏臉上還有未拭乾的淚痕，實是滑稽得很，明知不該卻也忍不住噗哧一聲笑了出來，隨即用手掩住口，低聲道：「你是成名的江湖好漢，說話可要算數，我不哭你便不能吃我。」

日哭鬼心頭大怒：「我就不信不能讓你這小孩子哭出來。」猶是不能釋疑，喃喃問道：「莫非你天生就不會哭麼？」

小弦眼珠一轉，連忙道：「要我哭也容易，以前我不聽話，爹爹打得狠，我就大哭了一場。你若是實在沒本事要我哭，就來打我幾下吧。」其實許漠洋對他疼愛有加，便是重話也難得說幾句。他人小鬼大，在此生死關頭，激將法也使了出來。

果然日哭鬼冷哼一聲：「我何用得著打你這樣一個小孩子，能讓你哭的方法至少有幾十種。」

小弦道：「對呀，你也可以掐我、擰我、咬我，反正你比我力氣大，武功又那麼高。」他偷眼看了一下日哭鬼的表情：「江湖上不都說『為達目的、不擇手段』麼，我落到你手上也就認了，皺一下眉頭便不是我爹生的。」

日哭鬼越聽越氣，大聲道：「好，我就與你賭這一把，定讓你哭得心服口服！」

小弦趁機伸出掌來：「口說無憑，擊掌為定。你若有本事不碰我身子也讓我哭出來，我這一身細皮嫩肉便交給你了，清蒸油炸均悉聽尊便。」他天性隨遇而安，此刻見有了轉機，至少一時半會不會被人吃了，居然還有心情故意歎一口氣：「想不到我也有機會做此生死豪賭！」

日哭鬼見小弦裝模作樣，差點笑出聲來，板著臉重重一拍小弦的小手：「我便帶你回擒天堡去，這一路上總有辦法讓你哭。若你能熬著不哭，便去做堡主的公子吧！」

小弦見狡計得逞，心頭大定。好奇道：「原來那吊靴鬼說將我送給什麼堡主是要我去做人家的兒子呀？這個堡主很厲害麼？做他兒子可有什麼好處？」

日哭鬼道：「堡主的公子幾年前死了，夫人連著給他生了三個女兒，最後又生了一個傻兒子，所以堡主一心要找個聰明的義子。你若能抵得住我的手段，便有足夠資格去做擒天堡的少主了。」

小弦見日哭鬼眼中凶光漸退，樂得與他胡扯：「那你還不好好巴結我，說不定以後便是你的頂頭上司了。」

「放屁！」日哭鬼臉現怒色，語氣卻已和緩了許多：「這一路你最好多給我燒幾道好菜，不然我不管三七二十一先吃了你！」

小弦察顏觀色，知道日哭鬼佯怒，倒也不似先前的懼怕了：「那我們先說好，就算你覺得我的廚藝實在了得，也不能讓我一輩子給你做飯，我還要去江湖上尋我的遠大前途呢……」

日哭鬼聽得小弦東拉西扯，大覺好笑，勉強迸出一句狠話：「我看你的前途就只能在我的肚子裡。」言罷終是忍俊不住，連忙轉過身去，怕讓小弦見到自己一張冷漠的臉上再也繃不住的笑容……

小弦見日哭鬼轉過身去，偷眼望望四周，卻是在一處不知名的山坳中，也不知道爹爹現在情況如何，縱然來尋自己恐怕也要大費一番周折。如今逃跑自是不智，但若是這幾日都要與這個怪人相處，最好還是先著力討得他的歡心，免得當真給他吃下肚去。想到這裡向日哭鬼問道：「這位大叔不知道怎麼稱呼？」

日哭鬼給這一聲甜絲絲的「大叔」叫得心中一軟，心道我的真名如何能透露給你。隨口道：「我便是擒天六鬼中的日哭鬼。」話一出口不免失笑，一般人聽到自己的名頭自然會大吃一驚，這個小娃娃卻如何能知道自己在江湖上的盛名。

「哇！」小弦十足誇張地大叫一聲：「原來你就是擒天六鬼中的日哭鬼。我常常聽人說起你的名頭，當真是那個……如雷貫耳。我早就想看看是什麼樣的英雄豪傑，想不到竟然對面不識，真是慚愧慚愧……」

日哭鬼轉過身來：「哦，他們如何說起我？」他還是第一次聽有人說他是英雄豪傑，雖是對小弦的話半信半疑，卻也不禁生起好奇，想聽聽別人是怎麼說起自己。

「這……」小弦平日就待在偏僻的清水鎮，何曾會有人對他說起日哭鬼，只是信口開河的一番胡扯，誰料日哭鬼會刨根問底，一時語塞。

日哭鬼以前在陝北惡名昭著，到擒天堡後卻是有所收斂，對名聲極為看重。見小弦欲言又止，只道不是什麼好話，眼中凶光一閃：「他們怎麼說起我？不管好話歹話，你都給我從實說來。」

小弦眼珠一轉：「我實說了你可別生氣，你們擒天六鬼的名聲可不怎麼樣。」

「江湖傳言大多是顛倒是非之語。」日哭鬼故作從容冷冷道，卻也有些底氣不足：「他們到底說些什麼？」

小弦道：「去年有一個人來找我爹爹煉刀，那人好像是江湖上有頭有臉的什麼人物，用一把彎刀，左臉上還有一顆老大的黑痣……」他一面隨口瞎說，借著拖延時間，一面搜腸刮肚，要將今天零碎聽到的事情連貫到一起，編一個能讓日哭鬼信服的故事。

日哭鬼略一思索：「哦，那人定是『明月七斬』左天盧，一向游走於滇黔兩地，憑著七式刀法也闖下了不小的名頭，武功也還將就吧……不對，你定是記錯了，他那顆招牌的黑痣不是在左臉，而是在右耳下。」

小弦瞠目結舌，萬萬料不到日哭鬼竟然還真能想出一個人符合自己的一套瞎話，肚裡暗笑，臉上卻是一派正色：「對對，大叔對江湖典故如、如數家寶，我是記錯了，那顆痣是在他右耳下……」

「是如數家珍。」日哭鬼笑著糾正小弦話中的錯誤，心想這左天盧也算川滇一方強豪，怕也是有些見地。如此一來對小弦的話倒信了七八分：「左天盧與我沒有什麼交情，卻不知他如何說起我？」

小弦見日哭鬼毫無疑心，信心大增，謊話也編得順溜了：「那個左天盧等爹爹給他煉刀，左右無事便與我閒聊江湖軼事。說起這一帶的幾大勢力自然說到了媚雲教與擒天堡……」

日哭鬼插言道：「應該還有焰天涯！」

小弦將手往腰上一撐，小嘴一噘：「你什麼都知道，那我不說了。」他這一手卻是平日與鎮中小孩子一同玩鬧時最擅長的套子，越是故作高深，越能惹得別人的好奇。

「好好，你說你的，我不打擾便是。」日哭鬼急欲知道左天盧如何說起自己，果然中招，反而對小弦陪起了小心。

小弦心裡偷笑，繼續道：「那左天盧說到擒天堡便說到了擒天六鬼，他說……」他挺起胸，裝出一副大人的口氣：「擒天六鬼的武功也算江湖一絕，只是人品太差，只知為虎作倀，助紂為虐……叔叔，不知這助紂為虐是什麼意思？」

日哭鬼心中大怒，卻又怕小弦不繼續說下去，只好忍著氣解釋道：「咳，那個詞的意思是說，是說武功高了，所以去幫人打天下。」他雖是對著一個小孩子胡亂解釋成語，卻也覺得臉上一熱。不過想到小弦連這個詞的意思都不知道，看來定是左天盧的原話了，更是深信不疑，拍拍小弦的頭，誇獎道：「你記性不錯，去年的話都記得這麼清楚。他下面又怎麼說？」他卻不知是小弦故意如此釋他疑心。

小弦倒是被日哭鬼提醒了，心想我可不能編得太細緻了，碰到含糊的地方便推說自己忘了。「那個左天盧又說：『纏魂鬼還算光明正大，尤其那個吊靴鬼，一天到鬼鬼祟祟冤魂不散般跟在人屁股後面，背信棄義反覆無常，真是丟盡了擒天堡的人。惹得人人一旦提到擒天六鬼，便都是嗤之以鼻，不屑一顧，改叫做欺天六鬼。』」他對纏魂鬼頗有好感，便一力編排吊靴鬼的不是，把腦子中能想到的詞語都用上了。

日哭鬼再也按捺不住：「這個左天盧信口雌黃，若是被我撞上可要讓他好看。」

小弦心道若是能讓這日哭鬼放過自己，這左天盧也算半個救命恩人，卻也不能讓他太過倒楣。當下搖搖手：「叔叔不要急，這左天盧對你卻是十分敬重的。」

日哭鬼被小弦的話勾起了興致，忙又追問：「他還說了什麼？」

小弦一挑大姆指：「這左天盧雖然不怎麼看得起吊靴鬼，但對叔叔你卻是心悅誠服。他說擒天六鬼中日哭鬼卻是一條好漢，武功高強，內力深厚，若不是他不好功名，擒天堡主的位置早就是他的了。」

日哭鬼連忙擺手，肅容道：「休聽他胡說，龍堡主的武功博大精深，我是遠遠不及的。」

小弦的馬屁拍在馬腳上，暗吐一下舌頭，牢牢記住了擒天堡主姓龍。看日哭鬼的樣子不似作偽，這龍堡主的武功定是十分厲害，若是做了他的義子只怕也不算委屈。繼續道：「你先不要打岔，我的話還沒有完。你可知道左天盧為何那麼服你麼？」

日哭鬼雖是作出一付不屑一聽的模樣，心中卻實是受用，更想知道內情，當下果然噤聲，眼望小弦，一臉期待，等他的下文。

小弦清清嗓子：「左天盧說了，天外有天，人外有人，縱然你是武功天下第一，別人若是不服你一湧而上，雙拳也是難敵四手的。所以行走江湖並不是僅靠武功，靠的是……」講到此處，他對日哭鬼一笑：「你可知道靠的是什麼？」

日哭鬼見這小娃娃在自己面前賣關子，恨得牙癢，卻也只好老老實實地答道：「是義氣麼？」

「錯，是信譽！」小弦說得興起，渾把日哭鬼當做平日聽他講故事的玩伴，一根小指頭點點劃劃，直到發現日哭鬼臉色不善，方才警覺，悻悻將手放下，連忙送上高帽：「他說，這日哭鬼的武功雖然不錯，卻也算不得天下第一，但最可貴的便是他信守諾言，說一是一、說二是二，更不欺瞞婦孺，所以才讓他心服口服。」

日哭鬼聽到此處，驚訝地張開大嘴半晌合不上，心中卻想自己這些年來修身養性果不是白費功夫，居然能得到左天盧如此評價，也不枉隱姓瞞名，看來日後真要重新做人了。當下看著小弦的臉色也似是溫柔了許多，氣也壯了：「這左天盧倒是瞭解我，知道我這人最講信譽，絕不做欺世盜名的事。」

小弦繞了一個大圈子，目的其實就是想日哭鬼遵從與自己的賭約，見他中計亦是暗中得意：「我下次見了這左天盧定要誇他有眼光……」

日哭鬼忍不住哈哈大笑。他性格乖張，一向沉默寡言，見到他的小孩子不是嚇得說不出話來就是哭作一團，何曾想會碰到小弦這樣一個口齒便利、腦筋靈光、調皮可愛的孩子，這數年來倒是第一次與人說了這許多的話，只覺得心懷大暢，暗中慶幸剛才沒有不分青紅皂白地先吃了他。

二人說了半天，眼見天色已漸暗。小弦心繫父親的安危，卻也不敢提出讓日哭鬼放了自己，只好說：「我肚子餓得咕咕叫，記得家裡還有些野味，我們一起去吃些東西可好？」言一出口立時後悔，深怕說到吃東西又會讓日哭鬼想吃自己。

日哭鬼亦覺得腹中饑火中燒，卻絲毫也沒動小弦的念頭：「再往北走十幾里便是敘永城，我們今晚便在那裡休息。」他終於想到了自己抓小弦的目的，冷然道：「回擒天堡約有半個月的腳程，若是你這一路能不哭，我便放過你。」他似也覺得有些不好意思，放軟聲氣：「你放心，我最重信譽，只要你賭得贏我，便不會有性命之憂。」

小弦唯恐惹怒了日哭鬼，也不敢多說，只得收起對父親的掛牽，乖乖地隨著日哭鬼一路往敘永城行去。

日哭鬼嫌小弦人小腿短行得太慢，便挾著他一路飛奔。

經了適才的對話，又立下了一場賭約，日哭鬼對小弦的態度亦是較為客氣了，再也不似初擒下他時拎著脖頸，而是一隻手攬在他的腰上，穩穩當當地往敘永城的方向行去。小弦初時只見兩邊的樹木快速往後退去，晃得眼也花了，腦中一片暈眩，漸漸習慣了卻覺得從未有過如此經歷，大呼過癮，連聲誇獎日哭鬼的腳程，這一次倒確是語出真心，引得日哭鬼心裡高興，更不願怠慢了他，說話語氣亦是頗為尊重。

小弦性格活潑，天性通透，雖是一時見不到父親，但反正暫無性命之憂，倒也不急著脫身。他從未出得遠門，這一路上只覺得看到的任何東西都是稀奇有趣，不斷地向日哭鬼問東問西。日哭鬼本是提著一口真氣奔馳，不好開口說話，聽得小弦大呼小叫不停，更是對自己的武功由衷稱讚，只得勉強回應幾句，又怕速度慢下來惹來小弦的嘲笑，只得強耗真元急急趕路，拚得一口內息好不容易才到了敘永城，方覺得這幾十里山路當真是趕得前所未有的辛苦。

敘永城位於川南的一片山地中，占地並不大，只是附近山區的居民大多來此進行一些物品的交換，今日正逢趕集，雖已是傍晚時分，倒也是人來人往，頗為熱鬧。

二人尋得一家小酒店坐下用飯，日哭鬼但覺口乾舌燥，肌腸轆轆，心中思忖是否要在城中過夜。他行事一向謹慎，平日少在市集人多的地方現蹤，都是露宿於郊野中，原本打算用過飯後就趕路，只是這一路來耗了不少元氣，實在也需要休息。又想到自己大耗真元全賴這小鬼所賜，不禁恨恨地瞪了小弦一眼。卻見小弦手拿筷子，卻不吃飯，亦正呆呆的望著自己，沒好氣道：「你不是餓了麼？怎麼不吃？」

小弦輕聲道：「叔叔辛苦了，叔叔先吃。」

日哭鬼一愣，料不到這小孩子竟然如此有心。他平日少與人一同用餐，結交的又大多是江湖上的粗俗漢子，哪有這許多講究，小弦雖只是平日養下的習慣，卻讓日哭鬼平生第一次感受到了一絲關切，不由心頭一熱，口中卻兀自對小弦斥道：「還不快吃，怕我看你的吃相麼？」

小弦見自己一片好心，日哭鬼非但不領情，反而更凶了起來，心中委屈，小嘴一噘，再不敢言語。

日哭鬼看在眼裡，亦覺得有些過意不去，拍拍小弦的頭：「乖娃娃，你叫什麼名字？」

小弦聽日哭鬼破天荒地軟語相詢，鼻子一酸，差點掉下淚來。幸好緊要關頭下想到了不能哭的賭約，連忙低下頭來吃飯，借機擦擦發紅的眼睛，心中直呼好險，口中應道：「我叫楊驚弦，你叫我小弦便是。」

日哭鬼真心讚道：「好名字！」

小弦見日哭鬼臉色和緩下來，趁機問道：「你叫什麼名字？若是叫你日哭鬼叔叔，似是有點、有點那個不怎麼好聽。」又低聲咕嚕一句：「你明明是個人嘛，做鬼有什麼好？」

日哭鬼聽在耳中，心中卻是微微一震。這些年來他明裡是龍判官的屬下，實為擒天堡中客卿，無甚實權，卻亦讓人不敢得罪，每個見到他的人都是小心翼翼生怕引起他的不快，均是恭稱他一聲哭兄，自己亦幾乎忘了本名。此刻聽小弦無忌童言一語點醒，才突覺得這些年隱姓瞞名，過著不人不鬼的日子，不由大是感慨，悲從中來。剎那間從前的往事流過心頭，便似呆住了一般。

小弦見日哭鬼神色怪異，不敢再說，良久後方聽得日哭鬼悠悠一聲長歎：「我姓齊，這些年來便只告訴過你一個人。」又似覺得不應告訴小弦，復又澀聲道：「你便叫我日哭鬼好了，我喜歡別人如此叫我。」

小弦倒也知機，點頭道：「你放心，我絕不告訴任何人。那，以後我便稱你齊叔叔吧。」

日哭鬼不置可否，眼中卻是精光一閃，語氣重又轉冷：「你也不必與我套交情，之所以告訴你我的名姓，那是因為你過幾日便是我肚中美食，無法告訴別人。」

小弦本想分辯自己可未必賭輸，但見日哭鬼眼神懾人，一句話硬生生卡在喉嚨吐不出來，只得就著一口飯吞回肚中，心中只覺得此人實是怪得不可理喻。

日哭鬼望了小弦半天，亦覺得自己對一個小孩子發威算不得什麼本事，語音轉柔：「吃過了飯我們便在這店中休息一晚，明日再趕路。」他見小弦雖然長得不甚討喜，但乖巧懂事，亦勾起了自身的心結，倒想與這孩子多相處一會，反而不願早些趕回擒天堡了。

這夜小弦便與日哭鬼同住在小店中，並頭睡在一張床上。

小弦畢竟是個小孩子，只覺得生平第一次有了這等驚險的經歷，大是興奮，翻來覆去左思右想怎麼也睡不著。幾次找日哭鬼說話都無回應，不多時便聽得對方鼾聲如雷，竟已熟睡。望著天窗外透進的一抹星光發了陣呆，甚覺無聊。

他見日哭鬼對他態度不無好轉，起初說要吃了他，卻似也被自己一番說辭後打消了念頭。雖是掛念父親，倒也無意逃跑，反而覺得平日待在清水小鎮中太過悶氣，這般遊山玩水一番卻也是不錯。

他雖然聰明伶俐，年齡卻實是太小，無甚心機，對人情世故更是一竅不通，只道日哭鬼說要吃人就如平日鄉間農夫逗他玩鬧一般，渾不解其中厲害。卻不知日哭鬼素有惡名，雖是對他有了一絲好感，又激發了一絲未泯的天性，卻如何能就此改邪歸正。現在只是故意裝睡，留個空子待他逃跑，從而有理由重又勾起惡念。而小弦鬼使神差下不起逃走的想法，實是等於救了自己一命。

日哭鬼等了好久，看小弦起先尚找自己說話，漸漸無聲，聽得他呼吸長短無序，不像睡熟的樣子，卻也不見有絲毫逃跑的意圖，心中納悶，渾不解這小娃娃轉什麼念頭。他在江湖上浸淫久了，總是以己心度人，也算頗有些計謀，哪知碰到這樣一個毫無機心的孩子，什麼陰謀詭計都若對牛彈琴，全然不起作用，頗有無從下手的感覺。此時夜深人靜，心魔重生，百般念頭浮上腦中，欲要不顧一切吃了小弦，卻一來想到這是在敘永城客棧中人多不便，二來亦覺得那般終是有些不講道理的恃強凌弱。

若對方是個成人也就罷了，偏偏對這樣一個孩子總不肯讓他小覷了自己，難以下決心發作。

「爹爹也不知如何了？」小弦聽日哭鬼鼾聲停了下來，只道他已進入夢鄉，百無聊賴下自言自語：「齊叔叔為什麼要和爹爹作對呢？」

日哭鬼心中冷笑，心想小娃娃定是想逃跑了，所以才用言語試探。當下不動聲色，且看他要如何。

「和爹爹作對的是壞人麼？」小弦喃喃道：「恩，我看那個吊靴鬼陰陽怪氣的就不是什麼好人，纏魂鬼還不錯，齊叔叔雖然相貌看起來凶惡，但對我也算是好的。」

日哭鬼一愣，不由苦笑起來，自己一心要吃了他，可萬萬料不到自己在小弦心目中還不算太壞，總算強忍著沒有出聲詢問自己好在什麼地方。

卻聽小弦繼續道：「那個龍堡主不知道怎麼樣，聽齊叔叔的語氣，武功定是極好。我若是真能認他做義父，大概也可以練成很高的武功，以後就不怕別人要吃我了，就算賭輸了也不怕……」

日哭鬼聽得好笑，想想自己堂堂擒天六鬼之首，竟然會與這個黃口小兒打這麼一個奇怪的賭，說出來真是令人難以置信。想到這裡，心裡莫名的一暖，不由微笑起來，只覺得能和這孩子在此等情形下相識，也算是大有緣份了。

小弦又道：「不過爹爹定是不願我認那個龍堡主為父，若是爹爹不高興，就算我能練成最厲害的武功也不要認他。何況爹爹也說過，武功高並不代表心腸好，天下武功最高的人就是一個大壞蛋。」

日哭鬼聽到此處，忍不住脫口問道：「你說的是明將軍麼？」

小弦大喜：「齊叔叔你還沒有睡呀，來陪我說會話好不好？」

日哭鬼只得故意翻個身，恍若才醒來的樣子，裝作生氣道：「你聲音那麼大吵醒了我，這半夜三更為何還不睡覺？」

小弦道：「我怕黑，以前都是爹爹陪著我說話、講故事直到我睡著。叔叔你也給我講個故事吧……」

日哭鬼沒好氣地道：「我不會講故事，只會吃人。」

小弦卻也不怕，嘻嘻一笑：「你莫嚇我，我知道你是一個好叔叔，小弦聽話，叔叔就不吃我了。」

日哭鬼受他一聲「好叔叔」，有氣也發不出了，只得勉強道：「我可沒有你爹那麼本事，一個字也不識，哪有什麼故事好講。」

小弦央道：「你武功那麼高，定是走了不少地方，把你遇見有趣的事講一講也行。」

日哭鬼失笑：「你這小孩子就知道拍人馬屁，如何知道我武功高？」

小弦道：「我看得出來呢。爹爹和媚雲教的武叔叔都沒有發現那個纏魂鬼和吊靴鬼藏在一邊，可見那二人的武功不錯。可吊靴鬼那麼趾高氣揚的，卻也要叫你一聲大哥，當然是你武功很高了……」

所謂千穿萬穿，馬屁不穿。日哭鬼心中大是受用，卻也佩服這小孩子聰明，有心與他調笑：「你不是說武功高也未必心腸好麼？你以後是願意做個好人，還是做個高手？」

「我兩樣都要做。」小弦語氣堅決，想了想又道：「齊叔叔你說為什麼武功一高心腸就壞了？是不是武功好了就忍不住要欺負別人？見到什麼好玩的就想搶過來？」他似是突然想通了什麼道理，大是興奮，索性從床上坐了起來：「就像我看到阿龍的風車，問他借來玩他又不肯，若我能打得過他，便很想搶過來……」說到這裡驀然止住，卻是想到自己那樣豈不就成了壞人。

日哭鬼可算是做了一輩子的強盜，卻從來沒有想過其中的道理。此刻聽小弦說來，卻也有幾分可信，或許人性本惡，一個小孩子也是如此，不由嗔道：「你才說要做好人，卻又強搶人家的東西，豈不是自相矛盾？」

小弦不好意思地撓撓頭：「不過是一個風車罷了，又玩不壞，過後自會還他。」日哭鬼道：「以小見大，這次你搶人風車，也許下次就搶人財寶了……」他止住聲，自嘲般一笑，實想不透以自己這般惡名在外卻也能教人道理，先已不能理直氣壯了：「嘿嘿，我雖不是什麼好人，但你年齡還小，以後可不能學壞了。」

「我記住了。」小弦鄭重地點點頭，又道：「不過齊叔叔你能這樣教我，一定是個好人。」

日哭鬼笑道：「世事無常，我今天若是將你一口吃了，你還會認為我是好人麼？」

小弦又聽日哭鬼說要吃人，脖子一縮，勉強笑道：「好叔叔你只是嚇唬我罷了，怎麼會真的吃了我？」

日哭鬼不語，似是默認。小弦聽得四周無聲，終是有些心怯，努力想找出點話說：「爹爹教過我，說是善惡便僅在一念之間，叔叔你既然當時不吃我，說明仍是有善念的……」

「你爹爹說得不錯！」日哭鬼歎道：「日後你若是在殺人前先想想這句話，便不會做錯事了。」

小弦道：「我不會殺人的，我家裡養的雞都不讓爹爹宰來給我吃。」

「乖娃娃。」日哭鬼摸摸小弦的頭，想到自己年幼的時候，亦是天真可愛，武功初成時更是心懷大志，只欲仗劍行走江湖，懲惡揚善，何曾想幾十年的歲月匆匆而過，卻變成了如今這般模樣。不由一聲長歎，勾起了唏噓往事。

小弦先聽了日哭鬼先自承有食己之心，再被他一雙枯瘦的手摸在頭頂，止不住害怕起來，卻又不敢強行掙開，只好用言語分他的心：「叔叔你可有孩子麼？」

小弦話音才落，已覺得抓在頭頂上的大手一緊。這一驚非同小可，急中生智大叫一聲：「我要解手！」掙開日哭鬼的手下床去，這一蹲便似釘在夜壺上般，良久也不起身。

日哭鬼卻也不阻攔：「你莫要著涼了，你不是要聽我說故事嗎？到床上來我便給你講一個故事。」

小弦蹲坐在夜壺上，隔了日哭鬼幾步，心中稍安，黑暗中只見他一雙眸子閃著暗光。雖是覺得有些冷，卻如何敢回到床上，強自嘻皮笑臉地道：「我有點便秘，就在這裡聽故事好了。」

日哭鬼也不勉強，只是悠悠一歎：「從前有一個小孩子，便似你現在這麼大，亦是一般的聰明可愛。雖有些調皮，到處惹禍，可他的父母仍是十分疼愛他，天天給他講故事，陪他玩，逗他開心……」

小弦猶有些心魂不定，也不敢打岔。

「那孩子的母親溫柔美麗，嫻淑良慧，更是心靈手巧，女紅針線當地聞名，幾塊布料過不多時就能做出一件合體的衣衫。她亦從不去外間招搖，勤儉持家，將屋裡佈置得井井有條，又用紙紮了許多的小人小馬和好玩的事物，與夫君一同陪著愛子玩耍，日子雖是清貧，倒也其樂融融；那孩子的父親則是一個劍客，武功高強，嫉惡如仇，更是樂善好施，劫富濟貧，雖在江湖上沒有什麼名望，卻因此惹了不少仇家，但在當地亦極有口碑，十分得人敬重。他愛極了他的寶貝兒子，雖有一身好武功，在家中倒總是被兒子騎在身上。他那孩兒亦十分聰明伶俐，不過三四歲時便對所見之事過目不忘……」

聽日哭鬼說到此，小弦心裡一搐。不知何故，他初初記事便仿是已六七歲，那以後如何與父親相依為命如何修習《鑄兵神錄》皆是記得清清楚楚，唯有這之前的記憶卻是一片空白，每每聽別人說起孩提時的稚趣童真，料想自己必也是可愛至極，但回家一問，父親卻只是悵歎一聲，避而不談，似是別有隱情。這疑問從小便一直藏於心底，此刻卻被日哭鬼的故事勾起，心想日後有機會定要好好問問父親是怎麼回事。知道多想也無益，當下放下心事，凝神細聽日哭鬼的講述。

日哭鬼似是說得高興，呵呵笑了數聲：「那劍客常常行走於江湖，每次回來總給妻兒帶一大包好吃好玩的事物，一家三口其樂融融，過著幸福的生活……」

小弦漸漸聽得入神，想到父親每次去城中亦是給自己帶回來許多好東西，大生同感；又想起自己從未見過面的母親，對那個孩子更生羡慕。

日哭鬼的聲音漸漸低沉下來：「那一年這孩子方才十歲，劍客應朋友之約要去江南做一件事，離家的時間頗久，自然是特別想念親人。他在江南買了許多東西，興沖沖地趕了回來，滿以為可迎到嬌妻幼子，共享天倫之樂。誰知……誰知在他不在家的時候，他的仇家竟然擄走了他的妻兒，將屋子放了一把大火燒得淨光，只留下一片斷壁殘瓦……」他長歎了一口氣：「那劍客的仇家是當地的一個財主，平時漁肉百姓，被劍客教訓了幾次，便懷恨在心。趁著劍客有事外出，用重金收勾結招攬了當地飛雲寨中的一批匪幫，欲要一泄舊忿，那幫山匪亦與劍客有些過節，自是一拍即合。但他們雖是人多，卻素聞得那劍客武功高強，仍怕敵不過他，便使出這般卑鄙的手段，搶走了他的妻兒，還在牆上釘了一張字條，留話讓劍客十日內去飛雲寨中受死。他們自是設下了埋伏，仗著有人質在手，不怕那劍客不赴約……」

小弦聽到此處，忍不住雙拳緊握，大聲道：「爹爹說盜亦有道，可這幫飛雲寨的山匪卻不顧江湖規矩，如此卑鄙下流，真是讓人看不起。」

「江湖規矩?!」日哭鬼嘲然冷笑：「經了這麼多年，我早就看透了。任你平日如何自命俠義，一旦到得生死關頭，哪還顧得什麼江湖規矩，只要能保得性命，什麼下三濫的手段亦可以使出來，便是親生父母也可以當做擋箭牌……」

小弦從小就被父親灌輸了許多俠義之道，聽日哭鬼如此說，心中自是大大不以為然。但黑暗見不到他的形貌，只聽得他的聲音便若蛇嘶狼嚎般廝啞，似泣似怨，不敢多言爭執，默然不語。

日哭鬼長吁了一口氣，繼續道：「那劍客一見敵人留下的字條，不敢怠慢，快馬加鞭一路馬不停蹄趕到數十里外的飛雲寨中……」

小弦插言道：「這可不對，若是他趕路趕得疲憊不堪，如何能對付得了敵人設好的埋伏？何況房子都燒毀了，牆上的字條定是等火滅後才釘上去的，分明就是故意安排好了圈套。」

「你小小年紀，卻能看出這些疑點，已是大不簡單。」日哭鬼歎道：「那劍客又何嘗不知道這些道理，但他曉得那幫山匪心狠手辣，妻兒多在他們手中一刻便多一分危險，雖然明知自己這般貿然前去，或許救不出妻兒，還枉自送上一條性命，但關心則亂，如何還能冷靜下來從長計議？」

小弦不語，想到父親找不到自己定是非常著急，現在也不知怎麼樣了，一念至此，心情亦沉重起來。

日哭鬼續道：「那劍客趕到飛雲寨，略微休整一下，喘息稍定，便獨自一人仗劍闖了進去。滿以為對方會嚴陣以待，不料偌大的山寨卻靜悄悄地沒有一個人影，他四處搜尋，果然、果然在後山的一間小屋中找到了自己的妻子……」說到這裡，他又是長歎了一聲。

小弦聽劍客找到了他的妻子，本欲拍手叫好，卻直覺氣氛不對，怯怯地問：「她已遇害了麼？」

「你也猜出來了……」日哭鬼忽止住聲音，似是哽住了一般，良久後方才緩緩道：「她死得很慘，全身衣衫都撕碎了。那幫混蛋不但強暴了她，還折斷了她的四肢，割去了她的舌頭，身上更是滿是傷痕……旁邊又有一張字條，讓劍客去那地主家領回自己的兒子。」

小弦聽到如此慘況，目瞪口呆，喃喃道：「這幫強盜真不是人，他們與那劍客又沒有什麼天大的仇怨，為何要如此趕盡殺絕？」

日哭鬼深深吸了一口氣，聲音卻是一種強抑後的平靜：「不錯，本來也就是一時鬥氣，亦犯不上如此不留餘地。」他的聲音突然轉高，幾乎是吼了起來：「可江湖上就是如此，若不能將敵人斬草除根、趕盡殺絕，下一次就會輪到自己。要想在江湖上活下去，就要心狠手黑，不能有半點婦人之仁，什麼江湖規矩，什麼仁義道德，統統都是他媽的見鬼！」

小弦見日哭鬼聲嘶力竭，聽得膽戰心驚，雖覺得道理上不應如此，卻也無法辯駁。隱隱覺得那個劍客定是與他大有關係，卻也不知道如何勸解，只好問道：「那他兒子呢，有沒有救出來？」

日哭鬼漸漸恢復常態：「那劍客見到妻子的屍體，傷心至極，幾乎當場崩潰。但心念愛子，也不願草草掩埋妻子，只得將妻子的屍體用衣服裹住負在身上，再沿著原路返回，直奔那地主的山莊中去。他明明知道敵人如此做就是要令他戰志全喪，再消耗他的體力，可那個時候，滿心裡都是復仇的怒火，什麼也顧不得了。就算死，也要多殺幾個敵人。

「來到山莊中，天色已黑。劍客雖遭巨變，但經得這一路上的奔波，亦漸漸冷靜下來，心想君子報仇十年不晚，當今之策應伺機先救出兒子。當下先將妻子的屍體藏在一個隱秘的地方，偷偷翻牆潛入莊中，他武功高強，小心避過莊丁的耳目，也無人發現他。只見得莊中的大堂上燈火通明，數十人在廳中猜拳行令、喝酒做樂，那幫山匪與那地主都在其中，旁邊便縛著他兒子，臉上也是青一道紫一道盡是累累傷痕。劍客藏在屋頂上，一見之下心中大慟，可他雖是急欲復仇，但也不敢貿然造次，怕驚動敵人徒然害了孩兒的性命，尋思用什麼方法才可安然救出愛子……」

小弦皺眉道：「敵人定是早知道他回來了，所以才讓他去飛雲寨空跑了一個來回消耗體力，怎麼還能從容喝酒行樂，恐怕其中有詐。」他此時的心情全繫在那個劍客身上，希望他能救出自己的兒子，設身處地一想，便覺得有些蹊蹺了。

日哭鬼恨聲道：「飛雲寨中都是一幫遊手好閒的無賴，沒有什麼高手，若不是用計，如何敢輕易招惹我。」講到此處突然一愣，自知失言。原來他想到昔日的慘況，一時激動之下，忘了隱瞞自己的身分。

小弦何等聰明，起先見到日哭鬼的忿然不平，本就有些猜出那個劍客便是他自己。但此刻聽他親口承認，卻還是不禁全身一震，事先何曾想過這個看起來相貌凶惡、行事乖張的怪人會有如此淒涼的境遇，不但妻子慘死，兒子亦是生死未卜，心中大生同情，卻也不知道如何安慰他，只得靜靜聽他講下去。

「那飛雲寨主劉寧武功亦是稀疏平常，只是仗著手下數十個亡命之徒，四處打家劫舍，做了不少壞事，有一次恰好被我碰上，教訓了他幾句，責令以後不得再做惡，因此懷恨在心。這一次見我出門在外，便趁機報復，竟然下此毒手。」這些年日哭鬼對那當日的情形想是回憶了不下數次，卻尚是第一次訴諸於口，聲音亦止不住顫抖起來：「我正欲跳下去先擒住他當做人質，救回兒子，卻見一個三十餘歲的漢子從座位上站了起來，一手提了我那孩兒，一手端了杯酒走到廳中，想道，『急風劍客既然來了，何不現身一見。』我沒有見過此人，但他能發現我，想必功力亦不弱，怪不得那劉寧敢來惹我，原來是仗著有此高手。那時的我含著一腔怒火，縱是對方人多勢眾，也是絲毫不懼，既然已被人叫破，便跳到屋中，準備和敵人血戰一場……」

小弦猜想當時情景，似是親眼見到那一個傷心之人面對幾十個強盜，凜然不懼直衝上前，用手中的長劍為死去的親人復仇，也禁不住小拳緊握，恨不得與他並肩一起殺光惡人。

「敵人似是早有準備，我一跳下來便各執兵刃將我團團圍住，卻被那個人止住。他面白無鬚，看起來就像一個中年文士，只是脖頸間有一大塊青赤色的疤痕，十分好認。他先對我客氣幾句，報上名號叫做高子明，乃是飛雲寨新來的二當家。嘿嘿，高子明……」日哭鬼淒然一聲長歎，又重複念了一遍這個名字，一字一句地道：「你可知道這些年來，我四處找你，若是老天可憐能讓我見到你，定要將你碎屍萬段，再一口口吃盡你的肉，喝盡你的血，方能解我心頭大恨……」再緩緩對小弦道：「你要牢牢記下他的名字與脖間的那個疤痕，若有日能將他的下落告訴我，便是我的重生父母、再造恩人。」

小弦聽日哭鬼說得如此怨毒，隱覺不安。他既然說還沒有找到這個高子明，想必那日不能盡殲敵人，卻不知是否救出了他的兒子，勉強安慰道：「惡有惡報，他定然早就死了。」

日哭鬼冷冷道：「他就算死了，我也要把他的屍骨挫成灰，再吃到肚子裡去……」

小弦悚然無語，怨深若此，只怕他的兒子最終亦是凶多吉少。

日哭鬼沉默許久，似是在回憶那日情景，過了好一會方重新開口：「那高子明看似對我毫無敵意，對我一臉肅容道，『我等久聞急風劍客的大名，拜見無門，這才將尊夫人與令公子請來盤桓數日。卻不料見到夫人的花容月貌，幾個手下按捺不住，私下侵犯，高某對屬下管教不嚴，以致釀成慘禍，實是萬分抱歉。』他表面上惺惺作態，暗地裡卻是笑裡藏刀，右手一直扣在我兒子的頭上。我給他這一說想到了妻子的慘狀，勾起了滿腹的怨氣，若不是見愛子身陷敵手，定要拔劍衝上去與他們個你死我活。

「卻聽他繼續道，『我們都知道齊兄武功高強，心中實是惴惴不安，不知如何可以化解這段恩怨。那幾個手下已被我按山規處理了，只盼齊兄大人大量，若能答應我以後袖手不理，這便將令公子交還與你。』我自不會放過他們，但聽他如此說，再看到我那孩兒被毒打得幾乎認不出來的臉孔，心想倒不妨權且從他之言，先救下孩兒，再徐圖報仇。於是便點點頭，算是答應了他的條件……」

小弦心中起疑，見那高子明的手段十分了得，對日哭鬼先勞其力再衰其志，如何能輕易將兒子交還與他，其中只怕有詐。

日哭鬼續道：「見我一點頭，高子明便將孩兒擲了過來，我怕摔傷了孩子，連忙接住。才一入手，便立知不對，我那孩兒不過十歲，如何會有這麼沉重。才想到這裡，一把短刀已刺入了我的小腹中，其餘強盜亦是約好了一般一聲大喊，各舉刀槍向我殺來……」

小弦雖料到其中有詐，但事起突然，仍是不由發出了一聲驚叫。

「這都是那高子明定下的奸計。讓一個侏儒帶著一張人皮面具，裝做我孩兒的模樣，竟然瞞過了我的眼睛，出其不意地偷襲成功……」日哭鬼聲音平靜的可怕：「幸好我雖是一路勞累，又中了一刀，但武功與應變尚在，一把抓住那假扮我孩兒的侏儒，以他做盾牌擋向那諸多襲來的兵器。那個高子明持扇當先撲來，口中還對手下大叫道，『不要讓他走了，不然我們日後全都得死在他劍下……』可恨那幫畜生受他教唆，竟然不顧同伴的死活，死命朝我殺來。我一見此情形，心知我那孩兒多半亦是凶多吉少，報仇之念一生，身體裡又生出一股勁道，強忍痛楚殺出一條血路，衝出山莊，落荒而逃。高子明領著那幫畜生緊追不捨，我邊跑邊戰，可小腹傷重，血流過多，終是越跑越慢，眼見就要給他們追上，逼入絕路。」

「我知道難逃此劫，心中一橫，索性返身重又殺入敵群中，拚得一個便算是一個，敵人料不到我受了重傷還敢回身反擊，被我殺了幾個，但他們人多勢眾，將我圍在中間，我又受了幾處傷，眼見就要死於亂刀之下……」日哭鬼微歎一聲，又怔了半晌，歎道：「若是我那時就死了，能與妻兒相會於陰曹地府，或許也是一件好事吧。」

小弦聽得膽戰心驚，眼下雖見日哭鬼好端端地仍在這裡，當日定是有驚無險，但一顆心仍是止不住怦怦亂跳，為他生死未卜的命運揪心。

日哭鬼咳了幾聲：「就在這千鈞一髮的時刻，恰有一個漢子路過此地，便出頭喝止敵人。那高子明等人凶殘成性，又是殺紅了眼，如何肯罷手，當下連來人一併圍住。可不想那位漢子武功極高，不過幾個照面間，便將數十個敵人的兵刃盡數打落在地，卻沒有傷到一個人……

「那高子明亦是見過些世面，知道來人不能力敵，便以江湖切口質問對方多管閒事。那漢子也不用強，只淡淡地問起爭鬥的緣由。高子明便信口開河編排了我許多不是，我雖想分辯，但傷口疼痛，更是心傷難忍，又氣又急之下，一時說不出話來。那漢子見我神態有些蹊蹺，便對高子明道，『我最見不得恃強凌弱之事，且不論誰錯誰對，你們幾十人個追殺他一個，我便心中不平。今日之事就此罷手。我尚有些急事要辦，過幾日再來此地，再詳察這件事的是非。』那高子明亦連連點頭稱是，可我見他眼中光芒閃動，心想若是此人一走，只怕我當場就會被亂刃分屍，欲要開口，卻被那漢子一擺手止住，『你不必多言，此事我遲早會察個水落石出，若你受了冤枉，我自會還你一個公道，但若你真是怙惡不赦之徒，我亦不會輕饒。』他的樣貌也不怎麼高大，可這幾句話說出來，卻帶著一股凜然正氣，震懾住了眾人。有個嘍囉小聲嘀咕了一句什麼，卻被他聽在耳中，哈哈一笑，『我不是什麼武林盟主，但我就是要管天下不平之事。你們若是不服，儘管到五味崖找我。』言罷給我服了一顆丹藥，就此飄然而去。那幫畜生聽到了五味崖之名，皆是臉有懼色，再也不敢為難於我，呼哨一聲，一哄而散，那高子明自此以後亦是不知所蹤……」

小弦聽到這裡，想那漢子寥寥數語便將這群凶殘的敵人嚇得四處逃竄，對他的凜然氣度大是欽服，問道：「他是什麼人？」

日哭鬼歎道：「除了五味崖的蟲大師，還能有誰有如此威勢。」

「原來，他就是蟲大師！」小弦一聽日哭鬼如此說，立時便想到父親曾對自己說過：江湖上有一個奇人，乃是號稱白道第一殺手的蟲大師，專管天下不平之事，更是將朝中貪官的名字懸刻在五味崖上，以一月為期殺之，從不虛發，乃是天下所有貪官的大剋星。想不到竟然在此聽到了他的名字，剎時只覺得血氣翻騰，豪氣勃發，再也說不出一句話來，心中只想自己以後便要做這樣的大豪傑大英雄，方才不枉這一生……

隔了良久，小弦心氣略平，才繼續問道：「你可救出你兒子了嗎？」

日哭鬼低聲道：「我匆匆包紮了一下傷口，立時又趕回那財主的山莊中。飛雲寨的匪徒畏懼蟲大師，全都走得一個不剩，只有那財主一家來不及逃跑，被我堵個正著。一問之下，方知我那孩兒……」說到此處，日哭鬼頓了一頓，在暗夜裡他強抑的、略帶哽咽的聲音更顯蒼涼：「我終見到了我那孩兒，你道那個侏儒的面具如何會那般以維妙維肖，這幫天殺的畜生為了對付我，竟然將我那十歲的孩兒活生生剝了皮，製成人皮面具……」

小弦聽到這等慘絕人寰之事，心頭大震，呆呆張著嘴巴，初見日哭鬼時只覺得他凶惡無比，何曾想到他竟有如此淒慘無比的遭遇，心頭泛起酸楚，大顆大顆的淚珠從眼眶中湧出，一句話也說不出來。只聽得日哭鬼的聲音漸轉淒厲，嘶聲對小弦喊道：「枉我苦學武功，立志行俠仗義，卻不能保護自己的妻兒。你說、你說，我是不是應該報仇？」

小弦反手抹一把淚，怔怔點頭：「蟲大師定會幫你報仇的。」日哭鬼卻形似入魔，恨聲道：「就算有蟲大師幫我殺光了敵人又有何用，我的妻兒亦不能復活。何況我也不需假手他人給我復仇。」他突然哈哈獰笑起來，冰冷的聲調裡夾雜著一絲哭音：「你且猜我是如何報仇的？」

小弦聽到日哭鬼邪惡的笑聲，隱隱料到了什麼，只覺得脊背上一陣發冷。果然聽日哭鬼笑了數聲後惡狠狠地道：「我便將那財主一家殺個乾淨，將他兒子亦是剝皮抽筋，一口口將他吃下肚去……哈哈哈哈，」他忽又大笑起來，一字一句道：「你哭了，你哭了，我要吃了你，我要吃了你……」

小弦此時方發覺自己早是淚流滿面，大驚之下跳起身來往房外跑去，卻忘了解手時褲子尚未提起來，腳下磕磕一絆，撲通一聲摔倒在地上。再覺得背心一緊，已被日哭鬼一把提起，驚悸之下只看到一雙銅鈴大的眼睛似是要噴出火來，在黑暗中瞬亦不瞬地瞪著自己，一時呆愣住，連動亦不敢再動一下。

「你輸了！」日哭鬼口中猶是喃喃念叨：「你終於哭了！」

小弦見到日哭鬼一張苦臉上皺紋橫生，便如突然老了數十歲，念及他妻兒慘死，更加上心中又驚又怕，明知不應該卻仍是止不住淚如泉湧，顫聲道：「你莫要吃了我，不然我爹爹亦會很傷心的……」

日哭鬼微微一震，盯著小弦看了半晌，眼中魔意漸消，亦掉下淚來，雙手收緊，將小弦緊緊抱在懷裡：「乖娃娃莫怕，我不吃你便是了。」

小弦被日哭鬼緊緊抱在懷裡，動也不能動一下。聽得他說不吃自己，心頭略寬，更是百念叢生，想到若是父親在此，斷不會容他這般對待自己，淚水更是竭止不住，將日哭鬼的胸前亦打濕了一大片……

今日受了不少驚嚇，他一個小孩子如何撐得住，又睏又乏之下，也不知過了多少時候，終於就這般在日哭鬼的懷中沉沉睡去。

# 神龍乍現

「我聽爹爹說起過，龍判官是天下六大邪派宗師之一，武功定是非常高了。
你也不早說，害得我還一直想這個龍堡主是什麼人呢。」
原來許漠洋自小便給小弦講了不少的江湖典故，
卻只道這所謂的宗師云云必都是神龍見首不見尾的人物，
何曾想過這名動江湖的人物竟然就這麼輕易地與自己發生了聯繫，
不由歡呼雀躍起來。

第二日，日哭鬼與小弦重又上路。

小弦本以為經了這一晚的相處，二人感情已深，欲想出言求日哭鬼放了自己，好回清水小鎮中去尋父親。不料看起來日哭鬼對他的態度雖是大為和緩，但臉上卻重又恢復平時冷漠，幾次找他說話亦是一副愛理不理的模樣。小弦猜不透他心意，亦不敢多言，只得老老實實地隨著日哭鬼一路朝北行去。

日哭鬼心中卻是另有想法。他數年前因逢巨變，這些年只要一想到自己的妻子、孩兒慘死的情景，便只覺得上天待自己何等不公，直欲將自己所遇的劫難加諸於天下人身上。所以他性情亦變得憤世嫉俗、十分乖張，最見不得十餘歲左右活潑可愛的孩子，才有了噬童之癖。直至後來惹出了華山掌門無語大師，數年均隱跡於擒天堡，每每思及自己的慘遇與所做惡行，心中天人交戰，時而大有悔意，時而卻更是變本加厲。

他這些年隱姓埋名，深怕無語大師會找到自己，是以從不敢向任何人提及舊事，久而久之，怨忿沉積於胸，更是變得鬱鬱寡歡。直至遇到小弦，昨夜方才一吐為快，正如一個人心事憋得久了，卻又找不到人訴說，便到山間野外自言自語一番。

日哭鬼初見小弦時，看這孩子聰明伶俐，頓時想到自己慘死的孩兒，心裡不由惡念橫生，這才不顧龍判官對付媚雲教的命令強行擄走小弦。後來雖是與小弦打賭，卻哪會把這樣一個小孩子當做對手，只道自己定會贏得這一注。在日哭鬼的心中，小弦遲早都是口中之餐，也正因如此，昨夜他才將平日從不訴於口中的遭遇講與小弦聽，一方面是想一吐心事，另有一小半的心思卻是要借著自己的經歷引出小弦眼淚，從而光明正大贏得這場賭約……

可日哭鬼萬萬料不到雖是終於惹出了小弦的眼淚，卻是對自己境遇的同情之淚。他這些年雖是把過去的往事回憶了數遍，卻從沒有一次像昨夜這般暢吐心事，從傾訴中不禁重又憶起自己舊日的紛揚意氣、倨傲心志，對仇人的怨恨與對妻子的懷念反覆衝擊心頭，終也忍不住唏噓啜泣，再見到小弦哭得可憐，恍若便是見到了自己的親生孩兒一般，忍不住緊緊抱住小弦。在那一刻，確是心中真情流露、不能自抑。

日哭鬼此刻心中極為矛盾，既想到小弦得知自己這麼多的秘密絕計不能留下活口，又見他善解人意聰明可喜不忍傷害。又想自己違背了龍判官的命令，倒不如將這孩子獻與他，想來龍判官失子數年、再無所出，或許真會喜歡小弦收為義子，一來自己可以將功抵罪，二來對小弦亦有一份補償，也算是兩全其美……

他城府極深，諸般念頭雖是在心中糾纏不止，面上卻依然是不動聲色，一片漠然。

二人出了敘永城，再往北行。此處尚是媚雲教的勢力範圍，日哭鬼不虞顯露行跡，不走大道，專挑荒山小徑行路。這一帶多是丘陵，山勢龍走蛇舞，峻而不險，更有金沙江及其數道支流繞山而行，山光映水，蒼松滴翠，更增一份奇幻。

小弦一心想找機會逃走，只是沒有適當的機會。他知道若是逃跑被日哭鬼抓回來，怕是要大吃苦頭，是以表面上亦是不露半分不耐煩，一路上卻是常常想些花樣出來耽誤行程，盼著父親前來搭救自己；日哭鬼對小弦的念頭自是心知肚明，卻也不說破，其實他內心深處實是頗有些捨不得小弦，知道早一日到擒天堡便會早一些與他分別，索性由得小弦胡鬧。

其時正是仲夏時節，氣候炎熱，好在山間林蔭蔽日，水汽消暑，二人這一路走走停停，倒也自在逍遙。

小弦從未出過遠門，這一路上見到許多稀奇的見聞，時而去撲打蝴蝶，時而去鑽鑽山洞，感覺有趣，亦不覺旅程辛苦。日哭鬼見小弦童趣盎然，雖仍是黑著一張臉，話也不多說幾句，但心中卻甚是高興，恍然又回到陪著兒子一同嬉戲的時光。

日哭鬼出身陝北，便以隨身攜帶著的幾張大餅為食，吃得小弦大皺眉頭，卻也不敢提出打些野味，生怕一不小心自己便做了日哭鬼的乾糧。

二日後到了瀘州城，日哭鬼也不休息，徑直帶著小弦沿著金沙江往東行去。小弦先見到江流湍急，奔騰翻卷，氣勢迫人，驚訝地咋舌不已，然後便鬧著要做坐船。日哭鬼不忍拂他意，便去江邊尋找雇船。

小弦見日哭鬼不反對，更是來了興致，對著一排雇船挑三揀四，又是嫌船不夠寬大氣派，又是嫌船不夠乾淨，費了半個時辰，直到日哭鬼頗不耐煩，方才雇了一隻小船，沿江東下。

那船家是條二十餘歲的漢子，自稱姓劉，長得矮小彪悍，頭上纏塊白布，看上去十分的精明達練，一路上吆喝著號子。他氣脈悠長，嗓音洪亮，引得小弦不斷拍手叫好。

小弦第一次坐船，新鮮不已。趴在船頭看去，但見山脈莽蒼、層巒疊障，波濤浩蕩，江水激湧，忍不住又叫又跳，渾然忘了自身處境。只可惜不識水性，不然定是早就跳到水中暢游一番，更是拉著日哭鬼央他講沿路各景物的來歷。

日哭鬼以往雖然走過幾趟船，但都是有事在身，從未用心去欣賞過這沿路景致。此刻眼見水波沸騰、浪峰搓挪、江濤飛旋、激浪澎湃，被那磅礴氣勢勾起昔日雄志，亦是心懷大暢，終與小弦有說有笑起來。小弦趁機慫恿日哭鬼捉了幾條江魚，總算一解口腹之欲。

小弦天性通透圓熟，隨遇而安，反正這一路坐船下來，想逃亦無處可去，索性放開胸懷，纏著船家與日哭鬼問東問西，何況自從那夜聽了日哭鬼的故事後，對他的同情之念倒是多於畏懼，反而不時故意找些話來逗他舒懷。

如此過了幾日，兩人感情日篤，日哭鬼對小弦亦是愛護有加，不但細細解說這一路的風土人情，更挑些江湖中有趣的事說與他聽，令小弦大開眼界。若是一般人不明究竟的人見了，必還以為他們是父子二人一同遊山玩水了。

小船沿江東下，倒也迅速，一路行經江津、渝城，這日清晨便將至涪陵城。涪陵為蜀東重鎮，是位於金沙江邊的一個大城。其時蜀道難行，內陸與川中的物資交換多走水路，涪陵城得天時地利，是以來往客商十分頻繁。

此刻離涪陵城尚有七八里的水路，江面上船隻就已漸漸多了起來。近觀江岸兩邊奇岩嵯峨，峰插入雲，遠眺瀰漫水天中帆檣林立，舳艫相聯，和著飛騰湧浪、浩蕩江聲，於七分的繁華喧鬧中點綴著三分的雄闊激揚，不由令人豪情上湧，胸懷舒暢。

「船家，船速加快了麼？」日哭鬼立於船頭，遙望著晨霧中隱約可見的涪陵城，突覺到船速加急，故對那姓劉的船家問道。

在船尾操舵的船家一面掛起帆篷，一面對著日哭鬼道：「客官說得不錯，因為前面江道狹窄，巨石橫臥，水流湍急，不但有漩渦，還布有許多暗礁，常常有船於此處翻側，因此得個名目叫做鎖龍灘……」

小弦奇道：「既然如此，才更應要放慢速度才對呀，不是有句話叫做『小心駛得萬年船麼？』」他想出了這句俗語，而且用得正是地方，心中好生得意。

船家手上動作不停，對小弦呵呵一笑：「小兄弟你有所不知，這金沙江的漩渦乃是個吃軟不吃硬的主，若是船速過慢，經過漩渦時便似墜了千斤的重物般，越行越慢，最後便被水力吸住，打著轉陷到江底去，落得船沉人亡之禍；只有保持著高速行駛，一股作氣衝過漩渦才可履險若夷，方是安全之策。」

日哭鬼早見那船家身手矯健，行動敏捷，似是懷有武功，已略有疑慮，此刻聽他談吐不俗，更是暗中留意。只是他不甚熟識水性，聽船家說得也算有道理，再加上此處已屬擒天堡的勢力範圍，是以雖然覺得其人可疑，卻亦不怕他玩出什麼花樣，不予細究，心頭暗品「鎖龍灘」這個名字，若有所思。

「原來行船中竟也有這許多的學問。」小弦望著江中間一個漩渦道，手中比劃不休：「這麼大的一隻船如何能從這麼小小的漩渦中墜下去，真是令人想不透。」

船家耐心解釋道：「這些小漩渦自然沒有什麼危險，到了前面水流湍急處，那漩渦足有丈許方圓，若是行船不得法，別說是這個小船，便是那可載百人的大樓船亦難免被它吸下去。所以這裡方有『鎖龍灘』之名，便是一條神龍陷入那大漩渦中，只怕亦是無計可施。」

小弦聽得津津有味，又是害怕又是好奇，心想待會可要好好見識一下那可鎖住神龍的大漩渦。又覺得這一路上見了不少的新奇事物，以往待在家中的平淡生活與之相比真可謂是判若雲泥，雖是日後自己的處境尚不明朗，卻已頗有些喜愛這種處處都透著神秘與凶險的「江湖生活」了。

船家見小弦不語，只道他心懼，輕聲安慰道：「小兄弟莫怕，待得過了鎖龍灘，便到涪陵城了。」

小弦坐了幾日的船，早覺得氣悶無比，此刻聽船家說即將要到涪陵城，自然想上岸走動一番。再看到兩岸邊零零落落的數戶人家，更是心癢難耐，只是見日哭鬼立於船頭沉思的樣子，不敢直接提出來，便訕訕搭言道：「齊叔叔你在想什麼？」

日哭鬼回眼望向小弦，低聲歎道：「你記住了，到了擒天堡後，可不能告訴任何人我姓齊，以後我們也就當不認識罷了。」原來他知將至涪陵城，離擒天堡只有一日的路程，想到將要與小弦離別，心中不免有些依依不捨的惆悵。他行事一向慎重，說到擒天堡之名時都是放低語聲，不願讓船家得知他的來歷。

那擒天堡總壇位於川東豐都城左近的獅子灘邊。那獅子灘憑崖臨江，正處於湖廣入川的水路要道上，川內各幫派常常為此地的屬有權惹起許多爭執。直到數年前龍判官憑著手中兩支「還夢筆」懾伏川內十七大幫派的首腦，這才將川內各勢力統一起來，一舉成立擒天堡，龍判官自封堡主，總壇便設在獅子灘頭的地藏宮中。

龍判官亦因此揚名江湖，與明將軍、雪紛飛，風念鐘、水知寒、歷輕笙並列為邪派六大宗師。

小弦這些日子過得悠閒，確是從沒有想到過去擒天堡後會是如何的情形，聽日哭鬼如此說，不由嘛起小嘴：「快到擒天堡了麼？我可不想做那個龍堡主的兒子……」

日哭鬼低聲笑道：「龍堡主天縱之材，威名遠震，做他兒子有什麼不好。若日後你行走於江湖中，只要抬出龍堡主的名字，便處處有人打點照應，無比風光。」

小弦心想以日哭鬼的高傲，語氣中卻明顯表露出對龍堡主的尊重，不由問道：「他很厲害麼？他叫什麼名字？」

日哭鬼緩緩道：「龍堡主的大名喚做龍吟秋，只因他使一對判官筆，而擒天堡又是位於一向有鬼都之稱的豐都城邊，所以江湖中人都稱其為龍判官……」

「原來，他就是龍判官呀！」小弦大叫一聲，惹得那船家亦變了臉色，朝他看來。

「我聽爹爹說起過，龍判官是天下六大邪派宗師之一，武功定是非常高了。你也不早說，害得我還一直想這個龍堡主是什麼人呢。」原來許漠洋自小便給小弦講了不少的江湖典故，生吞活剝硬記下來，卻只道這所謂的宗師云云必都是神龍見首不見尾的人物，何曾想過這名動江湖的人物竟然就這麼輕易地與自己發生了聯繫，不由歡呼雀躍起來。

日哭鬼失笑道：「你自己記不住又怪得誰，整個江湖上龍姓堡主怕也只有他一個。若是說起他的本名龍吟秋，只怕還沒有幾個人知道。」他呵呵一笑：「你既然知道龍堡主的來歷，自是願意做他兒子了。」

小弦搖搖頭，一臉正色：「不行不行，他既是身為邪派中人，我若做了他兒子，只怕日後也會被江湖唾罵。」

日哭鬼想不到他年紀雖小，對正邪觀念卻是極強：「你這話對我說不打緊，若是對龍堡主談起，只怕立時就有殺身大禍。」歎一口氣：「有道是各花入各眼。所謂正邪之分，無非都是江湖上每個人眼中的主觀看法，誰又能有定論？昔日當朝太祖起兵的時候，還不是被人認做邪魔歪道，可一朝得勢，便成正果。待得你年紀大了，就知道正邪原只存於心中一念之間……」他知道小弦外表溫順，性子卻是極倔強的，是以先用言語說服他，免得到時候與龍判官起了爭執，怕是會大大不妙。

小弦撓撓頭，低聲嘀咕：「為什麼你們也不問我是否同意，便爭著要我去做那個龍判官的兒子，天下莫非就我一個小孩子麼？」

日哭鬼聞言倒是心中一動，自己擒下小弦的本意雖非是要獻與龍堡主，但最終陰差陽錯仍是和吊靴鬼想到了一起，原因其實都是看出了這孩子極佳的根骨，若是有明師指點，日後成就當不可限量。

那吊靴鬼當初提及將小弦送給龍判官為子乃是為了自身的前程，而日哭鬼卻是這一路來與小弦有了深厚的感情，就當他是自己的兒子一般，希望他能有一個好歸宿，這其中的動機雖有分別，目的卻是一樣的。只不過這江湖中不知有多少人想與龍判官交好而不得，而這天賜的好事送與小弦面前他卻視為苦差，也真算是造化弄人了。

日哭鬼正想得出神，卻突覺得船身一輕，轉頭看時，卻見那船家一個猛子扎到江中，翻起幾朵浪花，再也不見。而船尾上已被鑿開一個大洞，江水正源源不絕地湧了進來。

日哭鬼這一路本是暗中防備著那船家，卻仍料不到光天化日之下他亦敢在擒天堡的地頭上突然發難。他身為擒天六鬼之首，一向只有他去找別人的麻煩，此刻一時疏忽被人算計，不由心中大怒，踏前幾步來到船尾，卻只見江水滔滔，哪還能見到船家的影子……而船上的槳支亦被那船家不知丟到什麼地方，而此時正是順風，船速極快，竟是無法停下來。

小弦手忙腳亂地拿起一塊破船板去堵漏處，卻哪裡堵得住，此處江水甚急，不多時水已漫上腳踝。小弦急得大叫：「叔叔快來幫我，船漏水了，就要沉了……」

日哭鬼將小弦抱在手中，柔聲道：「小弦不要怕，反正不是我們的船，沉就沉吧。」

小弦道：「叔叔你會水麼？我可不會游泳……」

日哭鬼搖搖頭，眼神冰冷：「放心，這點小事難不倒我。」話雖是如此，但日哭鬼眼見船隻正行駛在江心，離兩岸皆有三四丈的距離，自己獨自一人尚難一躍而過，帶著小弦更是無法平安到達岸邊，他一指前方數丈外稍窄的水路：「到得那裡我便帶你跳到岸上去。」

小弦心中稍安，料想以日哭鬼的本事定能護自己脫險，心中又想到一句俗語，忍不住頑皮一笑：「這船家大概是個強盜，不知是何道理，船錢沒收到幾文，自己卻把船開個大洞，當真是賠了夫人又折兵……」話音未落，船身猛然大震，幾乎將二人拋入水中去，原來是撞到一塊暗礁上，小船登時航行不穩，左搖右晃，船身咯咯吱吱響個不停，似欲散架一般。小弦的笑容猶掛在嘴邊，臉色卻已變了：「莫不是我們已到了那個什麼見鬼的『鎖龍灘』？」

日哭鬼站定身形，使個千斤墜稍稍穩住船身，一臉陰沉。看這船家的行事，分明是想置自己於死地，卻不知是何人主使。眼見小船在急湧的江流帶動下越來越快，江水就似在沸騰一般翻捲著狂濤，江面上驀然現出一個闊達丈許方圓的大漩渦，水聲呼嘯，浪花激濺，便如一個張著大嘴的怪物欲擇人而噬，不受控制的小船卻正飛速地直朝漩渦撞去……

而此刻離前方最近的岸邊尚有近三丈遠。

以日哭鬼的定力，此刻亦不由有些驚慌失措。在這一刻，他的心中閃過一絲念頭：若是現在捨下小弦拚力一躍，未始不能跳到岸上，雖是船身晃蕩不止，足下不穩極難發力，但縱算差了少許，那岸邊的淺灘也困不住自己，可是如此一來，小弦孤身一人留在船上必無倖理。他能下得狠心棄下小弦而不顧麼？……

情勢緊急，刻不容緩。日哭鬼稍一猶豫，小船離漩渦的距離已不足一丈。小弦的一張小臉驚得煞白，連眼睛都不及閉上，眼睜睜地看著小船直朝大漩渦衝去，面前忽就矗立起一道水牆，咆哮著的狂浪和著迫人的水汽直逼上來，緊咬住嘴唇方才忍住沒有失聲尖叫出來。

日哭鬼眼角瞥見小弦的神態，心中痛下決斷，緊緊抱著小弦縱越到船尾，深吸一口氣，將全身的功力集於足尖，重重往下一頓。看其勢道疾狠，使得卻是一股巧勁，力道由足下的木板分壓向船尾各處……

此刻小船已觸到漩渦，堅固結實的木板被旋流捲住，就若紙糊泥塑般纖弱的不堪一擊，彎曲、變形、斷裂，不幾下就被撕成了碎片。說時遲，那時快，日哭鬼一腳已然踏下，這是他畢生功力所聚，豈是非同小可，那小船果然經不起他的大力，船身一晃，船尾一沉，已被漩渦吞噬了一半的船頭卻高高翹起冒出水面，吃力一輕，終於從洪濤浪峰間鑽了出來……

小弦但覺得眼前先是一黑，連船帶人鑽入了浪頭中，憋了良久的呼聲剛剛吐出了一半，便被一口江水倒灌回肚中，一時連氣也出不來。心膽俱裂下，耳中什麼也聽不到，蒼茫天地間便只有那就如妖魔鬼怪吼叫一般的水聲。心道這下怕是要葬身江底了，萬念俱灰間腦海中竟還泛起一絲荒謬的想法：卻不知那水下龍宮的傳說是不是真有其事……然後眼前豁然又重現光明，心神略鬆，才猛然覺得全身上下好一陣冰涼，卻是江浪將二人的身體打得透濕。

小船衝出漩渦，船內全是積水，幾欲翻沉。日哭鬼怕前面還有漩渦，不敢怠慢，瞅得來到近岸處，提氣拚力一躍，總算攜著小弦落至岸上，直至腳踏實地，一口長氣方才緩緩從喉內舒出。

饒是他久經滄桑，心志早磨練得無比堅強，險死還生之餘，亦是不免變色。前後雖不過幾彈指的光景，但其中驚險處猶勝平生所遇。面對這人力難奪的天地之威，任是有再高的絕世武功亦只能束手無策，如今好不容易逃過一劫，方覺得一股冷汗由脊背上涔涔流下。

小弦驚魂乍定，一句話也說不出來，只是牢牢抱緊日哭鬼。

日哭鬼按下心頭餘悸，強自笑道：「小弦放心，叔叔不會棄你不顧的，你看我們這不已然脫險了麼？」話脫口而出，方想到以自己這些年的涼薄天性，卻在此生死關頭沒有捨下小弦，不知不覺中便已當他是自己的孩子一般。感覺到這孩子伏在懷裡，全身微微的顫抖，也不知是冷是怕，心頭莫名的一暖，憐意大起，摟著他的手不由又緊了一下。

小弦呆呆看著面前翻騰的江水，只覺得頭昏目眩，抬目朝遠處望去，忽見那無主的小船在峭壁上碰撞了幾下，傾側了半邊，卻猶鼓漲著帆沿江往下游滑去，順風順水之下，其勢極快，而前面不足半里處正是一大群停泊於涪陵城港灣的船隻，不由又是發出一聲驚叫。

日哭鬼順著小弦目光看去，那港中船隻上的人們見到小船直衝而來，一片混亂，紛紛拔錨走避，但港小船多，本就擁擠，一時調動不便，有一隻掛著幾面彩旗的畫舫躲避不及，眼見勢必就要撞上。小船雖小，但挾著巨大的衝力，這一撞只怕立時就能將那畫舫撞沉……

小弦拉拉日哭鬼的衣襟：「叔叔你快救救那艘船吧！」他見日哭鬼能帶著他從那「鎖龍灘」中逃得大劫，對他的武功信任無比，不由出言求懇。

若是以往，以日哭鬼憤天尤人的性格，對這面前將至的慘禍自是無動於衷。

但此刻他方與小弦得脫大難，正覺得上蒼亦未必不是眷顧自己，聽得小弦軟語溫求，惻隱之情暗生，但相距過遠，鞭長莫及，欲要傳聲示警，適才真元消耗過度，一口真氣卻又提不上來，只得苦笑一聲，心中滿是一份頗為難得的歉疚。

小弦見得小船已飄出數百步外，亦知日哭鬼無力回天，只是遠遠望見那畫舫上似有幾個女子驚慌失措的四處奔逃，心頭沉重，適才遇險時尚強忍的眼淚終於奪眶而出：「都怪我不好，非要坐什麼船，現在害得他們遭此橫禍……」明知於事無補，仍是急得揚聲大叫：「你們快跑呀……」

「你心腸倒好，只是這也怪不得我們。」日哭鬼面上閃過一絲狠色，冷聲道：「就算把涪陵城掘地三尺，亦要將那個船家找出來，看看是什麼人膽敢如此暗算我。」他這番言語倒也不是虛言恐嚇，涪陵城離擒天堡不足百里，布有重兵，城內各方面的勢力亦均是唯擒天堡馬首是瞻，別說是找個人，就算真要掘地三尺只怕連官府也不敢多行過問。

小弦正在為那畫舫中的人揪心，卻忽見一道人影從旁邊一條船上凌空高高躍起，落至那畫舫上。離得遠了，看不清他的形貌，只見穿了一身藍色長衫，手中卻是操著一支隨手抓來的木槳，看他樣子卻是要用這支平常的木槳攔住小船的衝撞。

那小船速疾勁急，又是挾著順流的衝力撞來，力道何止千鈞，一般人皆唯恐走避不及，何曾想竟有人敢做此力挽狂瀾之舉？小弦看到藍衣人犯險一搏，又是吃驚又是佩服，眼睛眨也不眨地望向那人，看他能做出如何驚人的舉動。

也不見他沉腰坐馬，穩成立樁，卻是用兩腳勾在船舷的欄杆上，整個身體幾乎已與江面平行，手中的木槳便往那迎面撞來的小船一抵……

原來那畫舫比小船要高了數尺，若是人在畫舫上，勢必難以阻止小船攔腰撞來，所以那人才倒掛在欄杆上，以便正對著撞來的小船。戰略上雖是正確，但若是他這一槳不能攔擋住小船的來勢，只怕自己的身體首先便要被擠成肉漿……

看到藍衣人如此冒險，岸邊此起彼伏響起一片驚叫聲。小弦只覺得一顆心都快從嗓子眼裡蹦了出來，眼前似是已看到一片血肉橫飛的慘況，幾乎要偏過頭去不敢再看。

誰知他手中木槳就這般往前一送，小船猛然一頓，竟就被他如中流砥柱般硬生生止住了去勢。小弦方鬆了一口氣，卻聽得一聲炸響遙遙傳來，卻是那藍衣人手中的木槳經不起這般大力的衝擊，斷做兩截，小船復又朝他與那畫舫撞去……

小弦心中驟然一緊，又被小船遮住了視線，只道他必無倖理。卻突見小船船頭驀然一抬，整艘船躍離水面騰空而起，便若船身下有隻看不見的大手托著一般，從畫舫的上空飛了過去，斜斜落在江中，激濺起高達丈餘的水花……

一切的變化均在剎那之間，就像是變戲法般令人不可思議。小弦大張著嘴，難以置信地看著江面飛揚而落的水花，然後方聽得一聲清越的長嘯和著岸邊圍觀人群的如雷掌聲傳至耳中。待得水花落下，那藍衣人已掠往岸邊，人在半空中猶抱拳對周圍一揖答禮。江風凜烈，吹得他一身衣袂飄飄，宛若仙人，瞬間消失不見。

那一刻，小弦只突覺得一股熱血驀然湧入心頭，一絲一毫地回味著那人驚險萬狀卻又履險若夷的過程，恨不能以身代之。但覺平生所遇，唯此不畏艱險救民於難方可稱為英雄！惜不能識，悵望堤岸上，只有百姓群情沸騰，交頭接耳，哪還有那人的影子……

日哭鬼往那藍衣人消失的方向一抱拳，暗謝他仗義出手之恩。良久方悻悻放下手，嘿然歎道：「此人不知是何來歷，真想不到小小涪陵城中竟也有如此高手。」

小弦亦是一聲不合年齡的長歎：「這也是武功麼？我還以為是魔法呢。那小船怎麼能飛起來呢？」

「這當然是武功！」日哭鬼喃喃道：「剛柔相濟，移花接木。能在剎那間將萬鈞之力引至身側，自己卻不傷分毫，這不但是武功，而且是天下一等一的武功。」

他眼力高明，剛才瞅得真切，那藍衣人先以槳抵住小船的銳力，槳斷後立刻拍出雙掌，借力使力將小船的前撞之力化為上衝，一舉將面前大禍消於無形。其力道之巧，身手之捷，化力之妙，應變之速無一不是難得一見，實是天下少有的高手，卻不明白如何會出現在這涪陵城中？日哭鬼再聯想到那船家竟敢在擒天堡的地頭下手暗害自己，疑點頗多，心中一震，這高手莫非也是為了擒天堡而來麼？但他這般顯露形跡，又分明與常理不符，一時沉吟不語。

小弦心緒漸平，對日哭鬼問道：「這人的武功比起你如何？」日哭鬼思索一下，老老實實答道：「我雖不知小船撞去的勁道如何，但見那人在槳斷的一剎立刻化剛為柔，以巧智勝拙力，單是這份應變能力就已是我遠遠不及了。」言罷又是一聲歎息，回想那藍衣人的身手，暗忖天下之大，能人輩出，便是龍判官親臨，怕也不過如此了。

日哭鬼行事向來不願張揚，這一次本不打算在涪陵城停留，以免多生枝節。但如今坐船已毀，再望見小弦與自己都是一身濕透，勢必要在涪陵城逗留，也可順便查查那船家與這高手的來歷，當下對小弦道：「你不是想進城中逛逛麼？我們這就去買些衣服換上，再去酒樓大吃一頓可好？」

小弦卻是聽到日哭鬼對那藍衣人的武功都頗為推崇，心中更是對那人佩服得五體投地，幾近崇拜。他雖從父親那裡學過些功夫，但無論如何也想不到武功練到高明處可以厲害至斯。他年紀尚小，對正邪觀念不強，心想若是那龍堡主也能教自己這般神奇的武功，雖不會拜他為父，但拜他為師卻也不錯。此刻倒是想早些見到擒天堡主，聽日哭鬼如此說，猶豫了一下：「我倒不是很餓。這裡全是山地，想來城也不會有多大。」

日哭鬼道：「你莫要小看這涪陵城，不但是我擒天堡的重鎮，而且其中藏龍臥虎亦有不少高手，待我帶你一一見識一下。」

小弦眼珠一轉，心中一動，雖說高手都是神龍乍現見首不見尾，但若是有緣或許在城中能碰到那個藍衣人也說不定，這才勉強點點頭。

日哭鬼哪知小弦心中轉的念頭，見他一臉愕色，還道是驚悸未消，也不放在心上，抱著他徑直往涪陵城中走去。

日哭鬼身上的銀兩俱都丟在船上，好在擒天堡在城中安排有許多接應處，當下他帶著小弦在涪陵城中循著堡中人留下的暗記左走右轉，找到一家宅院中。

那宅院青磚紅瓦，門前兩隻石獅，氣派頗大，想是涪陵城中的大戶，大紅色的氣死風燈上寫著大大的一個「魯」字。日哭鬼平日行事霸道慣了，也不著人通報，看門的家丁只覺得兩眼一花，便被日哭鬼施展身法帶著小弦直闖進去。一群氣急敗壞的家丁手持棍棒跟在後面大呼小叫不休，惹得小弦哈哈大笑。

剛至院中，一個高大壯實就若一尊鐵塔般的黃衣大漢攔住去路，手持一把青色長劍，臉上卻比那劍的顏色尚要青幾分，用一口川話暴喝道：「格老子，什麼人竟敢擅闖魯宅？」

日哭鬼驀然停下腳步：「叫魯子洋出來見我。」他這一停身不要緊，身後緊跟的一群家丁連忙駐足，後面的一時剎不住，登時將前面幾個家丁撞得人仰馬翻。

原來這家宅院的主人名叫魯子洋，明裡身分是涪陵城中的大戶，暗中卻是擒天堡的四位香主之一，負責涪陵城一帶的事務，此宅亦是擒天堡在涪陵城中的分舵。

那黃衣漢子姓費，單名一個源字，因他使一把青銅打造的寶劍，碧若深潭，人送外號便叫做「碧淵劍」，名雖風雅，人卻委實與風雅不沾邊，剛剛正與一幫兄弟賭錢，正輸得昏天昏地間忽聽得堂內一片喧嘩，只道是有人鬧事，便將輸了錢的一腔怒氣發了出來。聽日哭鬼直呼香主的名字，大怒道：「你這老鬼活得不耐煩了麼？魯員外的名字也是你隨便叫的？」

這些年來，日哭鬼平日甚少出擒天堡，只有堡中位居高位的寥寥數人認得他，因此費源認不得他倒也並不稀奇。他平日以鬼自居，聽對方罵自己「老鬼」卻也不生氣，淡淡道：「我早就活得不耐煩了，你可有什麼好方法幫我麼？」

費源聞言一呆，他身為擒天堡在涪陵城分舵中僅次於魯子洋的高手，也算見過幾分世面，一見日哭鬼形貌獨特，雖是一身濕衣，卻毫無狼狽之態，氣勢懾人，不但直呼香主的名字，口氣更是大得無以復加，倒也不敢貿然造次，呵呵陪笑道：「在下『碧淵劍』費源，請問閣下怎麼稱呼？找魯員外有何貴幹？」他不明對方底細，自不能洩露魯子洋的身分，便以員外相稱。

小弦卻是知道日哭鬼的厲害，見費源出口不遜，頗擔心他惹禍上身，笑嘻嘻地拱手一揖：「費兄請了，大家都是自家人，可別傷了和氣。」他雖沒出過幾次門，卻天性不怕生，學著大人的樣子施禮，倒也有模有樣。

費源被這一聲「費兄」叫得心頭火起，斥道：「你這小鬼亂嚼舌頭，誰和你是自家人？」

小弦仍是一臉笑意：「現在或許不是，過幾天怕就是了。」他這倒也不是誑語，若真是能被龍判官收為徒弟，自然亦是擒天堡的人了。

費源冷哼一聲：「你這個小鬼休要耍滑頭，信不信我把你舌頭割了下酒吃……」

話音未落，一個渾厚的聲音乍然響起，震得小弦兩耳嗡嗡作響：「原來是哭兄大駕光臨，魯某有失遠迎，尚請恕罪。」只見一個三十多歲商賈模樣的人從內堂中大步走出，對日哭鬼一揖到地，自然便是擒天堡下的四大香主之一的魯子洋。

日哭鬼微微點頭，漠然一笑：「魯香主不必多禮，我只是路過涪陵城，順便做個不速之客，叨擾一下。」擒天堡內等級森嚴，號令極嚴，日哭鬼在擒天堡內雖無職位，但位列於擒天六鬼之首，說起來可算是僅次於龍判官與師爺寧徊風的擒天堡第三號人物。是以魯子洋雖然身為香主，對他亦是恭謹有禮。

魯子洋大笑：「哭兄客氣了，你可是我請都請不來的貴客。」一瞪費源：「還不快快賠罪。」

費源聽到魯子洋稱這個「老鬼」哭兄，再一印證相貌，如何不知來人是誰！日哭鬼一向喜怒無常，是擒天堡有名極難惹的人物。想到自己剛才語氣大大不恭，若是惹得這個魔頭記恨可不是一件說笑的事情，趕忙收起碧淵劍，連聲陪不是，只覺得背上一片沁涼，出了一身的冷汗。

日哭鬼倒是沒有把費源放在心上，囑咐小弦道：「你先在這等我一會，我與魯香主商量些事情，一會就出來。」當下和魯子洋步入內堂中。家丁亦是一哄而散，院中只留下小弦與費源。

費源換上一副笑臉，對小弦道：「這位小兄弟怎麼稱呼，可是哭老大的公子麼？」日哭鬼在擒天堡中身分隱秘，誰也不知他姓什名誰，都以哭老大名之。

小弦百無聊賴，正在院中左看右望。他可不似日哭鬼一向以鬼自居，剛才被費源叫了兩聲小鬼心中大是有氣，愛理不理地賭氣道：「那個老鬼憑什麼資格可以做我爹爹，我姓楊。」

費源碰了個軟釘子，也不敢發作。他見小弦模樣不怎麼俊俏，甚至可說是頗醜，但日哭鬼卻偏偏對他愛護有加，估計大有來頭，有心討好他：「原來是楊兄弟。呵呵，大家都是自家人嘛，楊兄弟喜歡玩些什麼，我這就找人給你尋來。」他剛才生氣小弦稱他費兄，現在卻又主動叫他兄弟，確是令人啼笑皆非。

小弦見費源前倨後恭，心中大是瞧不起他，有心捉弄他一番：「你那把劍倒是挺好看，不若送給我玩吧。」

那碧淵劍乃是費源的成名兵刃，如何捨得給小弦，只得苦笑一聲：「楊兄弟年紀尚小，不適合玩這些凶險的東西，不若我給你找把彈弓如何？」

小弦最忌人家看不起自己年紀小，眼珠一轉，煞有介事地道：「你那把劍也沒有什麼稀奇的，我只不過想看看是不是我要找的那把劍，也算是不負人所托。」

費源奇道：「你找什麼劍？是何人托你什麼事？」

小弦故作神秘：「我答應人家不能亂說。不過……巧了，說不定也是天意吧。」

費源被小弦的話引出了興趣：「何事巧了？」

小弦嘻嘻一笑：「巧便巧在你恰好也是姓費。嗯，你可聽你父母說你尚有六個叔伯兄弟麼？」

費源不明所以，想自己只有二個堂兄，何曾一下子冒出六個叔伯兄弟之多，搖搖頭：「楊兄弟大概是認錯人了。」

「可惜，可惜！」小弦長歎一聲，再無言語。

費源追問道：「可惜什麼？」

小弦神秘一笑：「既然與你無關，我便不能說了。」

費源被小弦逗得心癢難耐：「好兄弟，你便講與我聽吧，我保證不告訴任何人。」

「不行不行。」小弦仍是一個勁的搖頭：「上次我也是認錯了一個人，將這秘密告訴了他。結果被那家人怪罪下來，害我花了十兩銀子請他們大吃一頓才算了事。」

費源更是不解：「認錯了人為何就要請人吃飯，這家人的脾氣也算是古怪了。」

小弦點頭道：「不錯，這家人可算是武林中脾氣最古怪的一戶了。但要說起江南的『彩劍門』費家，誰不知道那是冠絕武林的名劍世家……」說到這裡，驀然掩住口，臉上現出一副失言的樣子。

費源絞盡腦汁也未想出江南有個什麼「彩劍門」，半信半疑：「你是不是記錯了，我怎麼從未聽說過？」

小弦如釋重負般長吐了一口氣：「是呀是呀，我是胡說的，你可千萬不要信。」他知道越是如此，反而會越讓人深信不疑。

費源本來實難相信這個毛頭小孩子能有什麼驚人的秘密，但見他說得一本正經，又是這般蹊蹺地欲蓋彌彰，只怕是真有其事。他卻不知小弦從小就給村裡的孩子講書說戲，編個故事對他來說就像吃飯一樣簡單，張口就來。更是精擅於在什麼地方賣個關子，什麼地方做個伏筆，是以就連費源這樣的老江湖也不免上他的當。

費源心中一橫：「楊兄弟，你行個好告訴我，我這有十兩銀子你先收下，若是日後要請客，全都算在我帳上。」

小弦猶豫道：「我怎麼好收你的銀子，何況這事未必與你有關。」

費源聽他如此說，更是信了個十足。心想今日反正都輸了幾十兩銀子，權當又賠了一把大莊好了，也可順便討好日哭鬼。當下忍痛又掏出十兩銀子，一併二十兩銀子強塞到小弦懷裡，口中猶道：「不瞞楊兄弟，家父曾說起我的身世頗為蹊蹺，只是他老人家過世得早，未能細問。今日若能從你這聽到一點消息，也算是了卻我一樁心願。」

小弦肚內暗笑，推脫幾次後終於抵不過費源的「誠意」，勉強收下銀子：「好吧，我便告訴你。不過你可答應我不管是否與你有關，都不能再告訴別人。」費源連聲稱是。

小弦清清嗓子：「這江南『彩劍門』乃是一個極為神秘的家族，武功奇詭，一向不傳外人，已有幾十年不現江湖，年輕一點的人根本就不知道，而老江湖雖然知道『彩劍門』，卻也無人敢提及。」他見費源臉有疑色，補充道：「只因這『彩劍門』行事古怪，最忌人洩其行藏，而且一旦與人結仇，便如冤鬼纏身般不死不休，所以能不提及自是最好不過。你想誰願意無緣無故就因逞口齒之快便惹上這麼一個仇家呢。我只不過和費家的幾個弟子有點交情，所以上次破費些銀子也就罷了。加上我不過是一個小孩子，所以他們也不會太為難我……」

費源忍不住奉上高帽：「楊兄弟年紀雖小，行事卻是老成，自然廣有人緣。」

小弦被費源的馬屁拍得飄飄然，呵呵一笑，繼續道：「這『彩劍門』不求揚名，是以雖然江湖上公認其劍術第一，但卻少有什麼驚天動地之舉。我且再告訴你一個秘密……」他見費源臉色略微一變，連忙加上一句：「這個秘密是奉送的，不收銀子。」

費源臉色稍霽，赧然一笑。小弦臉色一整：「你可知道蟲大師麼？」他自從聽父親說起了蟲大師的義舉，再加上日哭鬼那夜才對他提過，便忍不住編到故事中。

費源聽到這個名動江湖的人物，話亦說不出來，只是連連點頭。小弦又道：「你說蟲大師何以能那麼神出鬼沒，殺貪官從不虛發，莫非他真有化身之術麼？」

費源道：「那是因為他手下有秦聆韻、齊生劫、舒尋玉、墨留白這四大弟子，人稱琴棋書畫，自是無往而不利。」

小弦對蟲大師的事蹟亦是一知半解，此刻聽費源如此說，心念大動，欲要詳問，卻豈不是顯得自己胡說八道了，只得強自忍住，暗暗記下這四個名字，留待以後問日哭鬼。他面上不動聲色，還頗為讚許地看了費源一眼，反似是誇他知道不少江湖典故般：「也不盡然。其實代蟲大師出手的，尚有這『彩劍門』的人物。比如一年前蟲大師殺貪官魯秋道，便是『彩劍門』費家子弟的傑作。」

一年前蟲大師將貪官魯秋道的名字懸於五味崖上，揚言一月殺之。其時明將軍府的大總管水知寒與黑道第一殺手鬼失驚親自押陣保護魯秋道，卻仍被蟲大師得手，刺殺魯秋道於遷州府內。對此江湖上傳言紛紛，許多人都想不透以水知寒與鬼失驚二人之力為何還不能護得魯秋道的安全，此役令蟲大師的聲望高至極點，明將軍的聲望亦因此大跌。

費源恍然大悟，心想原來如此，這「彩劍門」看來果是有些來歷。他怎知小弦信口胡說，反正江湖上以訛傳訛，事情的真相除了當事人誰也不會知道。蟲大師一向行跡隱秘，自無人能問得詳情，而將軍府人引此為奇恥大辱，自然也不會有人敢問起。

小弦見費源連連點頭，心中得意。卻忽聽得耳中傳來一聲銀鈴般的嬌笑，大大吃了一驚，抬頭四看卻見不到半個人影，而費源全無異狀，心中疑惑，只道是自己聽錯了，繼續往下說道：「這『彩劍門』之所以以彩劍為名，便是因為門內有七把寶劍，分呈紅橙藍青紫黑白七色，由七個傳人所持……」

費源想了想，忍不住插言道：「紅、橙劍為赤鐵與黃金所製，青、紫劍為青銅煉就，白劍自是銀鑄，鑌鐵黑劍也是時可見到，可這藍劍卻不知為何所造，尚請楊兄弟解我心中之惑？」

小弦心中暗道一聲「問得好」，不假思索張口答道：「崑崙寒玉，封沉冰川，雷動電射，風散雨潤而得之，其性屬水，其涼似冰，其堅勝鐵，其色湛藍。」他倒也不是妄言，崑崙寒玉確有其物，位列天下神器之九。這段話自是從兵甲派的《鑄兵神錄》上摘抄來的，直聽得費源張口結舌，深信不疑。

小弦有意逗費源，嘻嘻一笑：「你這一打岔，我都忘記說到什麼地方了。」

費源老老實實地陪笑道：「你說到那費家的七色寶劍分由七個傳人所持……楊兄弟你慢慢說，我不打岔就是。」

小弦從鼻子裡哼了一聲，架子擺個十足，心內卻是再將故事編得圓滿些，方才繼續往下道：「幾十年前那持青劍的費家老四卻因和兄弟一言不和，鬥氣遠走他鄉，另立門戶。這些年來費家一直在尋找他的下落，只不過家醜難揚，所以都只在暗中打聽……」

費源聽到此處，才總算聽出了一絲味道，低頭看看自己的青色長劍，再想想過世父親，心道若是能與這名門大派攀上親戚只怕真是上輩子修來的福氣，精神大振：「卻不知那費家老四叫什麼名字？」

小弦歎道：「那都是上一代的老人家，我如何敢打聽他們的名諱。不過這一代的費家六弟子的名字我都知道，恰恰也是單字，所以我剛才就懷疑你便是那費家老四的後代。」

淵源。」

費源聲音都顫了：「那六個弟子叫什麼名字？我看看是不是與我的名字有些

人說。」

小弦低聲道：「這可是費家的大秘密，我只說與你一人聽，你可千萬不要對外

的腰包裡去。

費源連連點頭，將耳朵湊在小弦嘴邊，恨不得把今日輸的銀子統統塞到小弦

離、華、武。」

小弦伏在費源耳邊道：「你記住了，這費家六弟子名字分別是：興、勝、石、

費源一一記在心中，百般設想與自己名字的關係，卻仍是想不出個所以然。

口中反覆念叨著：「費華，這名字倒是有點耳熟。」

小弦肚裡笑得發疼，他不敢連姓帶名一併告訴費源，便是怕他聽出其中玄

虛。時間蒼促下，他何能一下便想出這許多的名字，不過是分別對應著：費心、

費神、費事、費力……最後兩個名字更是直言廢話和廢物了。

小弦作弄了費源一番，又收了他二十兩銀子，心中早消了氣，倒是覺得有些

過意不去，勸了一句：「也許你和他們什麼關係也沒有，倒也不必太過費心……」

說到此急忙住口，深怕費源聽出了費心的諧音。其實他這番話疑點頗多，只是費

源利欲薰心，一意想攀個高枝，是以才中了小弦的計，聽不出其中的弦外之音。正好見日哭鬼與魯子洋從內堂走了出來，小弦連忙迎上去：「叔叔我餓了，我們去吃飯吧。」

魯子洋笑道：「小兄弟莫急，我這就叫人準備膳食。」

日哭鬼不虞與人多打交道，拱手道：「好意心領，我自另有去處，魯兄不必客氣。我在涪陵城尚會留上一兩天，若打聽到了消息通知我便是。」

魯子洋也不好勉強，只得道：「小弟必不負哭兄所托。不過下次哭兄再來可得讓我好好做個東，敬你幾杯。」

日哭鬼亦不多話，道聲告辭便走。小弦樂得正中下懷，一把拉著日哭鬼就往外跑，眼角瞥處，猶見費源口中喃喃自語不休，在堂院中發著呆。

日哭鬼問魯子洋要了數百兩銀子，先帶著小弦去綢店買衣服，小弦見日哭鬼身上全無濕漬，知道他是以內功逼乾了身子，卻仍是堅持給他挑了一套新衣，又是搶著付帳。日哭鬼奇怪他的銀子的來處，小弦便將如何捉弄費源的事娓娓道來，聽得日哭鬼哈哈大笑。

小弦知道日哭鬼與魯子洋定是通了消息，問起父親的下落，日哭鬼卻也不知，想來吊靴鬼與纏魂鬼尚不及回來覆命。小弦天性樂觀，心想到了擒天堡總能打聽到，若是被龍堡主收為徒弟，擒天堡自然亦不會為難父親。他放下了心事，拉著日哭鬼在城中四處亂轉。那涪陵城雖然不大，卻也熱鬧，唱曲說書賣藝耍技不一而足，二人隨走隨停，足有二個時辰方才大致將涪陵城逛了一圈。

此刻已過了午間，二人倒真是覺得餓了，看到一家名為「三香閣」的酒樓臨江而立，倒也頗為氣派，便進去找個臨窗的桌子坐下。

小弦第一次有這麼多銀子在手，豪氣大發，搶在日哭鬼的前面從夥計手中接過菜譜：「今天我做東，不許跟我搶。」

日哭鬼見小弦興致勃勃，一臉亢奮，不願掃他的興，含笑點頭。他江湖經驗豐富，一進店中瀏目四顧，已將四處情形盡收眼底。其時已過午膳時間，店內食客不多，加上自己這席，便只有四張桌子前坐得有人。

中廳的桌前坐著二人，均是藏青短褂，白布包頭，看起來應是來涪陵城做生意的商賈。

日哭鬼的目光轉向東首，不由暗喝一聲彩。那桌邊坐著兩女一男，年長那個女子二十一二歲，明眸皓齒，淡素蛾眉，頭戴青黑無簷笠帽，披露出一頭烏黑似雲的秀髮，身著杏黃緊袖上衣，上繡藍色印花，勾勒出修長纖細的腰身，再襯著嬌嫩白皙的肌膚，更是顯得婀娜多姿，豔光照人，舉手投足間更是不經意流露出一種難以描繪的風韻，似是個大家閨秀的模樣，而最令人側目的尚不是她那清妍絕俗的相貌，卻是雙耳各掛著一枚大大的雙環金色耳墜，甚是少見。

另一個綠衣女子年齡不過十四五歲，卻是生得粉妝玉琢般嬌俏可喜，恬淡的彎眉，清冷的杏眼，細巧的臉龐，挺秀的鼻子，嫣紅的兩腮……這些似是絕不搭配的五官組合在一起，卻給人一種似是冷傲、似是頑皮、似是憂鬱、又似是倔強的一種驚豔！她二人旁若無人地低低說笑，像是全然不知自己已是眾人目光的焦點。

日哭鬼數年不近女色，雖見到這兩個女子令人吃驚的美麗，渾沒有放在心上，只是見她二人的目光不時飄向小弦，然後又是一陣絮絮輕笑，卻不知是何道理。他的目光更多地停留在那個同桌男子身上，那人坐於這兩個女子的對面，頭上戴著一頂大大的蓑笠，正緩緩將一杯酒倒入口中，只是背對著自己，又是在僻光暗影處，看不清樣貌。

小弦輕輕捅了一下日哭鬼，嘴巴向那男子一呶，低聲道：「那個人有點怪……」

日哭鬼覺得這個背影有一種似曾相識的感覺，卻根本想不起來何時見過。聞言望向小弦，不知他所指的怪異是何道理。

小弦輕輕道：「那人喝酒時只抬手腕卻不動肩肘，就似是木偶一樣。」話音才落，卻見那人輕輕放下酒杯，再也一動不動。雖沒有回過頭來，小弦卻感應到他似是有所知覺，不由吐了一下舌頭。其實倒不是小弦的眼力比日哭鬼更高明，只不過他身兼《天命寶典》與《鑄兵神錄》之長，而《天命寶典》講究的便是諸事順應天理合乎自然，是以最擅於發現一些不合常情的地方，其中的精奧微妙處，便是小弦亦不自知。

日哭鬼心知那是一個高手，以他的橫行無忌，見到這個沉穩若山的背影亦不想多生事非，拍拍小弦的頭，示意他不必再說。小弦知機，低下頭專心研究手裡的菜譜。

日哭鬼往西首那桌看去，見到那桌前圍坐著四男一女，相貌各異，均是衣衫華貴，各挾兵器，大剌剌地不將其他人放在眼裡，自顧自地喝酒調笑，不時有嬉語浪笑聲傳來。

第一個男子瘦削精幹，青衫長袍，一雙眼睛總是斜睨著，偶一顧盼間卻是精光四射，顯是懷有不俗武功，同桌五個人中倒是以他的話語最少，但他一開口，其餘人均是屏聲細聽，應是為首之人；另二個正在猜拳的大漢面容粗豪，袒胸赤膊，看相貌五官像是兩兄弟，卻是一個面黑若炭，一個白淨無鬚；第四個男子是個胖大的番僧，一襲光鮮的黃綢僧袍，上面繡著一條飛龍，甚是招搖，顯是大違出家人的本性，一雙喝了酒後血紅的眼睛噴著火般瞟著對面的那兩個俏麗女子，滿堂眾人中猶以這番僧看得最是毫無避諱，惹人生厭。

那女子相貌平凡，偏偏一張臉上卻敷著厚厚一層粉，看樣子足可刮下幾兩來。酒酣臉熱之餘，將外套的扣子都解去了，露出內裡一件大紅的內衣，豐腴的腰間卻掛著一圍鹿皮套子，裡面似是放了不少暗器，精光暗閃，划拳飲酒之際故意搖擺著蛇腰，被暗器支挺的腰部上面繡著一朵紫色的大花和幾片青翠欲滴的綠葉，加上豐滿的胸部峰巒起伏，更是惹人遐思。

日哭鬼微一皺眉，垂下眼光，那四個男子不知是何來路，這女子卻分明是千葉門的人。

千葉門地處黃山，只收女弟子，武功以暗器為主，本也是江湖上的尋常幫派，但自從十七年前出了一個「繁星點點」葛雙雙後便聲名大振。那葛雙雙雖是女流，卻不輸鬚眉，與暗器王林青、「將軍之毒」毒來無恙、落花宮主趙星霜並稱為當世的四大暗器聖手。但千葉門徒一向只現於江南，更是與擒天堡少有交情，卻不知因何事會來到涪陵城中。

日哭鬼心中略略生疑。涪陵城為擒天堡的重鎮，又是處於水陸路要道，對來往人等一向都是盤查身分，鉅細無遺。這兩桌人來意可疑，且均非庸手，一入城便會被擒天堡的明崗暗哨盯住，何況以那兩個女子的驚世姿容，無論如何亦不會讓人視若不見。可剛才魯子洋卻未對自己提及半點，若不是他失職，便是有意隱瞞，頗為蹊蹺。

小弦卻是被那菜譜難住了。川菜種類繁多，馳名海內，這三香閣是涪陵有名的大酒樓，更是應有盡有。小弦見厚厚的一本菜譜沉沉壓在手中，頗有點心虛，不知自己這二十兩銀子能點些什麼菜。他以往與許漠洋在那清水小鎮中日子過得清貧自足，一個月也不過就花銷三五兩銀子。此刻突發小財，反而不知道如何處置，若是點得貴了不夠付帳，豈不冤枉了自己這平生第一次的請客大計。

日哭鬼見他臉有難色，猜出他的心事，低聲調笑道：「楊大俠盡可放心，我剛才找魯員外借了不少銀子，若是不夠，盡可拿去先用。」他與小弦在涪陵城轉了半天，見他童趣盎然，稚態可掬，心情極好，竟然也開玩笑地稱其為「楊大俠」。

小弦放下心來，心想跟著日哭鬼這一路啃了不少乾糧，若不敲他一筆大吃一頓也太對不住自己的肚皮，當下對夥計叫道：「先把你們這三香閣所有的菜統統上一份，若是不夠再點。」他稚氣未脫，童音清脆，這番話卻是說得大有豪氣，惹得堂中眾人紛紛轉頭望來。

夥計大概從未聽過有人如此點菜，又見他是個孩子，遲疑一下開口問道：「小客倌，我三香閣共有菜肴一百七十六種，都要上一份麼？」

小弦一聽這三香閣的菜肴數量如此之多，暗吃一驚。只是聽夥計在客倌前面加個「小」字，心中大不舒服，將手中緊攥的銀子往桌上一拍，聲音轉大：「你這人怎麼如此囉嗦，又不是吃你白食，你可是欺我年幼麼？」這番話本應是理直氣壯地說出來，只是他畢竟有點心疼銀子，若不是為了賭一口氣，怕就真要收回適才的豪言，哪有半分理直氣壯的樣子。

夥計還要再說，卻見日哭鬼瞪眼瞅來，心頭莫名地一寒，不敢多說，告聲罪便張羅起來。小弦猶不解氣，再叫一聲：「再把你們這最好的酒打十斤過來。」轉頭看向日哭鬼，嘻嘻一笑：「且待我敬大哥幾杯。」日哭鬼正有所思，隨口應承一句，也不去計較小弦稱自己大哥。

一個漢子匆匆上來，徑直走向日哭鬼，先施一個禮，然後低聲道：「大爺囑咐魯員外要找的船家已找到了，等大爺前去。」原來這人是擒天堡的暗探，奉了魯子洋之命前來彙報，擒天堡在涪陵城的勢力雖大，但當著外人的面，仍是用尋常的稱呼。

日哭鬼剛才讓魯子洋去打聽那暗害自己的船家下落，想不到這麼快就有了消息，略一沉吟，對小弦道：「你在此等我，餓了便先用飯，我去去就來。」

小弦本想跟著一併去看看，但一想可能要對那姓劉的船家嚴刑拷問，登時沒了興趣：「好吧，叔叔你快去快回，不然我可把這菜全吃光後便拍屁股走人了。」

日哭鬼哈哈大笑，對小弦擠擠眼睛：「你若能把這一百七十六種菜都吃光，只怕撐得你連路也走不動了。」言罷隨那漢子出門而去。

已過午膳時刻，三香閣的生意頗為清淡，便只需照顧小弦這一個大客人。一時幾名夥計在店堂中穿梭不止，將各式見過與未見過的菜肴連珠價地送上來，看得小弦好不得意。

他忽心中一動，此刻日哭鬼不在身邊，又有銀子在手，不正是逃走的最好時機麼？轉念一想，既然能這麼快就將那船家找出來，可見擒天堡在涪陵城中的勢力不小，日哭鬼如此放心離去，自是有把握不讓自己輕易逃脫，再說如此不聲不響的離去似乎太也不夠朋友。略一猶豫，見到各色好菜層層疊疊擺滿了一桌子，香味襲來不由食欲大開，索性打定主意，先放開胸懷大吃一頓再說。

夥計拎來一個大酒罈，對小弦笑道：「餘下的菜擺放不下，是否隨後再端上來，請客倌先嘗嘗本店的美酒『入喉醇』。」

小弦只覺店夥計笑得可疑，怕是在嘲笑自己，輕輕哼一聲：「統統端上來，多擺幾個桌子就是了。」

一時四五張擺滿菜肴的大桌將小弦圍在中間，只覺做皇帝怕也不過如此的氣派，忍不住興奮得又拍桌子又跺腳。耳邊忽傳來一聲頗為熟悉的笑聲，聽得東首那小女孩似是低低笑罵了一句：「小暴發戶。」

小弦心頭微怒，但日哭鬼不在身邊，底氣不足，何況人家又未必是針對自己而言，只得故意裝著沒有聽到，伸出筷子，將每個菜先嘗幾口，果是各有特色，禁不住連聲叫好。

小弦猛吃了一陣，肚中漸飽，抬起頭來，看西首那桌五人猜拳行令吃得好不熱鬧，想到若是父親在此，能請他如此風光的大吃一頓豈不甚好，不由發起呆來，隨手端起桌上的酒杯倒入口中……

小弦尚是第一次喝酒，又是在毫無準備的情況下，只覺得一道火線灌入喉中，如一把尖刀般直通插到肺腑中去，措手不及之下，驚跳而起，然後大聲嗆咳起來。惹得堂中各人不禁莞爾，那小女孩更似是存心與他過意不去般拍手大笑起來。

小弦擦一把嗆出的滿眼淚花，惱羞成怒地往那小女孩的方向狠狠瞧去，猛然與那小女孩打了一個照面。但見一張粉嫩若花的俏面含笑望著自己，鼻翼微皺，小嘴輕張，兩排潔白的牙齒輕咬著舌尖，腮旁露出兩個深深的小酒窩，眉目間滿是一種似是頑皮似是譏諷的笑意，由他盈然淚光中望去，更是顯得嬌豔不可方物。

也不知是酒抑或是其他什麼原因，小弦但覺心頭突兀地一跳，這一眼瞅得自己面紅耳赤，連忙轉過頭去，大叫一聲：「夥計！」眼前猶浮現著那巧笑嫣然的面龐，心裡泛起一種異樣的情緒來。

原來小弦年紀雖小，卻是早熟，以往與同村的小女孩一起玩耍，絲毫不存男女之私，說打就打說罵就罵，將天下女孩子渾當做男孩子一樣。是以雖見到那兩個女子在場，卻一直沒有注意她們的相貌是妍是醜，偶而投去一瞥，卻是以看那同桌戴蓑笠的男子為多。此刻定睛一望，恰恰與那小女孩的眼光碰個正著，才忽覺天下竟有生得如此美麗的小姑娘，平生第一次驚豔之餘，臉上發燒，腦中嗡嗡作響，一顆心更是不爭氣地似要從胸膛中跳了出來……

這乍然一眼就如晴天霹靂般一下啟開了他初萌的情竇，只覺得那個小女孩的笑容既令人生氣又令人回想無窮、割捨不下。想到自己剛剛在她面前出乖露醜，更是無地自容，以他素來的驕傲，此刻卻覺得那小女孩清澈如一汪秋水的眼波令己自慚形穢，別說放下面子去搭話，就是想再看一眼都鼓不起勇氣。

夥計聞聲跑上來：「客倌有什麼吩咐？」

小弦勉強按下沸騰不止的心潮，一心要找回面子，將酒杯往桌上一頓：「我最喝不得劣酒，快換上最好的美酒來。你莫要藏私，我多給你些小帳便是。」

天下開酒店的夥計向來是認錢不認人，對小弦這個大主顧如何敢得罪。可那夥計見到小弦裝腔作勢的樣子，雖是心知肚明這小孩子十分的爭強好勝，卻仍是忍不住笑，勉力保持著恭敬的神態：「小爺明鑒，這是本店最好的酒『入喉醇』，小人怎敢藏私？」

小弦見那夥計笑得可惡，更是生氣：「呸！你也算是美酒？還叫什麼『入喉醇』，我看是『入喉燒』還差不多。」

夥計撞天價叫起屈來：「小爺有所不知，小店的酒在整個涪陵城都是大大的有名，人人都叫好，只怕剛才是小爺喝急了，多喝幾杯便能品出其中的好處來。」

小弦但覺肚中那道火線猶未退去，燒灼得胃裡難受，如何再敢喝一杯：「你倒不妨說說有什麼好處？」

這夥計臉有得色，一指店中的招牌：「小爺可知道本店名目的由來麼？」他平日給客人講慣了，在此賣個關子，只道小弦亦會如其他客人一般追問一句「是什麼由來？」，然後便好繼續說下去，若是講得客人心癢，到時便可多掙點小費。卻不料小弦從小給人說書講戲，對這些噱頭如何不知，給他一個不理不睬。

夥計見小弦毫無反應，肚內暗罵，咳了一聲，背書般念道：「此酒乃是取本店五百年老槐樹下甘泉所釀，再埋於金沙江底汲天地之精氣，十年方成，一旦開封，香飄全城，聞之欲醉，更是入口綿軟，回味悠長，端是當得起這『入喉醇』三個字。」他見堂中的客人均是聽得津津有味，更是賣弄：「本店名為三香閣，這其中一香便是這『入喉醇』的酒香了……」

小弦尚未開口，卻聽那小女孩先問道：「還有兩香是什麼？」她的聲音若出谷黃鶯般清脆嬌柔，似是江南口音，語氣間更是帶著一種軟軟的糯音，十分好聽。

夥計見終有人問自己，大是得意，挺著胸膛答道：「本店特聘黃師父為廚，一百七十六種大小菜肴無一不是精品，若是說到涪陵城中的菜香，當是以三香閣首屈一指。」

小弦對這一點倒是大有同感，一面點頭一面望著幾乎將自己圍得水泄不通的幾桌菜肴，連忙又吃了幾口下肚。

那夥計續道：「但本店最有名的一香卻還不是這酒香與菜香。這最後一香麼……」他說到此處，故作神秘地壓低聲音：「卻是那美人留香！」

西首那個番僧哈哈大笑起來：「看來定是這三香閣的老闆娘豔名四播。還不快快請出一見，不知與我們的桃花妹子可有一比麼？」他的漢語說得不倫不類，非常生硬，偏偏還聲氣十足，便如直著嗓子喊出來一般，震得小弦耳中嗡嗡作響。

與他同桌的那個女子想必便是他口中的什麼桃花妹子，作狀不依，笑罵道：「好個番禿，把人家比做開店的老闆娘，看我不打斷你的腿。」

番僧嘿嘿一笑：「我的腿打是打不斷的，不若讓你來咬一口吧。」他的聲音嘶啞，語意更是粗鄙不堪，聽得小弦直皺眉頭。

東首那戴著蓑笠一直沉默不語的男子驀然轉過身來，冷然道：「有女眷在旁，請大師言語自重些。」小弦見他年紀看起來不過三十餘歲，劍眉朗飄入鬢，雙目炯然若星，一張國字臉上不怒自威，心中暗讚了一聲，轉過眼去不敢再看。

那番僧想是一向放肆慣了，聽到那男子如此說，大怒起身，卻被同座那青衫人一把拉住，悻悻坐回原位，口中猶是叨嘮不已。

夥計生怕客人起爭端，連忙對著番僧呵呵一笑：「客倌說笑了，本店盧掌櫃乃是六十老翁，老闆娘亦是年過半百，哪裡會是什麼美人。」

小女孩恨恨地瞪一眼那番僧，向夥計輕聲問道：「那這個美人留香卻是因何而來？」

夥計手指堂中，臉上現出一種奇異的神態，聲音似也溫柔了許多：「姑娘請看這副對聯……」

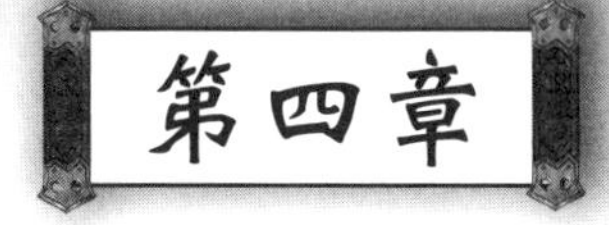

# 第四章

# 小店雙雄

在小弦的心目中，暗器王簡直與神人無異，
實是自己心目中最崇拜的一個大英雄。
只不過許漠洋提到林青時從來都是對其恭稱暗器王，
小弦亦只覺得暗器王就是暗器王，從來不知暗器王的本姓林。
此刻聽日哭鬼一語道破，剎那間心中翻江倒海，平地生波……

小弦一踏進酒樓便看到大堂正中所掛的那副對聯，但當時餓得頭昏眼花，心想酒樓中供著什麼名家墨寶也屬尋常，卻也沒有在意。此刻聽那夥計如此鄭重其事地說起，方抬目看去。

那左聯上寫道：傲雪難陪，履劍千江水。

右聯上寫的是：欺霜無伴，撫鞍萬屏山。

小弦不甚懂書法的好壞，但這短短幾個字看在眼中，一股豪氣和著剛才的酒意直衝逼上來，忍不住輕輕叫了聲「好」。

那小女孩存心找碴般輕笑一聲，仰起首故意不看他：「我可看不出來有什麼好，卻也不像有的人不懂裝懂，只能叫好卻說不出什麼道理。」

小弦臉上一紅，他如何說得出什麼道理，只是不肯在這小女孩面前服輸，搜腸刮肚地將自己所學的《鑄兵神錄》與《天命寶典》默想一遍，腦中靈光一現，眼望那夥計，亦是不看那個小女孩，卻將《鑄兵神錄》中的一段話改頭換面地說了出來：「此聯於簡樸清淡的意境中透出一種冷寂倔強之氣，唯有心人方明其中神韻，如何解釋得出來？我這一聲『好』已是喊得多餘了。」這番話取巧至極，說了等於未說，言下之意反譏那小女孩非是有心人，便是給她解釋也是白說。

那小女孩正待反駁，那夥計卻對小弦一挑姆指，不倫不類地送上高帽：「這位小爺好眼力，本城的大才子郭秀才看了這副對聯良久，亦是只說了一個『好』字，當真是英雄所見略同。」

小弦此刻但覺得天下夥計中最可愛的便是這一位了，笑吟吟地斜望了那小女孩一眼，一副大占上風不與她計較的樣子，氣得那小女孩小嘴都鼓了起來。

東首那年長的俏麗女子緩緩開口道：「我早注意到這副對聯豪氣干雲，氣勢磅礡，但其中卻似又有種知己難求的意味，更是筆法秀麗，勾折間略有悵意，莫非果是女子所書？」她與那小女孩同是江南口音，但聲線卻一如她人般清爽俐落，語句間沒有半分拖泥帶水，說話間兩耳的墜環叮噹晃動有聲，配著她英挺的容顏，真是有十二分的青春。

「這位姑娘也是好眼力啊！」夥計另一隻手的姆指亦挑了出來：「寫這副對聯的女子乃是江湖上大大有名的一個人物，三年前來涪陵一游，正好住在本店。盧掌櫃素聞她文冠天下、藝名遠播，便向她乞字。她臨窗遠眺江岸良久，便寫下了這兩句對聯，足令小店增輝不少。」

「藝名遠播！」那被番僧稱為桃花的女子酸溜溜地道：「原來是個風塵女子，怕也是江湖上的好事之徒吹捧出來的吧。」

夥計急得搖手：「這位大姐可莫要亂說，我說的這個女子可不是風塵女子，而是京師中被人稱為『繡鞭綺陌，雨過明霞，細酌清泉，自語幽徑』的駱清幽駱小姐。」

眾人恍然大悟，京師三掌門之一的蒹葭門主駱清幽武勝鬚眉，曾做過武舉的主考；文驚四海，所做詞句常常被江湖藝人傳誦，是所有詩曲藝人最崇尚的人物。其簫藝猶佳，與八方名動中的琴瑟王水秀並稱為京師琴簫雙姝。據說駱清幽弄簫時全京城車馬暫停、小兒不鳴，雖是有所誇張，但亦充分表明了其簫韻的魔力。更難得的是她一向潔身自好，當朝皇帝幾次請她出任宮中御師都被她婉言相拒，多少名門權貴欲見一面而不得。如今怕是已年近三十，卻一直獨身待嫁閨中，能將其收為私寵怕是天下所有男人的最大心願了。

聽到這個名字，再想像著麗人臨窗望景，以劍履江、撫山為鞍不讓鬚眉的豪然氣概；更有以傲雪清霜自比，卻又隱歎身無知己的惆悵。一時諸人俱都心懷激蕩，默然無語。

小弦亦聽過駱清幽的名字，卻從未料到她在這干江湖人物眼中有這麼大魅力，就連那目中無人出口不遜的番僧亦是啞口無言，一時心中對駱清幽的崇敬之情無以復加，不由歎了一口氣：「天下之至柔，馳騁天下之至堅。」那《天命寶典》傳承於老莊之學，這一句乃是出於《老子》，歎那駱清幽能以一個女子的身分令天下男兒側目。

與那兩個女子同座戴著蓑笠的男子詫目望來，似是奇怪小弦這麼一個垂髫童子能說出這段話。

正值氣氛微妙之際，卻聽得門邊忽地傳來一聲極為怪異的弦音，聲若龍吟，直蕩入每個人的耳中，良久不息。

一個人輕輕「咦」了一聲，似是驀然駐足於店外，然後一挑門簾，踏入三香閣中。

那弦音令小弦的心裡驀然一震，就似有針尖在心口上猝不及防地扎了一下，幾乎驚跳而起。抬頭看時，卻見一個高大的黑影冷不防地出現在門口，腦中突地一窒，只覺得這黑影似是擋住了透入室中的陽光，卻又分明感覺到眼前一亮，那種詭異的感覺一閃而逝，卻一直盤留於心中不去，十分難以形容。

在座諸人似是全都感覺到了一種威懾力，齊齊抬目看去，只見到一個男子負手站立在門口。他年齡不過三十出頭，身材高大，一身合體的黑衣遮不住一種隨時欲爆發的力量，背上負著的一個狹長的藍布包袱高過頭頂，卻猜不出是什麼兵刃。一張瘦削微黑的面上最惹眼的便是那條放恣的濃眉，似是欲從額間飛揚而出，銳針般的亮目正炯炯望著眾人，配合著英挺的鼻樑、微抿的嘴唇，顯得十分的英俊瀟灑。

最令人一見難忘的還是那份萬事不縈於懷的從容氣度，全身上下似是充盈滿著一份澎然的自信。

每個人都覺得他雪亮的眼光正看向自己，除了那個戴著蓑笠的男子，其餘人都不由轉過臉去，以避開這似是漫不經心又似是凝注一線的目光。

那男子與戴蓑男子的目光一碰，臉上微現詫容，隨即就近找個座位坐下，對夥計淡淡道：「打一斤酒來。」

夥計方從驚愕中清醒，這人出現的如此突兀卻又令人覺得理所當然，相貌如此英俊卻又令人覺得異常心虛，怕是大有來頭的人物，連聲答應著一路小跑轉去內房將上好的美酒端了上來。

男子擎起酒杯，對諸人微一示意，眼光卻似一直鎖定在那戴蓑男子的身上：「路過此地，所負長弓忽現異聲，便進來打擾一下。」

這一句招呼與其說是解釋倒不若說是喃喃自語，眾人這才知道他背後所負的長長兵刃原來是一把弓。但見他瀟灑從容的神態中隱現懾人氣勢，誰也不敢怠慢，紛紛舉杯還禮。

戴蓑男子微微一怔，喝下杯中酒後重又低下頭去，讓寬大的蓑笠隔住二人對視的目光，似是若有所思。

小弦見諸人都舉杯，卻說什麼也不敢再嘗這像火燒一般的酒，更是覺得那聲弦音猶在耳邊顫動不休，心驚肉跳之餘，勉強笑道：「我年幼體弱，酒足飯飽，這一杯就不用喝了吧。」

負弓男子看到小弦被幾大桌菜團團圍在中間，不禁微微一笑：「小兄弟隨便好了，我豈是強行勸酒之人。」

小弦見到負弓男子這一笑就若是開雲破霧、光風霽月般將他原本略帶漠然的神情化做烏有，大起好感，心中一橫復又端起酒杯：「一見大俠的磊落風範，小弟的酒量卻也大了數倍。」閉著眼睛將這杯酒倒入肚中。他這話卻也不是虛言，本來酒量就是全無，如今強行灌入一大杯，可不正是大了數倍。

負弓男子見這小孩子說話有趣，更是如挨刀般強行灌酒入肚，大笑起來，竟然重又斟了一杯酒，陪小弦同飲了。

小弦見他一副英雄氣概，卻是毫無一點架子，心頭大喜，豪氣頓生，喚過夥計，一指那人桌前的酒壺：「一併算在我的帳上。」又對那人招呼道：「我這許多的酒菜反正也吃不完，不若請大俠吃飯。」一般行走江湖之人各有顧忌，怎會輕易請人同席，何況是吃了一半的。他卻絲毫不懂江湖避諱，見那負弓男子相貌英武，氣度豪邁，有心結識，心想反正今天是請日哭鬼吃飯，請一人與請兩人亦無太多的分別。

負弓男子微怔，正待答話，卻聽那小女孩笑道：「才敲詐了人家二十兩銀子便在擺闊麼？」

小弦這一驚非同小可，手指那小女孩：「你……」心念電轉，猛然想起自己對費源說話時聽到一個古怪的笑聲分別就是這小女孩的聲音，只是見到她的似笑非笑嬌俏可愛的神態，胸口又像是被重物所擊，不由一窒。饒是以他平日的口若懸河，才吐了一個字便再也說不出話來。

那年長的女子笑著伸指點點小女孩的頭：「清兒你可把人家小孩子嚇壞了。」

清兒掩住嘴吃吃地笑，口中猶含混道：「男子漢大丈夫敢作敢當，怕什麼？我只是看他胡亂請客卻不請我們，心中不忿罷了。」

小弦緩過一口氣來，結結巴巴地道：「我……都請好了。」想不到竟然有機會請這美麗的小姑娘吃飯，一句話還沒有說完，臉都漲紅了。

清兒拍手大笑，對那年長的女子道：「這可是他自己說的，容姐姐我們快搬過來大吃那個小鬼一頓。」又轉臉看著小弦，奇道：「又不是花你自己的銀子，你臉紅什麼？」

小弦訕訕道：「我……我不是小鬼。」他尚是第一次與清兒正面對話，偏偏說得又是讓自己心虛的事，一邊在心裡痛恨自己不爭氣，一邊卻是紅暈滿臉說不出一句話來。

「哦，對了。」清兒促狹地擠擠眼睛，強按笑意正色道：「你不是小鬼，今天你是小員外、小財神、小東道、小掌櫃、小老闆……哈哈。」一言未畢，已是手捧小腹，笑得直不起腰來。小弦沒好氣地瞪向那小女孩，卻見她彎腰低首間露出脖頸上掛著的一面小小金鎖，映在雪白的肌膚上，心中又是一跳，連忙移開目光。

那被稱為容姐姐的女子抬眼望了一下那負弓男子，臉上竟也似有些微紅了，對清兒道：「你看人家都不動聲色，就你急得像餓死鬼投胎一樣。」

負弓男子聞言微微一笑，起身往小弦的桌前走去：「既然如此，便嘮擾小兄弟了。」

清兒見狀更是拉著容姐姐與那戴蓑男子一併去小弦那席，容姐姐卻是紅著臉不依，一時酒店中嘻笑不休，一派旖旎小兒女風光。

戴蓑男子卻是有心認識那負弓男子，亦不勸阻。容姐姐終於抵不住清兒的軟纏硬磨，盈盈站起身來，就待往小弦這邊走來。

西首桌上那番僧甚為好色，一直呆呆望著那容姐姐，見此情景甚是惱恨負弓男子有機會與佳人同席，冷哼一聲對小弦道：「你這小娃娃就不請我們了麼？」

小弦如何擅於應付這等場面，不知用何話推辭，只得回應道：「這位大師要是有意，我也一併請了便是。」心道這下可好，估計這二十兩銀子全數花光不說，還要等日哭鬼回來應急了。

那番僧哈哈大笑，不顧同桌那青衫人的阻止眼色，大剌剌地站起身就待上前，同桌那兩兄弟模樣的人低聲調笑道：「和這等標緻的小妞同席，大師豔福不淺呀……」聲音雖低，但在場幾個人卻都聽在耳中，心頭有氣，但見小弦身為東道主若是不發話，卻也不好發作。

番僧嘿嘿笑道：「這不算什麼。想那駱清幽何等孤傲，若是有天能與她同席，方才真是豔福齊天呢。」他這幾句話大聲說出，分明把在場諸人都不瞧在眼裡。

負弓男子濃眉陡然一挑，煞氣乍現，看得小弦心頭莫名一懼。他頭亦不回，只是緩緩道：「駱清幽的名字你也配叫麼？」

那番僧勃然大怒，但也頗懼那負弓男子的凜傲氣勢，手指夥計，哼一聲道：「連一個酒樓的夥計都可以叫，我憑什麼不能叫？」語氣雖是不忿，語意卻示弱得多。

夥計見負弓男子的目光漠然射來，急得大叫：「不關小的事，我只不過是說駱姑娘在小店中寫的這副對子罷了。」

負弓男子顯是才經過酒樓邊，不知諸人剛才說到駱清幽的事情，聞言望向那副對聯，輕輕念著：「傲雪難陪，履劍千江水。欺霜無伴，撫鞍萬屏山。」一時竟似呆住了般，聲音漸漸轉低，終長歎一聲：「傲雪難陪！傲雪難陪！若非如此，又能如何呢？」

眾人聽他語氣，似是與駱清幽有什麼關係，心頭均是泛起一絲疑惑。

那番僧雖是酒酣耳熱之餘，卻也知道這負弓男子並不好惹，借機下台：「算了，我也吃得飽了，下次再讓這小兄弟請我吧。」

同桌那個名喚桃花的女子卻見大家都對駱清幽視若神明般，心頭醋意大起，冷笑道：「駱清幽也沒什麼了不起，若是早嫁了人，也不會引得天下這許多男子對她念念不忘了。」

負弓男子驀然轉過身來，冷冷看了一眼桃花，臉色鐵青：「千葉門主葛雙雙自是不同，嫁了又嫁，不然只怕就再沒有男子能記住她了。」千葉門的掌門「繁星點點」葛雙雙先後嫁了五個丈夫，一個比一個位高權重，最後一個嫁的卻是當今丞相劉遠的二公子，在江湖上傳為笑柄。

負弓男子這番話說得陰損刻薄之至，以他的行事，若非怒到極點，斷不會出此不恭言語。只因駱清幽實是他心中十分在意的人，所以才絕不容人當眾辱她。

桃花大怒，小眼圓睜，柳眉倒豎，臉上的粉似也簌簌落下不少，手按腰間：「你算什麼樣東西，竟敢辱我千葉門主。」看她架式，只要一言不合，千葉門名震江湖的暗器就將盡數射出。那同桌為首的青衫人暗暗扯桃花的衣袖，似是勸她不要生事。

負弓男子的眼光卻不看桃花，而是望向那青衫人領間繡著的一朵小黃花：「原來是洪修羅的人，怪不得區區千葉門亦敢如此囂張。」洪修羅乃是京師三大掌門中的關睢掌門，官拜刑部總管，旁觀眾人聽他提及了洪修羅的名字，心頭更增疑惑。

青衫人一驚：「你是誰？」

負弓男子微微一笑，卻不回答他的問題：「這位兄台且放心，這只是我與千葉門的恩怨，必會給你留點面子。」在場幾人先見他與桃花劍拔弩張，大有一觸即發之勢，中堂的那兩名商賈已悄悄往門口走去。此刻又聽他如此說，還只道他不想生事，心中剛剛鬆了一口氣，卻見負弓男子望向桃花，冷冷一笑：「我已辱了你家掌門，你又能如何呢？」

桃花雖是有些懼此人，但言語說到此處已是箭在弦上騎虎難下，大叫一聲，雙手揚起，數十道黑光由袖中射出，直奔對方的全身穴道襲去。幾人相距如此之近，這數十道暗器乍然發出極難躲避，其威力更是籠罩了大半個廳堂，就算負弓男子能盡數格擋避開，但磕飛的暗器也極易誤傷他人。由此可見這個桃花確是一向蠻橫跋扈，行事霸道，一言不合便不顧一切出手傷人。

戴蓑笠的那個男子踏前半步，他似是一點也不擔心清兒與容姐姐的安全，只是將小弦、那夥計及兩名商賈護在身後。

在如此緊要的關頭，負弓男子竟然尚有暇道了一聲「好。」卻不是讚桃花的暗器功夫，而是讚那帶蓑笠男子宅心仁厚、設想周到。

說時遲那時快，只見那負弓男子手腕輕動，一把抓起酒桌上的筷筒，力透指間，數十支筷子疾若流星般從筷筒中飛出，後發先至，一一撞在桃花所發出的黑光上。那數十道黑光飛至半途，便盡數被筷子撞回，反射向桃花。

眾人眼前一花，只聽到「篤篤篤」數十聲響動。那些木筷全都釘在桃花桌前，圍成一個半圓形，每根筷子下都釘著一枚黑色的鐵蒺藜。

那些鐵蒺藜打造奇特，每個中間都有一道小槽，看來是用以加熬毒物所用。是以鐵蒺藜盡數陷入桌面中，木筷亦勾卡在鐵蒺藜的槽間而不落下，乍看起來便似是以木質之筷穿過了鐵質蒺藜一般。令人吃驚的不但是此人以軟木勝堅鐵的腕力，更有發射木筷精確無匹的準頭。

桃花大驚，出道近十年來尚從未見過有人如此不用閃避不用格擋而是硬碰硬地破了自己的暗器，才要再出手，腰間一麻，卻是被另一根木筷打在腰間穴道上。

那番僧一聲怒吼，卻被青衫人一把拉住，對負弓男子一拱手：「多謝閣下手下留情，後會有期。」他眼力最為高明，見負弓男人反震回來的暗器釘得如此整齊，顯是留有餘力未發。旁邊那戴蓑男子不知是友是敵，但也絕非庸手，真要動起手來己方雖是人數占優亦是敗面居多，何況已隱隱猜出此負弓男子的身分，只有日後徐圖報復。

負弓男子若無其事地傲然一笑：「兄台慢走，可別忘了結帳。回京後代我問洪總管好。」他舉手破去桃花的暗器，卻仍是輕描淡寫般不動聲色，言語間更是冷嘲熱諷不留絲毫餘地，看來對堂堂刑部總管洪修羅亦是毫不買帳。

青衫人一拱手，只待留下幾句場面話：「在下……」

負弓男子打斷他的話：「你不用與我報名換姓，我無興趣與洪修羅的人打交道。」

青衫人被他迫得縛手縛腳，卻不敢發作，只得將一口氣發在夥計身上，大聲喚來結帳。再恨然望了負弓男子一眼，帶著番僧與那兩兄弟扶著桃花走出三香閣。

小弦看得目眩神迷，大張著嘴半天才回過神來：「大，大俠出手不凡，小弟敬你一杯。」

負弓男子轉過頭來一笑，面容平和，卻再無適才的殺氣：「今天讓小兄弟請客，也算有緣。怎麼就你一個人麼？」

小弦見他適才大發神威，有心結識此人，聽他承自己的情，大是高興，心想若是說有日哭鬼帶著自己，這請客的功勞豈不少了一半，一笑含混過去，先招呼清兒、容姐姐與那戴蓑男子就座。咳了一聲，學著江湖上的言詞道：「在下楊驚弦，卻不知各位朋友怎麼稱呼。」他本想在名字前加上些許綽號，但營盤山、清水鎮似乎遠遠沒有什麼降龍山、伏虎鎮叫得響亮，只得作罷。

「你這小鬼名字倒起得威風。」清兒笑道，一根細巧的蔥指按在自己的鼻尖上：「我叫水柔清，你們叫我清兒就是。」再一指那年長的女子：「這位是容姐姐，芳名叫做……嘻嘻，姐姐可未必願意與你通名道姓。」小弦見水柔清大不了自己幾歲，卻一口一個小鬼，大是不忿，但不知為何當著她的面再也沒有平日的口若懸河、嘻皮笑臉，心頭暗恨。

那女子輕輕打了清兒一下，再對負弓男子盈盈一福，眼光卻是只看著小弦，細聲道：「我叫花想容。」

「容姐姐好。」小弦對她說話可輕鬆多了：「雲想衣裳花想容，姐姐這名字可好聽多了，名如其人，不像有的人分明又是蠻橫又是不講道理，偏偏還起個溫柔似水的名字。」

清兒大怒，做勢欲打，只是與小弦隔了一張滿是菜肴的桌子，搆不著他，急得跺腳。惹得花想容笑得花枝亂顫，當真是應了她的名字。

負弓男子亦是呵呵一笑，望一眼那戴蓑男子，反手拍拍背後所負長弓，直言道：「適才我路過酒樓，神弓突然發聲長鳴，心覺蹊蹺，直到進來見兄台風采後方知神弓所鳴有因，誠願與君一識。」他面上一片赤誠坦蕩之色，與方才的神威凜凜大不相同。卻是見這戴蓑男子剛才動手之際護住不通武功之人，分明是個性情中人，以他素來的驕傲卻也直言想與之相識。

戴蓑男子伸出手來與他相握，正容道：「能與君識，亦我所願！」他見了那負弓男子的出手，自是早就認出了他的身分，便要報上自己的姓名：「在下……」

「且慢！」清兒忽打斷他們的對話，面上閃過頑皮之色：「大叔先不要報上姓名，且讓我來說個謎語，讓大家猜一猜對方的身分。」

小弦一聽清兒投其所好，心頭大樂，拍手叫好。清兒餘氣未消，偏過頭去不看他。

正在此刻，從門外忽進來一個中年女子，對著花想容施禮道：「小姐原來在這裡，找得我們好苦。」抬眼卻見到那負弓男子，慌忙又是一福：「原來恩人也在此，賤妾這廂有禮了。」負弓男子淡然一笑，還了一禮。

「恩人？」花想容一臉疑惑：「發生什麼事了？」

戴蓑男子亦道：「林嫂莫急，有話慢說。」對負弓男子介紹道：「這位林嫂是花姑娘的隨身管家，小弟這次來蜀地辦事，正好與花姑娘水姑娘順路同行，一路上亦多得她的照應。」

林嫂連忙客氣幾句，這才對花想容道：「今早在涪陵渡口，一艘小船失控順流衝下，眼見便要撞到我們的船上，當時小姐已來涪陵城中遊玩，船上便只有我們幾個女人家。」一指那負弓男子：「若不是這位大俠仗義出手，不但我們的船非被撞壞不可，人勢必也要有所損傷。」言罷又是一禮。

負弓男子謙然道：「林嫂不必客氣，舉手之勞罷了。」

「原來你就是那個英雄！」小弦大叫一聲，這才知道面前這個負弓男子便是早上救了畫舫的那藍衣人，當時便有心結識，只是距離太遠看不清他的相貌，如今他又換了衣衫，卻想不到當真能在城中碰見，還陰差陽錯地請他喝酒，一時樂得手舞足蹈，大笑道：「哈哈，我們真是太有緣了。」

負弓男子眼光何等厲害，早上便見了小弦與日哭鬼，只是小弦亦換了一身裝束，所以才沒有及時認出來，笑罵道：「好小子，原來是你惹的禍，看來你這一頓也不是白請。」

「我有先見之明嘛！」小弦心花怒放，對夥計大叫：「再拿十斤酒來。」又主動拿起酒杯喝了一口，這一回倒覺得酒入口順當多了。「我先自罰一杯。今天能結識大俠，真是三生有幸，前世積德。早上匆匆一見，便由衷的佩服大俠的高風亮節、急公好義、胸懷坦蕩、光明磊落……」他剛才見了那負弓男子的閃電出手，對他的武功人品崇拜至極，此刻便若平日說書般將一大串形容詞流水般說出，若不是礙著清兒的面尚有些不好意思，還不知會說出多少肉麻的詞來。

花想容蘭質慧心，清兒冰雪聰明，那戴蓑男子亦是久經世故，略一猜想便知原委，見小弦說得有趣，都是大笑起來，無意間又親近了許多。

負弓男子望著清兒笑道：「你不是說要猜謎語麼？且講出來吧。」

清兒好不容易才止住了笑，一指戴蓑男子：「第一個謎語是與大叔名字有關的。」她想了想，搖頭晃腦地道：「蝦將下了水，蛙兵入了地，紅燭不見光，蚊子不識字……」

小弦大笑：「好笑呀好笑，哪有這樣一竅不通的謎語，可有誰聽說過會識字的蚊子麼？」

清兒惱羞成怒：「人家現編的嘛。你猜不出來就算了，還敢笑我?!」

小弦和她混得熟了，少了許多拘謹：「沒學問還要來現眼，就莫要怪人家笑你……」話音才落，心頭猛然一震，望著那戴蓑男子目瞪口呆：「原來你就是……」

負弓男子的聲音乍然響起：「久聞兄台大名，神交已久，只是一直無緣識荊，今日一見，足慰平生。」他的聲音也不大，卻將小弦餘下的語音盡數壓住，不讓他將那戴蓑男子的名字說出來。

戴蓑男子含笑點頭，望著一臉驚異的小弦道：「小兄弟知道我的名字就行了，若是說出口來怕是有麻煩。」

小弦知機，重重點頭，目中神情複雜。清兒的謎語雖然不工整，但分明就是一個「蟲」字。

原來這個戴蓑男子便是名滿江湖的白道殺手蟲大師。蟲大師專殺貪官，是朝廷緝捕的重犯，若是在這酒樓裡說出他的名字只怕立時便會引來大群官兵。小弦本就對蟲大師的所作所為甚是佩服，又是聽了日哭鬼的往事，更是對其心傾，想不到竟然就於此涪陵小城中見到了他，更是見蟲大師對自己不避身分直承名諱，顯見信任，心中百感交集，一時再也說不出話來。只對清兒伸出大指，讚她謎語出得好。

清兒見這個「對頭」誇獎自己，臉有得色，再一指負弓男子：「下面這個謎語便是與大俠有關了。」

負弓男子含笑點頭，心想以蟲大師的見識自然早知自己是誰，這兩個女子能與之同行，必也不凡，也應猜得出來。可這小姑娘偏偏要玩出這許多的花樣，亦算是古靈精怪至極了。

清兒清清喉嚨，吟道：「獨木終成雙，好夢難天光，山麓不見鹿……」一時卡住了，卻是想不出下一句，眼見小弦對她幸災樂禍地擠眉弄眼，更是著急。

花想容含笑接口道：「楚地不留蹤。」

蟲大師對負弓男子鼓掌長笑道：「容兒說得好，這不留蹤三個字可算道盡了兄台的風采。」

負弓男子微微含笑點頭，與蟲大師四手緊握，顯已默認。

小弦亦猜出清兒所說的是個「林」字，他對江湖人物所知畢竟有限，想不出這負弓男子是誰，但見蟲大師對他都如此推崇，自應是非常有名的人物，心中苦苦思索。

此刻又有一人走進三香閣，徑直對小弦道：「小哥請隨我來，尊叔在外面等著你。」

小弦認得來人是剛才叫走日哭鬼的那名大漢，心中老大不情願。想此刻若是求蟲大師帶自己走，雖然唐突，但說明自己遭擄的緣由估計他亦不會袖手。只是日哭鬼雖然起初對自己凶狠，又揚言要吃了自己，但最終仍是待自己不薄，縱是要走也應該當面與他告別。當下悻悻起身，對眾人道：「你們等我一會，我馬上回來。」

清兒笑道：「天下無不散宴席，小鬼頭你這就走了麼？不送不送。對了，可莫忘了結帳哦。」

小弦心中委實不捨：「你們就在那畫舫中住麼，我去找你們可好？」他怕清兒一言拒絕自己，又對蟲大師道：「我還有事要告訴你。」

蟲大師所學頗雜，精擅觀相之術，先前便看出小弦雖是生得不怎麼俊俏，但眉目間隱有正氣，頗為不凡，所以才不避諱他知道自己的名字。他藝高膽大，也不怕小弦報官，長笑一聲道：「叨擾小兄弟一頓酒席，多承盛情。我們在涪陵城尚要留二三日，小兄弟有空儘管來找我就是了。」

小弦得蟲大師應承，心中高興，先叫過夥計結帳，幸好總計不過十八兩銀子，尚不曾讓他當眾出醜。

小弦隨著那大漢走出三香閣，行不幾步，便被日哭鬼一把抓住。

小弦興高采烈地道：「你猜我碰到誰了？」他伏在日哭鬼的耳邊小聲道：「原來那個戴蓑笠的男子便是蟲大師。」他知道蟲大師對日哭鬼有恩，是以才不隱瞞。

日哭鬼卻是毫無動容，一臉陰沉：「我知道。」

小弦奇道：「咦！原來你知道了？對了，為何你不與他相認？」

日哭鬼歎了一聲：「現在他見了我只怕立時就要取我性命。」小弦心中一驚，這才想到日哭鬼後來噬食幼童，以蟲大師嫉惡如仇的性子，只怕真是不能容他。

原來日哭鬼早就悄悄回來過三香閣，他起初只見蟲大師的背影只覺得熟悉，後來自是一眼認了出來。幸好他這些年心鬱難平面貌大變，所以蟲大師乍見下才沒有將他認出來。但他怎敢冒險再與蟲大師朝面，因此才遣那擒天堡的漢子去將小弦叫出來。

小弦頗有些洩氣，想到日哭鬼必不會讓自己再去見蟲大師，與他告別的話也不知從何說起。他起初尚動心去拜那龍判官為師，但見了蟲大師與那林姓男子，自然心氣高了許多，想到龍判官在武林中聲名頗差，又是位列邪派宗師，再也不願與他發生什麼關係了。

兩人一路走著，日哭鬼見小弦神思不屬的樣子，奇道：「你不問我那船家的事麼？」

小弦心中籌畫著脫身之計，隨口問道：「那個船家是什麼人？」

日哭鬼漠然道：「他是流沙幫的一個小角色，不知道吃了什麼雄心豹膽敢來害我，結果徒送了性命。」流沙幫是涪陵左近的一家小幫會，以船營為生，有時亦做一些沒本錢的買賣，一向服膺於擒天堡的威勢之下。

小弦嚇了一跳：「他死了？」

日哭鬼緩緩點頭：「已被殺人滅口了，魯子洋派人在城東找到了他的屍身。嘿嘿，一指斃命，下手的人倒是個高手。」

小弦問道：「是誰殺了他？」想到早上尚好好的一條漢子轉眼間就成了一具冰冷的屍體，心中忽就不安起來：莫非這就是江湖麼？

日哭鬼冷笑道：「想必是指使他來害我的人。流沙幫幫主黎芳芳一個勁給我賠罪，量她也沒有這膽子令手下惹我擒天堡，幕後應該是另有其人。」他頓了一下，思索道：「你可記得麼，那船家聽到你大聲叫起龍堡主的名字時是什麼表情？」

小弦回憶在船上的情形：「恩，當時我大叫龍判官的名字，那船家聽到了好像面色大變，似乎是大吃一驚。」

「不錯。」日哭鬼分析道：「可見他起初只以為我是普通船客，這才受了別人的好處要來害我性命，一聽到我們與擒天堡有關，自然便心頭發虛，慌了手腳。」

小弦一拍小手：「我知道了，那船家定是料不到叔叔是擒天堡的人，本想收手不幹，但那時已經將船身鑿穿，縱是及時堵上也只恐脫不得干係，他心中害怕，所以才棄船跳江而逃。也因為如此，船漏水不多，所以我們才能逃過這一劫。」

日哭鬼見小弦年齡雖小，但心思縝密，說得頭頭是道，暗中讚許：「你也不要太小看叔叔了，就算那船上的洞開得再大點，我也有辦法護得你平安脫險。」話雖如此，想到早上驚魂一幕，心中猶有餘悸。

小弦與日哭鬼混得熟了，也敢開他玩笑：「呵呵，那是因為你與我這個福星在一起，所以才能化險為夷，不然你就到江底餵魚了。」

「人在江湖，身不由己！」日哭鬼卻是頗多感歎：「一入這個江湖，性命便只由掌握在老天手中。江湖人誰不是過著刀頭舔血、朝不保夕，將腦袋繫在褲腰帶上的日子，縱然有日真落到江底餵魚，亦是咎由自取，怨不得誰！」他這番話平時何曾對人說過，只是把小弦當做親近至極的人，這才一吐心聲。

小弦不料一句玩笑換來日哭鬼這許多的感觸，心頭甚是迷茫：「你可知道是什麼人要害你？」

日哭鬼嘿然一笑：「擒天堡的仇家也不少了，這些日子又將有一些大事要發生，自然許多宵小之輩都蠢蠢欲動了。」

小弦本想問問有何大事發生，但見日哭鬼頗為神秘的樣子，料想他不肯告訴自己。忽想起一事，又向日哭鬼問道：「對了，我在那三香閣中還見了今天早上在江邊攔住我們那艘小船的藍衣男子。」

「哦！」日哭鬼雖是暗中回了一趟三香閣，但察知蟲大師在場，怎敢多留，是以竟然不知那林姓負弓男子的到來。他對此人的印象極深，喃喃道：「這人的武功奇高，卻不知是什麼來路。」

小弦道：「我才打聽到他應該是姓林，就被你使人叫走了。他的武功果然好厲害，那個千葉門女人的幾十道暗器被他輕而易舉地就破了……」當下又眉飛色舞地將酒店中那一戰繪聲繪色地講了出來，他口才本來就好，又對那林姓男子倍有好感，加油添醋地一番形容，直誇得天花亂墜。

「原來是他！」日哭鬼長歎一聲：「天底下姓林的、暗器功夫又是如此出神入化，除了那六年前當眾挑戰明將軍的暗器王林青，還能有誰！」

「你說什麼?!」小弦驚得跳起老高：「原來他就是暗器王啊！」他從小就聽父

親許漠洋給他講了暗器王林青的許多事蹟，提及暗器王當年如何在萬軍叢中給天下第一高手明將軍下戰書，又如何執偷天弓憤然一箭射殺京師八方名動中與之齊名的登萍王顧清風，再說到與明將軍在幽冥谷中的那驚天一箭賭約……

在小弦的心目中，暗器王簡直與神人無異，實是自己心目中最崇拜的一個大英雄。只不過許漠洋提到林青時從來都是對其恭稱暗器王，小弦亦只覺得暗器王就是暗器王，從來不知暗器王的本姓林。此刻聽日哭鬼一語道破，剎那間心中翻江倒海，平地生波，想到自己竟然無意中請暗器王喝酒吃飯，還一起談笑甚久，真是如在夢中一般。再想以父親與暗器王的交情，無論如何他亦會把自己帶著一併去找父親，一念至此，哪裡還按捺得住，恨不得背生雙翼飛回三香閣對暗器王說明自己的身分……

「你那麼吃驚做什麼？」日哭鬼哪想到小弦心中這許多的念頭，沉吟道：「蟲大師與暗器王同現涪陵城，只怕不日內就將發生足可驚動武林的大事，我們這就回擒天堡，將這情況報上堡主。」

小弦漸漸冷靜下來，心知日哭鬼定然不會放自己走，即使自己說明真相，亦難判斷他有何舉動，多半仍會強迫自己加入擒天堡。當今之計只有先爭取留在涪陵城中，瞅機會聯繫上暗器王，那時就由不得日哭鬼了。眼珠一轉：「哎呀不好，我的東西丟在那三香閣了，我這就去取。」

日哭鬼哪會放他走：「等他們走了我叫人幫你去取。」

小弦苦著臉道：「不行不行，那東西十分珍貴，晚了就被他們拿走了。」

日哭鬼斥道：「胡說，暗器王與蟲大師何等人物，怎會貪你小孩子的東西。」他心中實是對小弦十分疼愛，自覺語氣過重，又柔聲道：「是什麼東西？很緊要麼？」

小弦心念一動，想到清兒脖上持的那面小金鎖，手上比劃著：「是如此大小的一面小金鎖……」

日哭鬼疑惑道：「我這幾日怎麼沒有見到你身上有這東西？」

小弦索性一路編下去：「那是我過世的母親給我留下的唯一之物，萬萬是不能丟的。是了，我平日都是貼身掛著，定了剛才喝酒嗆著了低頭咳嗽的時候不小心掉落了……」情急之下也不避諱說自己沒有酒量了。小弦說到這裡，心頭本就著急，更是想起了自己從未見過的母親，眼眶亦是微微發紅。

日哭鬼見小弦的樣子，想到自己和親生孩兒的濃濃情誼，面上雖是不動聲色，暗裡卻也替他著急：「不要急，叔叔定會替你找來。」

小弦一心要回三香閣：「就怕落在那個小姑娘手上，她本就對我惡聲惡氣，定不會輕易還我。我還是現在回去看看吧，不然過後她定是翻臉不認帳了……」

日哭鬼拍拍小弦的腦袋：「你放心，我剛剛得到情報，這幾日涪陵來了不少高人。這金鎖別說落到那小姑娘的手裡，就算真被暗器王與蟲大師拿了，我也有辦法請人幫你取回來。」

小弦實在無法可想，只得耍賴道：「那你可要答應我，不幫我取回金鎖我們就不離開涪陵城。」

日哭鬼倒也爽快：「好，我答應你。」

小弦見日哭鬼答應先不離開涪陵城，目的至少達到了一半，心中稍安。聽日哭鬼回答得如此有把握，奇道：「我那金鎖若真是落在暗器王與蟲大師的手裡，難道你也有辦法請人取回來麼？什麼人有這麼大本事？」

日哭鬼神秘一笑：「你可聽說過那宇內偷技無雙的妙手王麼？」

# 風雲欲動

花想容與水柔清秉承四大家族清泊淡定的門風，
對這些江湖詭計均少有見識，
蟲大師與林青這番話聽得她二人面面相覷，
渾料不到看似簡單的一件事竟會牽扯出如此複雜的關係，
似乎與四大家族亦脫不了干係。

那林姓負弓男子正是名滿江湖的暗器王林青！

六年前林青在塞外與明將軍以偷天弓一箭為賭約，雖是表面上占了些上風，卻深悉明將軍實是因各方面的顧忌而故意保存實力，自己的武功比之怕是略遜了一籌。他既公然放言挑戰明將軍，已是將其做為自己攀越武道的一座高峰，這幾年來竭精殆慮、苦心磨礪，便是為了準備與明將軍之間遲早會發生的一戰。

武功高至明將軍、林青這種境地，想要寸進何其之難，勤修苦練已屬末節，更重要是提高自己在心境上的修為。正若師匠之間僅差一線，所餘便是那份臨機一刹的頓悟。所以當年林青在隔雲山脈的幽冥谷與許漠洋、物由心、楊霜兒分別後，便放開心懷孤身雲遊天下，遍訪名山，一方面是根據巧拙大師的暗示，尋找那能使偷天弓發揮出最大威力的換日箭；另一方面，則是欲借著天地自然之力窮其玄機，探索武道的巔峰。

三香閣中，蟲大師與林青四手緊握，表面如常，心中卻俱是激蕩不已。他二人均是江湖上驚天動地的人物，早是互聞對方大名，欽服已久，卻直到今日方才朝面，相見恨晚，心惜之情溢於言表。花想容與水柔清雖是早猜出了此人是暗器王，但當真證實了林青的身分，仍是雀躍不止。要知明將軍數十年來穩居天下第一的寶座，更是功高權重，威懾京師，天下誰人不懼，縱是唯一敢與之作對的京師四公子之一魏南焰亦於兩年前丟官失勢，亡命江湖。雖然魏公子最終在峨眉金頂死於天湖傳人楚天涯之手，但究其根因，仍是緣於不敵明將軍的威勢。

而暗器王林青當年卻於萬軍叢中一箭立威，當眾給天下第一高手明將軍下戰書，在大兵圍逼下，仍能安然脫身於幽冥谷。雖然江湖上不知實情如何，但此事早被傳遍江湖，再經好事之徒添油加醋，以訛傳訛，暗器王已被視為能與明將軍拚力一戰的第一人選，更是花想容、水柔清這般年輕女子心目中的最大偶像。

幾人寒暄客套幾句。水柔清道：「此處說話不便，不若我們去須閑號上細說。」

林青此時方知今早救下的那條畫舫名喚「須閑」。他眼力高明，早看出花想容與水柔清均是身懷不俗武功，非是尋常人物，卻委實猜不透她二人如何會與蟲大師走到一起。何況蟲大師一向出沒於中原，來此涪陵小城亦是蹊蹺，正欲知其詳情，聞言恰中下懷，笑道：「船名如此不俗，定要去見識一下。」

「這個船名是容姐姐起的，果然起得好……」水柔清眨眨眼睛，頑皮一笑：「我們從漢口一路逆江行來，不知因此成就了多少姻緣呢。」

花想容奇道：「你這小丫頭亂說話，這船名與姻緣有何關係？」

水柔清正色道：「須閑須閑，可不就是『續弦』的諧音麼？」林青與蟲大師這才知道水柔清在調笑花想容，大笑起來。

「清兒莫要胡說。」花想容大窘，望了一眼林青，紅著臉解釋道：「此船名本是取自前人的詞──『一句叮嚀君記取，神仙須是閒人做。』」

「好一句神仙須是閒人做。」蟲大師讚道：「我真應該早點搭上你們的船，多沾幾分仙氣。」

林青這才知道蟲大師與花、水兩女只是半路相遇。他見花想容雍貴清雅，出口成章，不由因此想到了那文冠天下的紅顏知己駱清幽，自己與她亦有近十年未見了。

幾人一路說笑出了三香閣，徑直來到「須閑」號上。船上除了幾位船工，尚有花想容與水柔清隨身帶的四五個僕傭，見到林青正是早間救下她們的恩人，又是一番謝辭。

須閑號並不大，內艙中分了五、六個小間，花想容、水柔清與蟲大師各住一間，僕傭占著一間，是以船廳便顯得不夠寬敞了，卻依然佈置井井有條。廳內擺放的全是雕鏤精細的傢俱，以屏風隔開，中間是一張雲石臥椅，左右配兩對檀木靠椅，配以縷花茶几，玲瓏剔透的紫砂茶壺邊配有四隻漢玉細杯，鐫刻著縷空花紋，上面沒有一絲茶銹。房間內不燃薰香，只有一口景藍花瓶上插有幾束百合，淡然的香氣隱隱襲來，更顯得明潔幽雅。

林青早上雖救下了須閑號，但未進內艙，此刻乍見之下，顯是料不到這外表看似平常的畫舫內中竟如此精緻，不由讚道：「果然是神仙的住處。」

水柔清解釋道：「這船上的家俱都是我與容姐姐在漢口買的。」

蟲大師笑道：「像你我這等粗豪的男子怎會有許多的閒情逸致細細佈置打點，看來要做這神仙不但只能是閒人，還須是女子才行。」

林青微微頷首：「此間佈置隨處可見機心，想來定也是花姑娘的傑作，果是深得翩躚樓的真傳。」

花想容一呆：「原來你已猜出來了。」

蟲大師笑道：「暗器王的眼力何等厲害，要瞞過他談何容易。」

林青亦是一笑，對花想容道：「我雖沒有見過嗅香公子，但素聞其行事講究，詩畫雙絕，朗詞妙墨，綺羅折花。既然知道了姑娘的芳名，再觀姑娘的行止，豈還會猜不出來。」原來這翩躚樓正是江湖上最為隱秘的「閣樓鄉塚」四大家族中的「樓」。四大家族分別是點睛閣、翩躚樓、溫柔鄉與英雄塚，一向少現江湖，但據說均有絕世武學。那翩躚樓的樓主便是江湖人稱嗅香公子的花嗅香，其成名武功即是綺羅劍法與折花手。

花想容淺揖謝過：「家父亦對小女說起過暗器王的光明坦蕩、磊落豪情，且最欣賞林大俠的重大義不拘小節，只可惜不能有緣一晤。若是聽到林大俠這般讚語，定是十分高興。」

林青大笑：「既知我不拘小節，何必還叫我什麼大俠。」

花想容俏臉生霞：「林……大哥。」這一聲大哥叫得真是細若蚊蚋，蟲大師連忙做側耳傾聽狀，害得花想容暗自跺腳，雙頰紅暈，更增嬌豔。

「林大哥有所不知，」水柔清年齡雖小，卻是比花想容大方多了，也不管自己比林青小了近二十歲，張口就叫大哥。「花叔叔現在已經不叫嗅香公子，而是改名叫做四非公子了。」

「哦！」林青奇道：「如何是四非？」

「那便是：非醇酒不飲，非妙韻不聽，非佳詞不吟。」水柔清嘻嘻笑道：「這最後一非麼，卻是非美人不看了……」

蟲大師大掌一拍：「哈哈，江湖上哪有這許多的美人。怪不得花嗅香十幾年不出江湖，想來只有一天到晚看著嗅香夫人的畫像，免得一出翩躚樓就只好做睜眼瞎子了。」眾人聞言大笑。

林青心細，聽到蟲大師提及嗅香夫人說到「畫像」，已猜到花想容之母親必已不在人世，外表不露聲色，心中卻憐意微生。而蟲大師既然知曉花嗅香的隱秘家事，白道第一殺手與四大家庭族之間的關係亦非尋常。

水柔清似是對猜謎情有獨鍾，揚起小臉：「容姐姐的來歷被猜出來了，再猜猜我的吧！」

林青故作苦惱狀：「我本以為自己猜到了你的來歷，可總又覺得不對。」

水柔清不解：「何處不對？」

林青嘴角上逸出一絲笑意：「想那溫柔鄉的女子個個都是溫柔似水，謙良矜持，怎麼會有這麼一個牙尖嘴利的小丫頭?!哈哈……」原來他早已猜出水柔清是四大家族中溫柔鄉的女子，卻是故意給這伶俐的小姑娘開個玩笑。

「哇！」水柔清一跳好高：「林大哥你欺負我。」

林青尚未回答，蟲大師一臉詫色：「你這小丫頭叫我大叔卻喚林兄大哥，豈不是讓我占了林兄的便宜？」

水柔清嘻嘻一笑，吐吐舌頭：「誰讓你生得這麼老相。哼哼，你再幫著林大哥欺負我就叫你爺爺了。」

大家又是一陣放聲大笑。林青看到水柔清與蟲大師毫無顧忌開著玩笑，似乎也重又回到了那些與戰友於嘻笑怒罵中並肩共抗強敵的歲月，心中充滿著一種真摯的友情。

蟲大師終於言歸正傳：「這些年一直不聞林兄的消息，不知何以來到這川東的涪陵城中？」

「是呀。」水柔清道：「自從暗器王公然挑戰明將軍後，這幾年再無蹤跡。江湖上傳言紛紛，還有人說暗器王為明將軍所挫就此退隱江湖了。」

久不說話的花想容抿嘴笑道：「不過今日三香閣內暗器王雄風再現，不知道又會引起多少人來搬弄口舌。」

林青正容道：「我這些年多停留在名江大川中，便是為了能讓武功更進一步，待時機成熟後便上京與明將軍續那六年前之戰約。」

眾人默然。明將軍實是威名太盛，縱是今日親眼見了暗器王出神入化的武功，亦難言這一場拚鬥的勝負。高手相搏，動輒生死立決，豈是說笑?!

林青知道諸人心中所想，卻也不放在心上。頓了一下，歎道：「不知不覺便是六年了，這些年來我每時每刻都在想著與明將軍的戰約。可雖是自覺武功已是大進，卻仍沒有把握能敵得住明將軍的流轉神功，是以也沒有回京師，以免自取其辱。」

「好！林兄這份坦蕩胸襟已遠非常人能及。」蟲大師聽林青如此直言無忌，讚了一聲：「我未見過明將軍，不知其武功深淺，但聽說林兄手上尚有一把克制其武功的神弓？」

當年明將軍的師叔巧拙大師坐化於伏藏山，卻留下了一把據說專門對付明將軍的偷天弓，此事雖經將軍府嚴加封鎖消息，但江湖早有各種傳聞，眾說紛紜，誰也不知偷天弓是否真有如此神通。花想容與水柔清的眼光不由瞟上林青背後所負的長弓。

「蟲兄請看。」林青解下背上包袱，慢慢解開布帛，露出那暗赤色的偷天弓，遞與蟲大師：「此弓名為偷天，乃是巧拙大師留下圖樣，採五行之金，合三才之道，再經兵甲派傳人杜四親手所製，弦力極大，可射千步，確是不可多得的神弓。」他似是回想到當年與杜四等人合力抗敵製弓的往事，眉宇微沉，嘴角露出一絲苦笑：「這六年間偷天弓從未離我身側，一見到此弓，往事便歷歷在目，恍若昨天……」

蟲大師細細察看偷天弓：「我三年前曾去過一次無雙城，見到了楊雲清那寶貝女兒楊霜兒，亦見到了那老頑童物由心，聽他們詳細說過當時的情形……」眾人一聽他提到物由心，臉上都露出笑容，花想容與水柔清雖未見過物由心，但四大家族中互有往來，亦聽同門說起過。那個鬚髮皆白外表一大把年紀卻越老越天真的物由心確是江湖上難得一見的活寶。

蟲大師沉思片刻，向林青問道：「我聽楊霜兒說巧拙大師尚留有一支換日箭？」

林青道：「不錯。但那支箭已毀於明將軍手上。」他抬首望向船頂，回憶與明將軍過招的情形，再歎一聲：「明將軍實是武學上不世天才，居然凝氣成型硬接我一箭，而且似還未用全力。」

花想容驚道：「你已與明將軍動過手？」林青王與明將軍那一箭賭約只有容笑風、物由心、許漠洋與楊霜兒在場，江湖上幾乎無人知道，是以花想容才有此一問。

林青也不隱瞞，便將當年與明將軍一箭之約細細說出來，這一戰在他心目中不知回想了多少次，自是記憶猶新，再加上事後的一些猜想，分析明將軍留有餘力的原因，直聽得花、水二女心驚肉跳，花容慘澹；蟲大師雖曾聽物由心與楊霜兒說起那一箭的情景，但此刻聽林青以當局者的角度重述往事，又是另一番領悟。當聽到換日箭為明將軍神功所震碎時，蟲大師濃眉一挑：「明將軍的流轉神功竟能凝氣成球，猶若實物，確已突破武學常規。巧拙大師身為昊空門傳人，對流轉神功可謂是最瞭解之人，他既留下偷天弓，自是有其深意，但若說僅憑一把弓便能克制明將軍那已臻化境的流轉神功，我現在仍是半信半疑。」

林青沉思半晌，方才正色道：「以我所見，流轉神功的竅要便在『流轉』二字上。其內息似柔似剛，幻化天成，生生不息，用之不竭，韌勁與耐性可謂是天下無雙，而明將軍身經百戰，若要從其招術上找到破綻又是談何容易。唯有利用偷天弓的超強弓力，借著箭矢威倫無鑄、力聚一點的剛猛令其流轉神功略有停頓，再徐圖破之。」說到此處，他長歎了一口氣：「以明將軍威懾天下的武功，若不是巧拙大師深悉其流轉神功的運用之法，誰能想到要如此以硬碰硬方能覓得一隙勝機。」

水柔清道：「可現在換日箭已碎，僅餘偷天弓如何能克制明將軍呢？」

林青歎道：「當年只怕連巧拙大師自己也未必能肯定他留下的那支箭便有偷天換日之能，是以才藏於地道深處。我這些年四處雲遊，亦正是要找適合做箭的材料，配合偷天弓，方有把握能勝過明將軍。」

蟲大師沉吟道：「滄浪島上有種逍遙藤，當地人以麻油浸之，再反覆烤製，堅韌異常，刀斧難傷，或可用來做箭。」

水柔清訝道：「滄浪島？那不是風念鐘的老巢麼？」六大邪派宗師中的南風風

念鐘正是住在南海滄浪島。

「哦！」林青眉尖一挑：「蟲兄既然如此說，定有道理。我亦聽說過逍遙藤之名，只是與南風一向沒有往來，不到萬不得已不想驚動他。」

花想容呵呵一笑：「南風若是知道你是對付明將軍，定會拍手歡迎。」南風風念鐘與將軍府交惡，發誓明將軍一日不死便一日不踏足中原，此事傳遍武林，所以花想容有此一說。

林青長吸了一口氣，正容道：「不瞞諸位，我只想以本身的力量挑戰明將軍，縱是得了巧拙大師的偷天弓亦是心有不安，若再要借助南風的力量，縱勝之亦覺不武。」此言一出，蟲大師與花、水二女均是肅然起敬。

花想容忙換過話題：「你可找到合適的製箭材料了麼？」

林青緩緩搖頭：「當年巧拙大師留下的箭以天翔之鶴翎作箭羽，地奔之豹齒作箭簇，南海鐵木為箭杆，堅固異常，卻亦抵不住流轉神功的全力一擊，我實難找到比其更為優勝的材料。」他見花想容與水柔清臉露失望之色，微微一笑：「所以我才會來到此地，本是借道去滇北找一個朋友，或許他有辦法可製得換日箭。」

水柔清奇道：「什麼人有這麼大本事？」

林青道：「說來此人亦算是承接了巧拙大師的衣缽，兵甲傳人杜四亦將鑄煉兵器之法傳於他……」

「是那冬歸劍客許漠洋吧。」蟲大師接口道：「我曾聽物由心與楊霜兒說起過他的奇遇，依我想來巧拙大師傳功於他定有深意，或許破明將軍的流轉神功最後仍要著落在他身上。」

林青點點頭：「正是許漠洋。」原來林青久未涉足中原，而此行入川的目的正是來找許漠洋。他與許漠洋一別六年，全憑當年留下的聯繫之法，通過江湖上的戲班方才輾轉打聽到許漠洋目前住在滇北營盤山的清水小鎮中，本是打算取水路入川再折道向南，卻不料在此涪陵城中意外碰見了久欲一見的蟲大師，也算是機緣巧合了。

林青向蟲大師問道：「素聞蟲兄這些年一向在北方活動，卻如何來到此地？莫不是要找龍判官的麻煩麼？」要知蟲大師一向獨來獨往，行蹤詭秘，而此刻竟會與四大家族的兩名女子高手結伴同行，實是讓林青猜想不透，故有此問。

水柔清搶著道：「大師是我們請來找人的。」

林青奇道：「找什麼人？」

花想容臉有憂色，歎道：「是我的哥哥花濺淚。一年前他獨自來到中原，似是迷上了一個名叫臨雲的風塵女子，隨她到了遷州府，卻為將軍府總管水知寒所傷，不知所蹤。下月十五便是我四大家族六十年一度的行道大會，哥哥身為翩躚樓的傳人必須參加，所以父親才要我來江湖中聯繫上蟲大師一併尋找他。我怕自己一個女孩子行走不便，就拉了清兒一起作伴……」林青恍然大悟，怪不得一向隱秘的四大家族竟然會現身武林中，原來是有如此緣故。

蟲大師苦笑道：「說來此事亦與我有關。其時我手下大弟子秦聆韻奉我命去遷州府刺殺貪官魯秋道，誰知將軍府竟然派出了水知寒與鬼失驚出馬，若不是花濺淚引走水知寒，只怕還不能得手，說起來我亦算是欠了翩躚樓一個人情，所以收到嗅香公子的傳書，也不得不趕到宜昌城與這兩個小姑娘會合，再一路坐船到了這裡。」

林青心念電轉：蟲大師的來歷一向不為人知，而聽花想容的語意，蟲大師顯然和四大家族的人一向有聯繫。不過蟲大師的四大弟子分別擅長琴棋書畫，倒是非常合四大家族的路子，由此推想，只怕蟲大師果是與四大家族有某種不為人知的關係。

水柔清卻是不依，似笑非笑地叉起腰呼道：「大叔這一路遊山玩水好不快活，怎麼說起來卻像是受罪一般？」

蟲大師大笑：「是極是極，我這一路上好不快活。只是到了一處便要陪你們遊逛集市，見了什麼新鮮的小玩意便要好奇半天，委實是讓我老人家氣悶至極……」他轉臉望向林青：「你若是看到這兩個女孩子對著一隻小鳥也能說上幾個時辰的話，只怕你也會受不了的。」林青大笑，想到蟲大師陪著兩個嘰嘰喳喳的年輕女孩子一起逛集，確也是難為了這白道上的第一殺手。

花想容卻是一直惦記著生死未卜的哥哥花濺淚：「聽說那臨雲姑娘來到了焰天涯，所以我們便從漢口一路逆舟而上，到了此處。」她忍不住歎了一聲：「也不知道哥哥目前是否平安無恙。」

水柔清安慰道：「容姐姐放心，花大哥俊雅風流，武功又高，吉人天相，定會平安無事的。」

林青亦聽說過焰天涯位於滇南楚雄，兩年前京師四公子之一魏公子魏南焰被明將軍所迫，一路逃亡到蜀地，終在峨眉金頂上為天湖傳人楚天涯與北城王之女封冰合力所殺。但封冰實與魏公子有著某種微妙的關係，是以魏公子手下的謀臣君東臨亦輔佐封冰共建焰天涯，可謂是目前武林中唯一敢公開對抗明將軍的勢力。女俠封冰亦因此被江湖上列為白道「夏蟲語冰」四大高手之一，與白道第一大幫裂空幫主夏天雷、華山掌門無語大師、白道第一殺手蟲大師齊名。

林青見花想容一張俏面上愁雲暗結，當真是楚楚可憐，不虞她傷神，岔開話題笑道：「蟲大師現身涪陵城，我只道此處定將會發生什麼驚天動地的大事，卻不料原來便只是做一名護花使者。」

蟲大師卻是一臉肅容：「我一向敬重林兄，亦不瞞你。其實我這次來涪陵城一是陪容兒找兄長，二來卻另有要事。」他吸了一口氣：「本來我也不想讓林兄參與其中，但現在情勢複雜，只怕非要借助暗器王的力量方可完成……」

林青見蟲大師說得如此鄭重，而花想容與水柔清均是一臉詫色，知道必有蹊蹺，亦是正容道：「蟲兄有事請講，如能稍盡綿力，林青絕不推辭。」

蟲大師道：「林兄可知今日在三香閣的那五個人是什麼來歷麼？」

林青眼睛一亮：「我見那為首青衫人領上繡著一朵小黃花，知道那是京師刑部的人。蟲兄是為他來的麼？」

蟲大師道：「與你過招的那女子名叫柳桃花，乃是千葉門掌門葛雙雙的師妹，那一黑一白的是兩兄弟，黑臉老大趙光，白臉老二趙旭，人稱黑白無常，是皇宮中的侍衛。領頭的那個青衫人名叫齊百川，乃是刑部總管洪修羅手下的五大名捕之二。此次入川明為欽差，暗中則是為泰親王辦事。」洪修羅在京中一向是隸屬於泰親王派系中，人人皆知。

「五大名捕?!」林青眼中精光一現，不屑地聳聳肩：「那追捕王梁辰算什麼？」

蟲大師歎道：「你殺了登萍王顧清風，追捕王梁辰與顧清風一向交好，這幾年遠離京城便是為了追捕於你。而洪修羅靠著泰親王借機發展勢力，搜羅了不少人材，又破了幾個大案，在京師也算出盡了風頭，將手下五大捕頭高德言、齊百川、左飛霆、余收言、郭滄海自封為五大名捕。」他看了花想容與水柔清一眼：「花嗅香給我飛鴿傳書，一項是要我幫他女兒找到兄長，另一項卻是告訴我齊百川這次來川東，其實是暗奉泰親王的命令與龍判官結盟。嘿嘿，他走陸路由劍門蜀道入川，卻不知我早就在這涪陵城等著他了。」

「有這等事？只怕立刻便會引起江湖中的無盡風波！」花想容聞言一驚，這個消息她尚是才知道，渾忘了哥哥的事：「泰親王不好好做他的親王，跑到武林中添什麼亂？」

水柔清年紀尚小，不明白這其中的利害關係：「結盟有什麼大不了，就像我們四大家族還不是結盟了。」

蟲大師歎道：「泰親王身為皇儲卻暗地聯合武林中人，本身就有違常規。何況龍判官地處川東，一向不買中原武林的帳，儼然一個土皇帝，若他與泰親王聯盟，只怕所圖非小。」

林青沉吟道：「京師三大派系中，猶以泰親王最為複雜。明將軍好歹總要聽於皇命，太子亦是有諸多掣肘，唯有泰親王仗著是當今皇上的胞弟，又是先帝正宮所出，毫無顧忌。」他冷笑一聲：「泰親王籌畫多年，終於耐不住要謀反了麼？」

「謀反？」水柔清登時來了興趣：「他本就是一人之下萬人之上的親王，為何還要謀反？」

「功利之心，人皆有之。」蟲大師長歎一聲：「何況像泰親王這等功高權重之人，便是在一人之下亦是無可容忍的。」

水柔清拍拍腦袋：「大師說得不錯，便是我四大家族中的各弟子也為了那六十年一度的行道大會爭得不可開交呢。哎喲，容姐姐你揪我做什麼？」原來花想容見水柔清童言無忌，將四大家族的秘密外洩，忍不住暗地提醒揪她一把，卻被水柔清當眾叫破，不由面紅耳赤。

林青再次聽到「行道大會」的名字，雖不明究竟，但知道四大家族內有許多不為外人所知的機密，故作未聞，仍是望著蟲大師：「蟲兄意欲如何？」

蟲大師道：「本來泰親王無論是想篡位也罷，增強實力也罷，原也不關我們這些小百姓的事，更何況他與龍判官能否結定盟約亦是未知之數。」他略一沉吟：「但那同來的番僧卻是吐蕃大國師蒙泊的二弟子扎風。據我得到的消息，泰親王與龍判官結盟的條件之一便是將雅礱江以西的土地獻與吐蕃……」

林青一拍桌子：「勾結外人侵我國土，泰親王當真是鬼迷心竅了。」

水柔清奇道：「蜀境內本就是龍判官的地頭，若是獻與吐蕃他豈不是吃虧了？」

蟲大師解釋道：「你有所不知。雅礱江以西多是雪山，地形複雜，向來是漢藏混雜，時有衝突，最是難管。當今朝廷鞭長莫及，為免爭端，每年俱給當地部族獻上重禮，方保一時平安。而擒天堡為川內幫會盟主，這份重禮便著落在擒天堡的身上。但若是泰親王給皇上進言將雅礱江以西獻與吐蕃，龍判官固然減了一大筆的支出，可那一帶的漢人只怕便再無出頭之日了。」

林青想一了想：「龍判官好歹亦是一方宗師，如此條件雖是暗中得利，但表面上畢竟示弱於人，他未必會答應吧。」

蟲大師道：「且不說泰親王還許了龍判官怎樣的金銀財寶與高官厚祿，另還有一個條件便是助龍判官挑了擒天堡的大對頭媚雲教。」

林青沉思不語。媚雲教這些年一直與擒天堡做對，雖處下風卻亦令龍判官頭疼不已，若是能一舉滅之，擒天堡在武林中的地位一下子便會提高不少。再加上一些優惠條件，只怕龍判官也會動心。畢竟龍判官身處蜀地，一向不大為中原武林看得起，若是能與泰親王這樣權勢薰天的皇親國戚拉上關係，聲勢上自是大有不同。

林青腦中靈光一閃：「太子與明將軍若是知道此事，必不肯善罷甘休？」

蟲大師道：「齊百川表面上是奉皇命入川，明將軍與太子亦不能明目張膽地阻他。」他微微一笑，悠然道：「但若是欽差大臣在擒天堡的地頭上出了事，只怕龍判官無論如何也脫不了干係。」

水柔清笑道：「那還等什麼？以蟲大師的手段，縱是龍判官親自給那齊百川做保鏢怕也護不住他的小命？」

蟲大師傲然一笑，隨即又沉聲道：「但那個番僧扎風若是有了什麼閃失，只怕吐蕃國師蒙泊不肯善罷甘休……」

水柔清恨聲道：「那個番僧的一雙賊眼盯著容姐姐不放，好不可惡，我巴不得廢了他一雙招子才好。那個什麼吐蕃國師就算不肯甘休又如何，我不信他的武功能敵得住蟲大叔？」花想容的臉不由又是一紅。

蟲大師歎道：「他找上我倒是不怕，就怕蒙泊一怒之下，漢藏邊界上立刻就將是血流成河的局面。」

林青恍然，終於知道蟲大師的顧忌是什麼了，敬重他悲天憫人的良苦用心，肅容道：「蟲兄要我如何做？儘管開口。」

蟲大師猶豫道：「我現在便是拿不準明將軍與太子會有何動作？就怕他們不擇手段動手傷了扎風，給無辜的百姓惹來一場彌天大禍。」

水柔清憤然道：「莫非我們還要去做一回這番僧的保鏢麼？」蟲大師一歎不語。

林青輕輕搖搖頭：「以我對明將軍與太子的瞭解，他們定然不會袖手任泰親王與龍判官結盟，犧牲幾個百姓對他們來說根本不算什麼……」他端起茶來輕抿一口，眉頭微皺：「此事確是有些棘手。當今之計只好見機行事，如能不傷人便破壞了泰親王與龍判官的結盟，便是最佳。」

水柔清猶不解：「明將軍與太子既然不會袖手，泰親王與龍判官也不是什麼好人，索性就讓他們鬼打鬼，我們坐山觀虎鬥豈不甚好？」

蟲大師道：「花嗅香傳書與我便是要我親自走這一趟，務要瓦解泰親王與龍判官的聯盟，不容有失，這件事不但影響京師勢力的此消彼長，與四大家族亦有關係，其微妙處一言難盡。」他歎了一口氣，轉頭望向林青：「我一向與官府水火不容，不好現身，正一籌莫展不知由何處著手，卻遇見了林兄，便厚顏相求……」

林青打斷蟲大師的話：「蟲兄言重了，我與你神交已久，區區小事自當盡心。何況我這些年早閑出一身病來，還要多謝蟲兄給我一試身手的機會呢。」他雖聽到蟲大師言語間似有隱情，仍是毫不猶豫地一口應承下來，只是心中越發懷疑蟲大師與四大家族的關係。

要知蟲大師一向獨來獨往，專殺貪官，此次卻像是應四大家族所請攬上此事，倒是令人頗費思量。只是蟲大師既然不開口細說，林青也不好追問不休了。

花想容與水柔清秉承四大家族清泊淡定的門風，對這些江湖詭計均少有見識，蟲大師與林青這番話聽得她二人面面相覷，渾料不到看似簡單的一件事竟會牽扯出如此複雜的關係，似乎與四大家族亦脫不了干係。

花想容道：「我對媚雲教知之不詳，只聽說善使毒物，一向被人視為邪教，卻不知有何實力能對抗擒天堡？」

蟲大師對江湖各幫會教派均有研究：「媚雲教總壇位於雲南大理，大約有四、五千教徒，多為當地苗、彝土著，其中不乏異族高手，在滇蜀黔三地有很大的影響力，所以才能與無念宗、靜塵齋、非常道並列為當世四大教。只是自從六年前上任教主陸羽死後，其侄陸文淵接任教主之位，教中元老多不服之，威勢卻已是大不如前，這些年在擒天堡的逼迫下苟延殘喘，勢力已難過赤水河。不過百足之蟲死而不僵，其左右使鄧宮、馮破天與五大護法雷木、費青海、景柯、依娜、洪天揚皆有非常本領，是以擒天堡雖然早就想除去這個眼中釘，卻也一時不能得手。此次擒天堡得泰親王之助，若再能調動官府的力量，只怕會讓媚雲教吃不消。」他看向林青：「此處是擒天堡的地頭，我們倒也不好明目張膽地與龍判官對著幹。所以我考慮不若就從媚雲教方面著手。只要擒天堡一時拿不下媚雲教，與泰親王的結盟便是一句空言。」

林青點點頭：「我正好要去滇北尋人，此事便交給我吧。」

正說到此處，林青與蟲大師同時有所驚覺，對望一眼，一齊縱身出了內艙，林青掠上船蓬，蟲大師卻是在船沿邊巡視。

花想容與水柔清跟了出來：「有人偷聽麼？」

蟲大師點點頭：「林兄也有所覺察嗎？看來是不會錯了。」兩人四處搜尋一番，眼光同時落在水面那一圈圈蕩漾的波紋上，互望一眼，似有所驚。

林青沉聲道：「此人應是從水下偷偷潛近，聽到我二人出艙便立刻溜走。反應如此迅捷而不留一絲線索，擒天堡中怕也只有龍判官方有如此本事了。」

「龍判官縱是有此閒情逸致，也不用這般偷偷摸摸。嘿嘿，看來涪陵城來的高手倒是不少。」蟲大師思索道：「不過我來涪陵城已有兩天光景，擒天堡卻不聞不問，大是不合常規，如果是派此高手暗中盯伏倒也在情理之中。只是我實想不出龍判官手下還有什麼人能高明至斯……」

水柔清看著那搖盪不定的水波，躍躍欲試：「要不要我跟過去看看？」

蟲大師搖搖頭：「此人武功高深莫測，絕不會留下任何痕跡。若是你能發現他的形跡。只怕那就是故意布下的陷阱，貿然追上去絕計討不了好。」

水柔清聽蟲大師與林青說得如此鄭重，心頭不服，嘛起小嘴嘟囔道：「不過是水性好而已，有什麼了不起？」

「清兒你看。」花想容一指水面：「這水紋可有什麼不同尋常之處嗎？」她默察水面良久，終於看出一些蹊蹺來。

水柔清定睛看去，那外表如常的水面上卻有數道稜形的水線，呈放射狀向四周正緩緩散去。「這是什麼？」她這才想起此處靠近岸邊，江中全是靜水，如何會有這麼古怪的波紋。

「殺氣！」林青沉聲道：「此人在我等出艙查看時大概本想伺機出手，從水下完成必殺一擊，卻在剎那間判斷可能非我二人聯手之敵，所以才直沉水下，由水底逃開。」

蟲大師接口道：「如此強烈的殺氣近我等身側必是早有感應，所以此人本意只想偷聽我們的談話，直到發覺自己暴露形跡時方才動殺機。而最令人驚訝便是他在水底不用換氣竟然亦能在如此短的時間內聚起如此強若有質的殺氣……」

水柔清喃喃道：「看來此人平日定是殺人如麻，卻不知道是什麼人？他為什麼要來偷聽我們的談話？」殺氣實是一種玄而又玄的東西，若無形若有質，只有武功高至林青與蟲大師這般地步方才有所感應，水柔清與花想容卻是全無所覺。

林青劍眉一揚：「會不會是蟲兄的身分洩露了？」此話問得有緣由，倘若敵人並不知道蟲大師的身分，絕不至於出動如此武功驚人的高手來僅為了偷聽他們談話。

蟲大師道：「應該不會，我這幾天一直低調行事，除了今日專門跟著齊百川去了一趟三香閣，大多時候均是待在船艙中。」他淡然一笑：「恐怕是暗器王駕到涪陵城，才有面子請來如此高手吧。」

林青笑道：「你我雖同是欽犯，我可沒你那麼多顧忌，若是誰想抓我便來試試我的弓吧。」

花想容道：「會不會是今天在三香閣洩露了身分？」

水柔清搶著道：「是呀，那個叫楊什麼弦的小孩子就知道了蟲大叔的身分，會不會是他報的信？我看與他同來的那個男子武功不弱，說不定就是擒天堡的高手。」

想到小弦的精靈古怪，蟲大師臉露笑容：「這個小孩子不知是何來歷，不過我看他眉眼中隱含正氣，倒是相信他不會洩露我的身分。對了，帶他來的那個男子極是臉熟，卻是想不起來何時見過。」

水柔清撇撇嘴：「那個賊頭賊腦的小鬼也能算什麼人物？」她今日在三香閣與小弦鬥氣半天，此刻言語上也極不客氣。

花想容抿著嘴吃吃地笑：「清兒一向以伶牙利齒而稱著於四大家族中，今日倒是碰上對手了。」

水柔清想到小弦的可惡，恨得牙癢：「一個男人會耍嘴皮子叫什麼本事呀。」一指水面：「若是他有這個人的一半本事，勉強算我的對手還差不多。」

蟲大師笑道：「此人殺氣之強天下少有。就算是有他一半本事也足夠讓你吃不消了。」

水柔清兩手分別挽住林青與花想容的臂彎，對蟲大師笑吟吟地道：「有暗器王與蟲大師在旁，再加上容姐姐這樣的女高手，我才不怕呢？」

花想容失笑道：「清兒拍馬屁可別加上我，我如何能算什麼女高手？」

林青手撫偷天弓：「若我有空，倒想會會這個人。」

「此人擅長潛伏匿蹤，倒像是我的同行。」蟲大師正色道：「你去招呼其他人吧，不要和我搶他。」

「好吧，我不和你搶。」林青大笑：「只不過如此難得一見的好對手被你搶去我心中實有不甘，現在倒希望敵人多來幾個同級別的高手，若都是那個柳桃花之流，豈不讓我太過失望了。」他二人藝高膽大，見到有如此高手現身，不由鬥志充盈，雖是明知道敵人實力不弱，卻根本不放在心上。

當下幾人又商議一番，用過晚飯後各回艙中休息。林青初到涪陵城，尚未找客棧，便住在須閑號上。

林青練了一會功，躺在床上細細思考。他這幾年專志武道不聞他事，方才重入江湖不久。今日不但見到了神交已久的蟲大師與一向行蹤隱秘的四大家族的兩名女子，還一起定下計策聯手破壞泰親王與龍判官的結盟。一時只覺得這些年一腔雄志盡皆蟄伏，到了此刻方有機會再展豪情，那種久違的江湖感覺重又回到胸中。

他自從六年前在塞外笑望山莊立下挑戰明將軍的決心後，便孤身一人雲遊天下，再也沒有踏足中原，更不知京師近況。京師原有五大派系，分別是將軍府、泰親王、太子、魏公子與不與任何勢力沾染的逍遙一派。

如今魏公子已死可略過不計，明將軍六年前平定北疆，聲勢更漲，這些年將矛頭轉向江湖，除了白道第一大幫裂空幫與少林武當等名門大派尚有一抗之力外，其餘中小幫會盡懾服將軍府，不敢稍有異動。泰親王與太子這些年雖然沒有什麼大的動作，但必定不會坐視明將軍勢大，只在暗中培植自己的黨羽。而此次泰親王派人與擒天堡結盟無疑是一步動一髮而牽全身的棋，定會引來各路的人馬來到涪陵城，那個隱身的高手想來亦是其中之一，卻不知道是將軍府的人還是太子一系。

林青心思一片澄明。若非不得已，泰親王絕不會如此公然招攬擒天堡，引來各方面的猜忌，由此看來，京師中只恐形勢已急。原本京師各派人馬雖是暗中勾心鬥角，但畢竟處於天子腳下，表面上只得還勉強維持著不傷和氣，到了這涪陵城中，只怕京師中的明爭暗鬥不但會延續下去，而且會因無所顧忌而愈演愈烈。想不到自己離開京師這多年，仍還是陰差陽錯地捲入這場權謀之爭中，果是時世弄人！

林青又想到在三香閣中看到了駱清幽的那副對聯，一時她清妍的身影在腦海中緩緩浮現，嘴角不由抹過一絲笑意。駱清幽雖屬於逍遙一派，但身處京師雲譎波詭的形勢中，以她的影響力，自是各方面拉攏的對象，卻不知她是否能依然能保持著那份寧和清淡的本性？

一別經年，她早過了出嫁的年齡，卻依是待字閨中，或許真如她聯中所云「傲雪難陪」，所以才寧可獨身不嫁，做那高山雲嶺中千年不化的傲雪清霜。

想到這當年的紅顏知己，念及昔日那月下寒亭的琴鳴蕭吟，通幽曲徑的詩音詞韻，花樹覆蔭下的相知相得，丘屏壑阻間的言談甚歡……林青再無睡意，陷入對往事的回想中。

不知覺已過二更時分，卻忽聽得隔壁艙中住的水柔清房門一響。林青心中一動，這麼晚了這小姑娘要到什麼地方去？凝神細聽下，卻聽得水柔清悄悄掩上艙門，往船頭躡足行去。

林青心中奇怪，出門察看。月光掩映下，見水柔清一身純黑的夜行打扮，跳下岸便徑直往涪陵城中奔去。林青心中好笑，這丫頭定是一向在家中驕寵慣了，不服今天說到那潛伏高手的武功如何厲害，便孤身半夜去城中踩點。

遠遠看著水柔清嬌小的身影借著黑夜的掩護，如星丸跳蕩般在林間草叢中閃動不休，突見她一揚手，從腕中射出一道黑黝黝的飛索，搭在幾丈外的一棵大樹上，借力一拉，整個身體直飛而起，幾個起落後沒入沉沉的黑暗中。

林青久聞溫柔鄉的兵器便是一根長索，名為「纏思」，卻是第一次見到，顧名思義，應是綿密小巧的功夫。看水柔清在黑暗中認物出手無有虛發，索法也頗有幾分火候。只是她畢竟年齡尚小，林青怕她有失，心想左右無事，倒不如跟在這小姑娘後面去看看她能搞出什麼名堂。

當下林青先回房間拿上偷天弓，提氣躡足一個箭步躍上碼頭，保持著十餘丈的距離跟著水柔清，往涪陵城中掩去。

林青武功中最好一項無疑是接發暗器之術，其次便是他名為「雁過不留痕」的輕功，這時全力施展開，果是無聲無息不發出一點聲響。他見水柔清一路上左顧右看，一副小心翼翼的樣子，卻渾不知自己就跟在她身後十數步外，心中甚覺好笑。

水柔清在城巷中左轉右繞，不多時便來到一家大宅院前，躲在院前一棵大槐樹的枝葉中，正好一片烏雲遮住了月光，她瞅準月色一暗的剎那，一個鷂子翻身，輕輕巧巧地從牆上躍茫院中。

林青先暗喝一聲彩，再定睛往大門看去，只見這宅院極其豪華，青磚紅瓦，高牆闊簷，門口一左一右兩個大石獅，簷下掛著風燈上寫著一個大大的「魯」

字。他熟知江湖各門派的情況，略一思索便猜出此處定是擒天堡手下四大香主之一魯子洋的宅院，看來亦是擒天堡在涪陵城中的分舵。看水柔清輕車熟路的樣子，想必這幾日在涪陵城中閒逛時已暗地留心。

他可不似水柔清那般凌空翻入院落中，而是潛至牆下僻陰處，運起壁虎游牆術遊至牆頭，先運足功力側耳聽聽裡面的動靜，整個院子中靜悄悄地沒有一點巡哨的聲息，再聽得水柔清喃喃道：「此處既然是擒天堡的分舵，又是來了貴客，想必盤查很嚴，怎麼連個看門狗都沒有，任我如此長驅直入？看來擒天堡亦是浪得虛名……」隔了一會又自語：「這麼多房間怎麼去找那個番僧呢？」

林青肚內暗笑，原來水柔清半夜三更來此做不速之客卻是來找那藏僧扎風的麻煩。他知道齊百川打著欽差的名號，自有官府接待，泰親王與擒天堡結盟又是極秘密的事，為避人耳目想必不會住在這裡，這小姑娘怕是找錯了地方。

他忽地童心大起，有意與水柔清開個玩笑。心想我就暗中看她如何行動，明日便說自己發夢夢見有人夜探民宅，保管讓她疑神疑鬼一番。他可不願被水柔清發現自己，不像她一樣躍過牆頭，而是放軟身體緊貼著牆壁，就似是一條蛇般從牆頭遊下，緩緩遊入院內。此法看似簡單，卻需要對身體的柔韌與力量都有極高的控制力，若不是將全身的肌肉都練得收放自如實難做到。為防夜行人潛入，牆頭上各處均佈設鐵釘銅鈴，都被林青用輕手法一一除去，沒有發出一絲響動。雖然繁瑣卻也不厭其煩，反是很久沒有做這些事情倒覺得甚有趣味。

院內極空闊，水榭亭台，卻是此宅中的後花園。此刻已是三更，黑沉沉的後花園中只有風吹草動，夜蟲低吟。

水柔清藏身在一間小亭的柱後，偷眼往前面的一群樓閣望去，見到有一間房中隱透燈光，心中一喜，知道這麼晚還不睡必是有要事商談。稍稍喘息幾下，按住怦怦的心跳，便往那亮燈的房間潛去。她畢竟是江湖經驗太淺，又對自己的家傳武功十分自信，只道無人會發現自己，卻不知林青就一直在她的身後。

林青隨著水柔清來到那房前數步外便停止不前，見水柔清就躲在窗下側耳細聽。心想這小姑娘忒也托大，當真是欺擒天堡無人了。

當下林青也不提醒水柔清，藏於迴廊的一根大柱後，運足耳力，聽到房內一個頗為沙啞的聲音道：「此中情由麻煩魯香主報上龍堡主，以龍堡主的明察秋毫，定會對當前武林的形勢有一個正確的判斷，不至偏信小人之言。」林青聽這個聲音甚是耳熟，還未曾細想，又聽一個渾厚的聲音呵呵乾笑幾聲：「關兄放心，小弟一定將話帶到。不過龍堡主會做出什麼決定就非小弟所能臆度了。」此人想來便是擒天堡的香主魯子洋，林青聽他說到「關兄」，腦中靈光一閃，已想到那個沙啞的聲音正是京師八方名動中被譽為偷技舉世無雙的妙手王關明月。

林青心裡冷笑，關明月在京中屬於太子一系，如今亦出現在涪陵城中，不問而知自是為了泰親王與擒天堡結盟一事而來。可惜自己來得晚了一步，未聽到關明月讓魯子洋報告龍判官什麼事，想來是陳說厲害，或許還奉上幾句泰親王的壞話。他知道妙手王的耳目靈敏，暗暗為水柔清擔心起來，他倒不是怕被人發現不好脫身，反正自己與妙手王亦無什麼交情，最多便是翻臉大鬧一場罷了，只是若暴露了行藏，便聽不到什麼有意義的情報了。

關明月問道：「齊百川還沒有和你們聯繫麼？」

魯子洋仍是一副不急不躁慢條斯理的口吻：「齊神捕今日才到涪陵城，先知會了官府，尚未來此處。」他嘿然冷笑一聲：「他一個月前便傳書與龍堡主約好了後日在城外七里坡相見，自然不必理會我們這等小角色。」林青聽到此處精神一振，原來泰親王早就與龍判官約好了，聽魯子洋的語意，龍判官亦會於這兩日內來到涪陵城。想必為避人耳目，所以齊百川才不直接去擒天堡。

「神捕?!」關明月亦是一聲冷笑：「齊百川這幾年仗著在刑部洪修羅手下作威作福，頗不知道天高地厚，別說是你，就算在京中見了我們亦是趾高氣揚不可一世。」他隨即將聲音放低：「聽說齊百川今日在三香閣又惹上了暗器王林青。」

魯子洋笑道：「關兄的消息倒是來得快。這幾日也不知怎麼了，各路人馬像約齊了似的都來到了涪陵城。暗器王數年不現江湖，竟然也來趕這趟熱鬧。我聽線報說起因是那個扎風喇嘛說了駱清幽的什麼壞話，這才惹怒了暗器王，卻與柳桃花先打了起來，還好暗器王手下留情，沒有傷人。」

關明月冷冷道：「林青敢直言挑戰明將軍，更在數萬大軍的重圍下脫身，天下能有幾人做到？我看齊百川是活得不耐煩了。」

「關兄所言極是。」魯子洋附合道：「暗器王亦是今天才到涪陵，而且一點也沒有隱藏行蹤的意思，我已嚴令手下不要驚動他。嘿嘿，擒天堡雖然未必怕他，但多一事不如少一事，像這種喜怒難測的大魔頭，能不招惹最好。」林青聽說到自己，更是專注，又聽魯子洋如此說，不由一呆，想不到自己六年前挑戰明將軍，不但讓自己成了江湖人眼中的大魔頭，更還加上了喜怒難測的評語，只得暗暗苦笑。

「魯兄太也高估暗器王了。林青亦只是膽大而已，真要說到武功，別說明將軍，就算與龍判官交手他也未必討得了好。」關明月語氣中頗有一絲醋意。也難怪他心中不忿，林青本與他同列八方名動，卻因當年挑戰明將軍而名聲大噪，一躍成為天下有數的宗師級高手，八方名動的其他人自是不服。

魯子洋嘿嘿一笑：「林青當年殺了登萍王顧清風，已是朝廷欽犯，齊百川身為名捕卻只得故意裝作不識林青的身分，這份忍耐力倒是令人佩服。」林青聽到這裡，眉頭一皺，這個魯子洋故意在妙手王的面前提到此事，又是一副幸災樂禍的口吻，顯是不懷好意。

「那又怎麼樣？」關明月果然被魯子洋的話惹出了真火，聲音亦提高了許多：「明將軍頒令天下，在他與暗器王決鬥之前，任何人不得阻撓。此話雖是可大可小，但任何一個動暗器王主意的人都要想想是不是會擔上阻止其與明將軍決鬥的罪名……哼哼，要不是因為這個原故，我首先便要尋林青為顧清風報仇。」

魯子洋乾笑一聲：「關兄自有這個實力。何況京師八方名動哪一個不是心高氣傲之輩，放眼天下，敢公然置明將軍的將軍令不顧而執意追捕暗器王的，亦只有追捕王梁辰一人而已。」他放低聲音：「關兄犯不上與暗器王一般見識。那齊百川回去後又被那扎風喇嘛一番搶白，面上十分不好看，實難咽下這口氣。他公門中人自有一套傳訊方法，應該已在聯繫追捕王了。」

關明月聽魯子洋雖是在誇讚八方名動，卻又將追捕王梁辰隱隱抬高一線，似乎暗示自己未必是林青的對手，心中百般滋味一齊湧來，又發作不得，只得恨聲道：「要是林青先惹上我，我才不管什麼將軍令呢。」

魯子洋呵呵一笑，岔開話題：「關兄若是有意，我可安排你先與堡主見一面。」

關明月大喜：「既然如此，便有勞魯兄了。最好就在明後天，能在齊百川之前先見到龍堡主就是最好不過了。」

魯子洋似是拍拍關明月的肩膀：「關兄放心，我自當盡力。且不說太子一向照顧我擒天堡，就是妙手王親來涪陵城，堡主亦要賣個面子。」

關明月甚是受用此話，放聲大笑起來：「關某承情之至，若是魯兄有空來京師定當好好款待。」他放低聲線說了句什麼，然後與魯子洋一起嘿嘿笑了起來，想必是提及了京師青樓中的什麼當紅姑娘。

林青心想龍判官的架子倒是不少，妙手王關明月一向眼高於頂，在京師中算是個人物，在江湖上也有幾分薄名，卻連見其一面也這麼不容易，又與擒天堡的一個香主也如此攀交情，想必是關明月在太子面前誇下了海口，來到涪陵城方知道強龍難壓地頭蛇，這才勉強收起幾分傲氣，變得如此謹小慎微，也真是難為了他。不由對關明月的為人又鄙夷了一分。

在這一剎間，林青心中忽然疑雲大生：這魯子洋一番話軟硬兼施，綿裡藏針，挑唆與安撫雙管齊下，將一個堂堂妙手王亦哄得服服貼貼，如此人物在擒天堡卻只是一個香主，實難讓人相信。莫非一直輕視了他麼？

關明月道：「已過三更，小弟這便告辭，我住在城南雲中客棧，若是魯兄有了消息便來通知我。」

魯子洋客氣道：「天色已晚，客棧怕也住不舒服。關兄不如便在此處過了夜再走。」

關明月歎道：「小弟還有同來的幾個兄弟，不得不回去照應一下。待得此間事了，便是魯兄不說，我也要厚顏請魯兄帶我好好玩一下涪陵。」又提高聲音：「寧先生身體不舒服便不用送了，好生休息，關某隔日再來給你問安。」

一個聽起來似是很羸弱的聲音淡淡道：「關兄慢走，今日身懷微恙，不能陪妙手王盡興，真是失禮。」

林青這才著實吃了一驚，原來房中尚另有一人，自己卻到現在聽見他說話聲後方有感應，雖說自己的心思均放在關、魯的對話中，但此人氣脈悠長幾無可察，實是一個難得的高手。

聽關明月的語氣，此人應該便是擒天堡中地位僅次於龍判官，人稱「病從口入，禍從手出」的師爺寧徊風。聽說寧徊風周身大小病不斷，每天都要吃幾十付藥，病從口入的綽號亦是由此得來。而他掌管著擒天堡的大小事務，乃是擒天堡的實權人物，據說每個月末都要給龍判官呈遞當月擒天堡發生的詳細事況，便連一個擒天堡的嘍囉何日打了老婆一掌等各種過失都是鉅細無遺，交憑龍判官發落，再加上其一手「百病」劍法、「千瘡」爪功亦是少逢敵手，是以才會被人稱為禍從手出。

而寧徊風在江湖傳言中是個極難纏的人物，卻實想不到他竟然一直在房內直到現在方才開口說第一句話。

林青冷眼瞅到水柔清似也是微微一震，顯亦是驚於此刻才發現屋中還有一個寧徊風。

關明月又與寧徊風客套幾句，魯子洋道：「夜深路黑，我送關兄出莊。」

「吱啞」一聲，房門打開，關明月當先走了出來，他身材十分矮小，那是因為精修縮骨之術。

在關明月推門出來的一剎前，水柔清一個燕子抄水閃入房後黑暗中，沒有發出一點聲音。林青亦同時變換身形，神不知鬼不覺地竄到走廊花架上躲起來。從他目前的角度，可以清楚地看到房門與水柔清的藏身處。

魯子洋隨後出來，將房門掩上。關明月在門口微一遲疑：「魯兄這麼大的宅第都不派人暗中巡查，不怕有樑上君子光顧麼？」

魯子洋大笑：「有天下樑上君子的祖宗妙手王在此，還有誰敢來？」關明月一笑不語，兩人慢慢走遠。

林青心中一動，知道關明月其實已發現了水柔清，只是把不準是不是魯子洋的手下或是另外約來的人，所以才不明說。要知現在涪陵城中情況微妙，各方面關係錯綜複雜，彼此間都是暗藏機心，不肯將真正心意示人。

他再一推敲關明月的言行，亦是起疑。恐怕關明月剛才亦是故扮作粗豪不通機心，看起來才被魯子洋弄於股掌間。林青畢竟與關明月相處過，知其心性狡猾，十足一條老狐狸，如何會被魯子洋三言兩語激得心浮氣躁？何況太子既然派他來做這麼大的事，豈能如此輕易被人蒙蔽？只是不知關明月剛才故意裝出那個樣子，是做給魯子洋與寧徊風看，還是知道門外有人偷聽，所以才這般演了一場戲？

林青一時想不明白，心道不若回去與蟲大師再商量。卻聽寧徊風在房內吟道：「神風御泠。枕戈乾坤。炎日當道。紅塵持杯。」

林青聽不懂他這四句似詩非詩的話是什麼意思，想來再留下也聽不到什麼情報，正在考慮是否通知水柔清一併離開，心中急現警兆，再也不顧是否暴露身形，從花架上直飛而下，對著水柔清撲去。一把抓住水柔清的衣領，手上運勁將她朝後拉開。

隨著水柔清的驚呼聲，一隻白生生的手爪突兀地從房間內破壁而出，中指上一枚碩大的藍玉戒指在月夜清輝下閃著詭異的光。

# 第六章

# 一封戰書

林青沉吟不語，寧徊風既然敢給自己下這封戰書，必是有幾分把握。
信中說得客氣，所謂與擒天堡再無糾葛云云，
無非便是讓自己再莫管他們的事。
而剛才給小弦解穴時確實難以摸準對方的手法，
弄不好就要真輸了這一仗。

那一爪擊空，房內寧徊風輕輕「咦」了一聲。鐵爪驀然收回，腳步聲隨即響起，似要開門出來查看。

林青在水柔清耳邊輕聲道：「不要怕，是我。」他出手非常及時，若是稍晚一步，看那爪勢的凌厲程度，一旦抓實水柔清只恐立時便是開膛破腹之禍。水柔清尚還以為落入敵人之手，正拚命掙扎，聽到林青的聲音方安下心來。

水柔清的驚叫聲在暗夜中遠遠傳了出去，一時莊中火光大盛，示警聲四起，莊丁手持兵器從四面源源不絕地往後花園趕來。

林青正要提著水柔清往牆外奔去，見此情景心中忽動，用力將水柔清往牆頭擲去，聚聲成線直送入她的耳中：「回去把你的見聞告訴蟲大師，不許再留在此地。」莊丁來得如此及時，並且毫無衣衫不整的混亂，自是對夜行客早有預防，只是得了上司的命令才沒有來回巡查。再說寧徊風定是早就發現水柔清，卻一直忍到現在，必有隱情。種種原由加在一起，才讓林青決定獨身留下，他相信剛才沒有人發現自己，此刻再留於莊中必是大出對方意料之外，或許還能探知什麼新的情況。

林青藝高膽大，利用人們視線的盲點，一動不動地緊貼在房後陰黑處。料定莊丁只會在後花園週邊搜索，只需防備寧徊風不發現自己。而水柔清勢必會引開他的注意力，加上暗器王深諳隱匿之道，足有六七成的把握可保證瞞過寧徊風的耳目。

眼見水柔清的身影飄過牆頭，引得一群莊丁大呼小叫地追趕過去。

房門一開，寧徊風走了出來，來到剛才破牆出爪處查看，沉思不語。從林青藏身處可望見寧徊風的側面，他卻屏息靜氣閉上眼睛。此人十分高深莫測，或許目光也會引起他的感應。

一條壯實的大漢帶著幾個莊丁來到後花園門口停下，揚聲道：「寧先生，敵人已逃走，有兄弟認得是前日到涪陵城的那條畫舫中的小姑娘，要不要去把她抓回來拷問？」

「原來是她?!」寧徊風略一沉吟：「叫兄弟都回來，也不用派人跟蹤，我自有道理。」他似是笑了笑：「費兄弟和手下這幾晚徹夜不眠，大家都辛苦了，我會把你們的表現如實記錄下來，堡主自有獎賞。」

林青聽到此處，才知道擒天堡早就得知了須閑號的情況，見寧徊風如此成竹在胸的神態，連他都拿不準蟲大師的身分是否已洩露了。

那大漢正是日間被小弦調侃一番的費源，他在擒天堡的地位不高，聽身為堡內副手的寧徊風如此一說，頗有些受寵若驚，訕訕笑道：「寧先生過獎了，這不過都是屬下份內之事。」

寧徊風淡淡道：「魯香主亦對我提起過你精明能幹，辦事得力，只要你為他好好效力，日後這涪陵分舵副香主的位置或許便是你的。」

費源聞言大喜，面上卻還要強裝從容，甚是辛苦：「先生還有什麼吩咐？」

寧徊風「唔」了一聲，緩緩道：「日哭鬼的住處你知道吧，去通知他明早來此處見我。」

費源面有難色：「哭老大獨來獨往慣了，一向只能留下暗記待他尋來。只怕明日未必能找到他……」

寧徊風語氣轉厲：「他今日既然知道三香閣的事，無論如何亦會留在涪陵城。你若是連一個大活人都找不到，還有何資格做涪陵分舵的副職？」

費源心中一懼，聲音都略顫了：「寧先生放心，我連夜就去將他找來。」

寧徊風似是知道自己語氣過重，又笑著加上一句：「養兵千日，用在一時。今夜應是沒有什麼事了，把兄弟都撤回去休息吧。」費源領令而去。寧徊風站了一會，亦回房去了。

林青心中暗凜，這寧徊風軟硬兼施，三言兩語間便讓手下服膺，而且還順便捧幾句對方的頂頭上司魯子洋，好讓其日後對魯子洋更是忠心不二，辦事賣力，手段端是十分高明。而剛才在房中卻聽他半天無有一句話，不露半點鋒芒，讓妙手王關明月幾乎無視此人的存在，僅由此一項便已可見其可怕。再加上起初對魯子洋的判斷，看來這擒天堡的實力看來委實不可輕忽。

魯子洋送走了關明月匆匆趕回來，敲門而入：「外面原來是那個小姑娘。我還以為是……」

寧徊風輕咳，打斷魯子洋的話：「我不想聽到他的名字。」

魯子洋乾笑一聲：「說得也是，只怕擒天堡的人都不想聽到他的名字。」

林青心中大奇，看來這兩人果是早就發現了水柔清，卻把她當做了另外一個人才沒有聲張。卻不知這個寧徊風不想聽到的名字是什麼人？那麼剛才他們是故意惹起關明月對自己的敵意莫非也是給此人看的？

寧徊風又道：「明日午時龍堡主就會來涪陵城，後日在城西七里坡困龍莊與齊百川會談。你安排一下，並且告訴齊百川，最多帶三個人，無關的人不要參加。」

魯子洋猶豫道：「除了那個番僧，齊百川還帶了趙家兄弟與柳桃花……」

寧徊風冷笑一聲：「我就是故意如此，扎風喇嘛肯定要同來，另外三個人就看齊百川如何擺平吧。」他又加重語氣道：「有必要你不妨告訴他，若是他帶四個人就不要見堡主。」

魯子洋恍然大悟：「先生果然高明。這幫京城來的人飛揚跋扈，若不給他們點下馬威當真不將我等看在眼裡了。」

林青甚至有點佩服這寧徊風了，如此小處亦不放過，想想那齊百川左右受氣的樣，不由心中叫絕。

寧徊風那總是平淡無波的聲音又響起：「我不好出面，你在堡主面前多說幾句關明月的好話，最好能先看看太子的意思。至於那個人暫時先不要讓堡主知道。」他的笑聲亦是讓人聽不出任何喜怒：「小小涪陵城竟然一下子多出這許多的高人，也當真是令人始料不及了。」

魯子洋陪笑道：「呵呵，看來泰親王這步棋一走，當真是滿盤皆活啊。」

寧徊風道：「你記住，不要直接對堡主說三道四，只需要把相應的情報揀選後報告給他，一切都是他自己拿主意。」

魯子洋嘿然道：「我跟了先生這麼多年，這一點自然曉得。」又試探著問道：「林青居然會上了那兩個女子的船，這一點倒是大出我的意料，看來那兩個女子應是有些來歷的，要不要派兄弟盯著？」

寧徊風道：「你不要派人去招惹林青，自有那個人看著他們。」

魯子洋奇道：「他為什麼要去盯著林青？」

寧徊風沉聲道：「你可知與那兩個女子一路的男人是誰麼？」

魯子洋想了想：「那個人整日戴著蓑笠，十分扎眼，只是看不清相貌，沒有人識得他。不過聽齊百川說此人應是個難得一見的高手，以齊百川名捕的眼光，估計不會錯。」

寧徊風冷然道：「他便是蟲大師。」

魯子洋乍聽到蟲大師的名字，心中一驚，失聲道：「他來涪陵城做什麼？杜縣令雖是得了我擒天堡不少好處，卻也算不上是個貪官吧……」

寧徊風一笑：「你道蟲大師只會殺貪官麼？」他略沉吟：「他這次來涪陵城動機不明，現在又與林青聯上了手，你要嚴令手下莫去打草驚蛇……」

魯子洋猶豫道：「若是他們主動鬧事又如何？」

寧徊風冷笑一聲：「我自有主意。只要林青與蟲大師不公然招惹我們，就算他們殺了齊百川和關明月我們也睜隻眼閉隻眼。」魯子洋悶哼一聲，似是頗不服氣。

寧徊風又道：「我不妨再多告訴你一些情況，若我沒有看錯，那兩個女子都是四大家族的人物。」他頓了一下：「既然有四大家族的人來，我們的計畫怕要再變一下，若是能讓四大家族與京師的人馬起衝突才是最妙，至不濟也要讓他們都疑神疑鬼一番。」

林青聽到此處，方知道己方的行蹤全落在對方眼裡，不但蟲大師行藏已露，便是花想容與水柔清的身分亦在對方掌握之中，對擒天堡的實力更是不敢小視。聽寧徊風語意，對江湖上神秘莫測的四大家族竟似也不放在眼裡，實不知他憑什麼實力可以如此托大。心中隱又想起什麼關鍵，卻一時整理不出頭緒。

「先生高見，令屬下茅塞頓開。」魯子洋連聲恭維，又道：「據我的消息，那齊百川果是已通知追捕王來涪陵城，我看暗器王也沒幾天風光了。」

寧徊風正色道：「你錯了。林青能有今日的名頭，絕非是妙手王所說靠著膽量當眾挑戰明將軍而來。若真是追捕王來到此地與暗器王對決，我絕不看好梁辰。」

魯子洋似也料不到寧徊風對林青會如此推崇，頗為不忿地道：「若是再加上那個人，我不信暗器王還有機會。」

「你不要忘了蟲大師。」寧徊風輕輕彈了一個響指，悠然道：「何況追捕王可以無視明將軍的軍令，他可不行。」

林青心中略有所悟，看來那個人是明將軍派來的人。如此也方合情理，太子既然都派來妙手王，明將軍自也不會袖手旁觀。

寧徊風良久不語，忽又咳了一聲，魯子洋知機：「先生身體不好，早些休息。

屬下告退。」

「我勞累慣了，這一身病根總是去不掉。」寧徊風歎道：「不過有病纏身也是不錯的，就像我不想引起關明月的注意便可以託病不語……」

魯子洋大笑：「先生機變百出，算無遺策，那關明月還只道我堂堂擒天堡的師爺僅是一個擺設呢。」

寧徊風淡然道：「做大事者最忌招搖，這點你做得很好。現在你雖只是一個小小的香主，日後大事若成，自可名動天下，光宗耀祖。」

魯子洋道：「全憑先生教導。」

「你去休息吧，這幾日涪陵城中風雲際會，須得養足精神才好打點一切，不要有什麼差錯。」

林青聽到此處，更生疑慮。聽這兩人的口氣，所指大事絕不應是泰親王與擒天堡聯盟之事，千頭萬緒不知從何理起。知道再留下去也不會聽到什麼，當下待寧、魯兩人離開後，瞅個空檔，飄然而去。

林青回到須閑號上，蟲大師竟已坐在艙中等他。見林青回來，斟起一杯茶：「林兄深夜出遊，必有不小收穫吧。」

林青也不客氣，接過茶一飲而盡：「蟲兄是早就醒了，還是被那個寶貝丫頭叫了起來？」

「那小丫頭走得那麼驚天動地，只怕滿船的人都睡不安穩了。我只是見林兄已跟了去便省了腳程。」蟲大師悠然答道，又微一皺眉：「這上好的碧螺春被你如此鯨吞牛飲真是糟蹋。」

林青大笑：「蟲兄果是個風雅的殺手，連一杯茶都如此看重。有機會我定要介紹個人與你認識。」

蟲大師亦是大笑：「罷了罷了，這天下怕也找不出不想認識那個人的男子，有林兄這一句話，夙願有望得償，無禮可送，這壺碧螺春便送與你吧。不過你可要回房間後再喝，不然見你般用好茶當白開水解渴委實是讓我心痛……」

駱清幽的倩影在林青腦中一閃而過，又甩甩頭，似乎便可以拋去那份淡淡的思念，轉過話題：「你猜我今天探得了什麼秘密？」

蟲大師倒是一副萬事不縈於懷的樣子，望望天邊將曉的一線曙色：「你且慢慢道來，才不枉我等你快到天明。」

林青便把自己聽到的情況一五一十地告訴蟲大師，末了又道：「若我沒有猜錯，今日來我們船上的那個高手就應是明將軍派來的人，你不妨想想會是誰？」

「鬼失驚！」蟲大師終於略有些變色：「怪不得我覺得那殺氣十分熟悉，果然是他。」

「不錯！」林青雙掌一拍：「我亦想到是他。你想龍吟秋既然是外號叫做判官，鬼失驚這名字自然是非常不討口彩，也難怪那寧徊風不願提及他的名字。」

提及這個與蟲大師並稱為江湖上兩大殺手極品的人物，林青與蟲大師心中都頗有些顧慮。以鬼失驚神出鬼沒又不擇手段的作風，若是一意與他們為敵，他二人小心應付下當有能力自保，花想容與水柔清卻必難躲得過鬼失驚的雷霆一擊。

林青又道：「是了，那個寧徊風也算是神通廣大。不但已探知你的身分，亦猜出了花姑娘與清兒是四大家族中的人物，我現在有些懷疑那個叫小弦的孩子。」

「江湖上見過我真面目的人少之又少。」蟲大師緩緩道：「但我曾與鬼失驚交過一次手，他自是認得我，寧徊風的情報多半由此而來。我仍是相信那個孩子不會出賣我。」

林青頗為驚訝：「你與鬼失驚動過手？」要知蟲大師與鬼失驚一個是白道上從不虛發的貪官剋星，一個是黑道上心狠手辣的冷血殺手，都可謂是百年難遇的天才殺手，他兩人武功誰高誰低只怕是江湖上茶餘飯後最大的談資，而這兩大殺手若是曾對敵過，實難相信俱能安然而返。

蟲大師點點頭：「那是去年在九宮山的事。當時誰也沒討著好，彼此都負了傷，而且無語大師的師弟六語大師也死在了他手上。後來我大徒弟秦聆韻在遷州府刺殺魯秋道一役中，與一個叫余收言的年輕人聯手傷了他，這樑子也算結得不小。」

「余收言不是刑部的人麼？」林青倒是聽說過這名字。

蟲大師道：「你幾年不出江湖，武林中又有不少年輕一輩的高手湧現。那余收言本與齊百川、左飛霆、高德言、郭滄海並稱為洪修羅手下的五大名捕，卻不知為何要助聆韻殺了魯秋道，還傷了鬼失驚，然後便不知所蹤。說來好笑，現在江湖上尚有傳言他是我的末弟子，嘿嘿，若我的弟子也能擊敗鬼失驚，豈不是氣得他難以睡個好覺。」

林青點點頭：「看來鬼失驚於公於私都不想放過你。」

「我還不想放過他呢。」蟲大師一笑：「我與他也算是冤家路窄，竟又在這小小的涪陵城遇上了，難怪他會潛來船邊伺機下手，只看他當時激起如此強烈的殺氣，若不是你正好與我一起，恐怕早已出手了。」

林青又問起當日的蟲大師與鬼失驚過招的詳情，蟲大師毫不隱瞞，把當日對陣的各種微妙情形一一道來。

林青問得極為仔細，最後一歎：「我雖不願在與明將軍動手之前惹上將軍府的人，但現在怕也由不得我了。」

蟲大師笑道：「明將軍不是嚴令江湖上的人不得惹你嗎？你倒反去招惹將軍府，天下怕也就只有區區幾人有此膽略了。」

林青亦是一笑：「你別不承情，我可是為了你兩個寶貝侄女。」

兩人肅然對視，從彼此眼中都看出了殺鬼失驚之心。雖然難明鬼失驚是否有傷人之心，但若不能先下手除此禍患，一旦待其發動，卻是誰也沒有把握能接下這樣一個超級殺手的蓄勢一擊。而花想容與水柔清武功稍弱，最有可能是鬼失驚首當其衝的目標。

兩人談論甚久，不知不覺天色已明。聽得艙邊微響，花想容俏生生地立在門口：「你們不去睡一會麼？」

林青見花想容雙目發紅，笑道：「你也一夜未睡麼？」

花想容臉又紅了，嘴角卻含著一絲笑，映著朝霞，更增明麗：「清兒第一次錦衣夜行，興奮得不得了，拉著我翻來覆去地說，害我也只好陪她熬夜了。」

林青失笑道：「她興奮什麼？若不是我感應到寧徊風將要出手，只怕清兒第一次的夜行大計就將以做階下之徒而告完結。」

「林大哥胡說！」水柔清蹦蹦跳跳地跑進來，先給蟲大師做個鬼臉，這才雙手一插腰對林青道：「就算你不拉我，我也可以躲得過那一爪。」

花想容望著一輪從江面上躍躍欲升的太陽，悠然道：「咦，不知道誰告訴我現在想到那一爪還是心驚肉跳，還要拉我去拜菩薩還願……」林青與蟲大師大笑起來。

清兒把船板跺得震天價響：「天呀，容姐姐你竟然不向著我向著林大哥。哼哼，真是見利忘義……不，是見色忘義。」這下可輪到花想容急得跺腳了。她自幼在家族的呵護下長大，父親花嗅香風流天下，四海留情，聞香即走，沾香即退，乃是天下最有名的風流公子，而哥哥花濺淚亦是揮灑倜儻、才高八斗，詩絕文豔，畫技出眾，發宏願要識遍天下英雄，畫盡山水美景，觀盡人間絕色，一副濁世翩翩公子的形貌。是以昨日在三香閣一見暗器王林青，立刻便被他那全然不同於父兄、驕凜孤傲的男子漢形像打動，又見林青為那天下馳名的才女駱清幽出頭，一個照面間便驚走齊百川，那份坦然磊落的英雄氣概更是深深植根於腦海中。一顆芳心不知不覺間早已暗繫在他身上。只是猜不透林青與駱清幽的關係，這一夜輾轉難眠倒是有大半的心思在想著這件事。如今被水柔清一口叫破，說者無心，聽者有意，一張臉早已羞得通紅。

蟲大師精於人情世故，如何還會看不出花想容對林青的小女兒心思，見她尷尬，岔開話題道：「你們這兩個小姑娘今天又想出了什麼節目？現在涪陵城龍蛇混雜，各方面的人都來了不少，卻不要太過招搖了。」

水柔清年紀尚小，不通男女之情，見花想容的扭捏神色，心頭大樂。她與花想容姐妹情深，一向又是頑皮慣了，繼續道：「蟲大叔想必累了，我也睏得幾乎睜不開眼，不若讓林大哥陪著容姐姐去涪陵城中玩吧。」言罷掩口吃吃地笑。

林青亦是略有些不自然，避過頭不敢看花想容：「蟲兄多慮了。我倒覺得我們才要在城中大搖大擺地走一趟，看看對方的反應。」

「是極是極，還是林大哥有魄力。」水柔清一聽投其所好，拍掌笑道：「我們四個人在一起，別說一個小小的涪陵城，就算是龍潭虎穴闖闖又何妨?!」

林青見蟲大師若有所思，笑道：「擒天堡雖已知道了我們的身分，但現在情勢複雜，京師幾派的人各懷鬼胎，誰也不肯先暴露自己的實力，勉強維繫了一絲平衡，我們反而是最可以率先打破這份平衡的人。只要情勢一亂，我們就有可乘之機了。」轉過頭對水柔清正色道：「你以後可不許再像昨夜一樣亂跑，若非我跟著你，現在只怕你已是人質了。」

水柔清見林青神色不似是開玩笑，吐吐舌頭老老實實應了一聲。

蟲大師望了一眼林青，沉吟道：「你不會是要故意引出他吧？」他話中所指那人自是鬼失驚，只是目前尚拿不準是否應讓花水二人知道這個超級殺手的存在，免得擔心事。

花想容臉上漸漸恢復常色，奇怪地望了蟲大師一眼，不知他話中指的人是誰？

「這只是其一。」林青歎道：「我昨夜見了寧徊風，只覺此人心計百出，太過高深莫測，若我們不攪亂形勢，只怕一切都在其掌握之中。我現在最擔心的倒不是擒天堡是否答應泰親王的條件，而是明裡與齊百川、關明月虛與委蛇，暗中卻是與將軍府結盟。」他這一番話乃是經過深思熟慮後方得出的一個推測，絕不是無的放矢。昨夜寧徊風一直任水柔清在門外偷聽，顯是本以為她是鬼失驚。

蟲大師略一思索，亦是想到了這個可能性，眼中閃過一絲疑惑：「此事大有可能，我們必須制訂一個萬全的計畫。」

水柔清奇道：「擒天堡與將軍府結盟不好麼？那個扎風和尚豈不是要灰溜溜地夾著尾巴回吐蕃了？」

花想容輕聲道：「蟲大叔去年派人在將軍府的保護下殺了貪官魯秋道，水知寒也傷在我哥哥的手下；林大哥更是與明將軍勢不兩立，若是將軍府與擒天堡結盟，恐怕第一個就不會放過我們。」

林青對花想容一挑姆指，讚她心機靈敏。忽想到一事：「寧徊風先吟了幾句詩再向清兒出手，現在想來分明是與人對暗號，見清兒不是那個人，才驀然出手。如此想來，只怕他與那人早有約定，這對我們來說可不是個好消息。」他苦笑一聲：「寧徊風此人太過高深莫測，現在連我自己也不能確定他是不是已發現我在外面，所以才故意命令魯子洋不許招惹我，以安我心……」

水柔清終於忍不住問：「林大哥說的那個人是誰？」

林青與蟲大師互望一眼，蟲大師沉聲道：「鬼失驚！」

水柔清小孩心性，卻不將鬼失驚放在心上：「原來是他。自古邪不壓正，我才不信黑道第一殺手能及得上白道第一殺手。何況我們還有堂堂暗器王林大哥壓陣。」

花想容眉頭一皺，顯是知道鬼失驚的難纏：「光明正大的動手過招自是不怕，就怕以鬼失驚的不擇手段暗中行刺，卻是令人防不勝防。」

水柔清猶是不忿：「昨天下午來的定是他了，一見蟲大叔與林大哥出來，還不是嚇得跑了。」

林青見水柔清如此托大，正覺有必要提醒她，恰好蟲大師亦有此意：「那是因為當時他想殺我。若是找上你呢？」

「我?!」水柔清用手指著自己的鼻尖，一臉難以置信的樣子：「他找我一個小女孩的麻煩做什麼？」嘴上雖硬，心中卻是有點虛了。畢竟在江湖傳言中，鬼失驚可謂是最令人驚怖的一人，手下二十八弟子以二十八星宿為名，合稱「星星漫天」，論名望及不上蟲大師的「琴棋書畫」四弟子，但聲勢上卻強了許多。

蟲大師有意嚇唬水柔清，正色道：「鬼失驚最強之處便是其為達目的不擇手段的性格，更是天不怕地不怕，心志堅毅，真要找上你，別說我和你林大哥，就算你父母也難護著你。我們總不能一天到晚跟著你寸步不離吧……」

水柔清不語，臉上略現懼色。林青笑道：「放心吧，只要你乖乖的別到處亂跑便沒事。像你昨夜貿然探險，若是正好碰見他可不是說笑。」

花想容將水柔清攬在懷裡：「清兒別聽他們嚇唬你，鬼失驚成名人物如何會對你一個小女孩下手。只是以後不要再到處亂跑了，若是不小心落在敵人手裡，反讓蟲大叔與林大哥投鼠忌器，做事縛手縛腳，施展不開。」林青與蟲大師心中點頭，心想還是花想容心細，這句話比什麼嚇唬都管用。

水柔清小嘴一噘：「我知道了。」心中稍安，又開始頑皮：「什麼投鼠忌器，人家明明是個人嘛。」幾人大笑。

花想容仍是不敢看林青，望著蟲大師道：「清兒由我看著，倒是你們出門要小心點。將軍府與你們都頗有仇怨，若有隙下手鬼失驚絕不會放過機會的。」

林青沉思道：「只有一個鬼失驚我倒不怕，就怕是有寧徊風這樣的人暗中策劃，那可麻煩得多。」

蟲大師眼中精光閃動，向林青望來：「有幾成可能？」

林青不語，伸出四個手指頭，意思敵人或有四成可能性對己方動手。他心中暗忖：若是以擒天堡的實力，只要龍判官、寧徊風、擒天六鬼、四大香主一併出動，再加上鬼失驚暗伏於側，欲將四人一網打盡絕非癡人妄語。當然擒天堡未必會聽命於將軍府，鬼失驚亦未必會冒著開罪四大家族與自己的危險一意與蟲大師為敵，何況混戰中正可發揮林青的暗器之利，對方也有顧忌。但這種推斷卻絕非不可能，有必要暗做預防。

他們的目的本僅是為了阻止泰親王與擒天堡的聯盟，事情發展到這一步，確是始料不及。

花想容道：「小心為善。我今天本想讓林嫂去城中置辦些物品，看來還是讓她不要去了。」

「不！」林青一臉堅毅：「讓林嫂守在須閑號上吧，你和清兒仍要大搖大擺地去城中。」

蟲大師亦道：「不錯，此刻絕不能示弱。何況若我們擺出一副若無其事的樣子，擒天堡與鬼失驚摸不清我的虛實，亦不敢輕易發動。」

林青一笑：「花姑娘與清兒最好再多購些東西，做出一副馬上要離開涪陵城的樣子。」

水柔清疑惑道：「你們不去麼？」

蟲大師奇道：「你知道我最怕陪你們逛城，何況買東西這些事情你們兩個女孩子在場就行了，加上兩個大男人如何好與小販討價還價。」言罷卻對林青偷偷擠了一下眼睛。

林青會意，打個哈欠：「一夜沒睡，我可要好好睡一覺。」

水柔清一想到鬼失驚窺伺在旁，膽氣早弱了幾分，正要不依，花想容一拉她的衣衫：「好吧，我們兩姐妹這就出發，可不要讓人笑我們沒膽子。」她可不似水柔清那麼毫無機心，知道林青和蟲大師自是計畫暗中尾隨，伺機查出鬼失驚的行蹤。

望著花、水二女緩緩走遠，蟲大師忽然一歎：「容兒是個冰雪聰明的女孩子。」

林青自是明白蟲大師因何提及此事，卻只是點點頭：「我這一生便只有一個意中人。」

蟲大師嘴角含笑：「要不要我猜猜她的名字？」

「你定是猜不到。」林青大笑，反手一拍背上的偷天弓：「我的意中人便是它！」

其時天色尚早，晨曦籠罩下，一片霧氣茫茫，隔幾步便難辨行人。花想容與水柔清去街邊的小攤前吃早點，川味麻辣，直吃得水柔清滿頭大汗，嘴上卻仍連呼過癮。

一個滿臉病容的黃臉漢子端著一碗豆花經過兩人身旁，腳下忽地一個踉蹌，直往水柔清身上撞來。水柔清正在擦汗，冷眼瞅見那漢子撞來，大吃一驚。她剛才在路上正與花想容說起鬼失驚易容術如何了得，化身萬千，任何人都有可能是他化裝，滿腦子裡都想著這個江湖上最可怕的殺手，疑神疑鬼下，還道是鬼失驚果然尋來，不假思索，一招「霸王卸甲」彎腰仰面從那漢子腕下鑽過，本想反擊，終是懾於鬼失驚的威名不敢造次，只是竄出好遠。也幸好她閃開，才沒有讓那碗熱乎乎的豆花潑到身上。

那漢子足下不穩，一跤跌下，還好花想容眼快，一把扶住了他。那漢子口中連連道歉：「對不起對不起，不小心滑了一下，這位姑娘沒事吧。」

水柔清驚魂稍定，暗笑自己的草木皆兵，抬眼看到周圍食客均是一臉詫色望著自己，顯是為她剛才靈活的身手所驚，心頭得意：「沒事啦，以後小心點就是了。」

那漢子仍是不迭道歉，端著豆花走了。花想容卻不願在旁人的眼光中吃早點，亦拉著水柔清結帳。

才走了幾步，水柔清忽地大叫一聲，轉身就跑：「快抓住那個人。」

花想容不知發生了什麼事：「怎麼了？」

水柔清哭喪著臉，噘起小嘴罵道：「天殺的小偷，竟然偷我的寶貝金鎖。」

花想容定睛一看，水柔清脖上掛的金鎖果然不見了，轉頭看去，哪還能尋到那個人影子：「你好好想想，會不會是掉船上了。」

「不會的，這個金鎖隨身戴了幾十年了，我從沒有取下過。」水柔清幾乎要哭了。

花想容有意逗水柔清開心：「羞不羞，你才多大呀，就敢說戴了幾十年。清兒莫傷心，姐姐到時候再請人給你打一個就是了。」

「那是我母親給我留下的，還說什麼以後做我的媒定之物。」水柔清亦知道再去找那漢子亦是徒勞，只得作罷，嘴上仍是不依，罵罵咧咧。

「要不要報官？」花想容知道水柔清的母親自她小時便去了京城，已有數年沒有回來過，此物對她自是極為重要，也不由替水柔清著急起來。

水柔清歎道：「容姐姐你真糊塗了，我們這麼大本事都找不到，官府能有什麼用？」她畢竟孩子心性，又極要強，雖然心中懊惱，面上卻裝做不當回事：「丟了也就罷了，反正我也不想嫁人……」

花想容見水柔清這麼想得開，嘻嘻一笑：「是呀是呀，姻緣天定，說不定這金鎖一丟還真會弄出什麼故事呢，或許你以後就可私訂終身，再也不需聽從父母之命了……」

水柔清一聽此言如何肯依，作勢來抓花想容。花想容有意引水柔清分心，閃身躲開，嘴上卻仍是不停，與水柔清鬧作一團。

那黃臉漢子正是妙手王關明月所扮，他昨日才到涪陵城，先去見了魯子洋，正好碰到日哭鬼在探查那暗害他的船家死因，所以日哭鬼知道妙手王來涪陵城的事。

而日哭鬼聽了小弦一番胡言，只道水柔清那金鎖真是小弦之物，他對小弦實已情深，又耐不過小弦的一再央求，便給妙手王關明月說了此事。關明月知道日哭鬼為擒天六鬼之首，頗得龍判官器重，若是能得他在龍判官面前美言幾句大可收事半功倍之效，何況他身為天下偷技無雙的妙手王，如此區區小事不費吹灰之力便可辦到，自是一口應承下來。

關明月一向驕傲剛愎，這一次來涪陵城前在太子面前誇下海口，原以為這一趟必可功成，直至昨夜與魯子洋、寧徊風一見，見對方莫測高深，又加上他早發現水柔清暗藏門外，而對方並不說破，還道是他們另有約好的人，此時方知情勢複雜，局面遠非自己所能掌控。回客棧後與手下幾個人商議半天，也沒有什麼萬全之策，心頭鬱悶，一早便來城中閒逛，卻正好見到水柔清與花想容，便施展空空妙手，神不知鬼不覺地竊走了水柔清的金鎖。他的手法高妙，水柔清當時竟然一無所覺，待事後發現金鎖被盜時關明月早去得遠了。

關明月心頭得意：看日哭鬼求自己盜鎖時的神態，此物對他自是極為重要，自己幫他這個大忙，他自然亦會在龍判官面前說幾句好話，於雙方都是大有好處……

正想著，忽覺身後有異，似是有人跟蹤。他江湖經驗豐富，當下也不回頭，腳下卻加把暗勁，看似走得不快，卻是七拐西繞，轉瞬便消沒在早起趕集的人群中。他過街轉巷，自以為已撇下跟蹤的人，剛打算踱回客棧，脊背略微一緊，那種為人盯伏的感覺重又湧上。

關明月頻盜天下，對這種盯梢早就安之若素，但那份如附骨之蛆般揮之不去的感覺卻頗難受，心中計算是何高手躡伏，嘴角現出一弧冷笑，不回客棧，直往城東荒郊處行去。

來到郊外無人處，關明月驀然站住身子，手在臉上一抹，除下一張薄如蟬翼的人皮面具，朗聲道：「是林兄還是蟲兄？不妨出來一見。」

林青從一棵大樹後躍出，一邊輕輕鼓掌：「幾年不見，關兄耳目猶勝往昔，可喜可賀。」他一直跟著花想容與水柔清兩人，本是欲釣出鬼失驚，卻不料先發現了關明月，這才一路跟蹤到此。

關明月緊繃的面上不露一絲表情：「以林兄雁過不留行的身法，要跟蹤我而不被發現大概並不困難吧。」他聲音轉冷：「卻不知林兄故意現出形跡是何用意？」

「彼此彼此。」林青微微一笑：「關兄既然看出跟蹤之人不是我就是蟲大師，卻還故意引到此無人荒郊處。你的用意自然便是我的用意了！」

關明月臉上終現一絲笑意：「林兄如此爽快，我亦不兜圈子。如今涪陵城中情況複雜，各路人馬均想插手結盟一事，我很想聽聽林兄的態度，看看是不是有可能合作。」

林青坦然道：「關兄放心，我與蟲大師的意圖皆是不許擒天堡與泰親王結盟，若是龍判官與太子聯手，也算是不錯的結果。」他深通京師形勢，明將軍勢力最強，泰親王次之，而太子一系的勢力卻是最弱，若能與擒天堡聯手可令京師勢力趨於平衡，所以方出此語。

「好！」關明月撫掌大笑：「有林兄此話，我便可安心了。林兄想如何合作？」

林青不為所動：「在合作之前，關兄最好能說明一下為何跟著與我同來的兩位姑娘，不然難釋我心中之疑。」關明月出手何其之快，縱是以林青的眼力，隔得遠了也沒有發現他施展空空妙手偷走了水柔清的金鎖。

「林兄放心，我絕無惡意。」關明月臉上現出尷尬的神情，畢竟偷人家小姑娘的貼身之物不是什麼光彩的事，只得苦笑道：「何況那小姑娘身懷溫柔鄉的武功，我何敢做什麼手腳？」

林青料想關明月也不可能在水柔清身上玩什麼花樣，還道他測試水柔清的武功：「好，此事揭過不提。我便長話短說，魯子洋安排關兄何時見龍判官？」

關明月這才吃了一驚：「昨夜藏在門外的那個人是你？」

林青也不分辯，任由關明月猜想。

關明月想到昨夜在魯、寧二人面前對林青頗現敵意，心頭竟也有些不安：「我與擒天堡的人不過虛與委蛇，林兄且莫當真。」

林青大笑：「關兄過慮了，縱是你對我有何不滿，我相信在此情景下我們仍是可精誠合作，至於你我日後相見是否反目成仇，則不是我現在所要考慮的事了。」他這話不卑不亢，既挑明了與關明月日後非是同道中人，如今卻也留有餘地。

關明月臉上陣紅陣白：「魯子洋尚沒有通知我何時見龍判官，我估計應在今天給我消息。」

林青正色道：「既然如此，關兄負責給我提供擒天堡的情報，我則負責破壞齊百川與龍判官的聯盟，大家各得其利，如何？」

關明月沉吟半晌，他既然已想到昨夜藏在門外的是林青，心中自然懷疑擒天堡與暗器王是否暗中有什麼聯絡。林青見他尚有顧慮，又道：「關兄應該知我為人不喜陰謀詭計。何況以你現在的實力，若不與我聯手可有方法破壞泰親王的計畫麼？如今情勢緊急，力合則強，力分則弱，稍一猶豫便可能悔之晚矣，何去何從尚請關兄一言而決。」

「好！」關明月抬眼望向林青：「我信林兄一次，一有龍判官的消息便通知你。」

花想容與水柔清二人在涪陵城中一路說說笑笑、走走停停，逛了許久，還故意去米店內買了許多米油，令夥計送到須閑號上，弄得人人皆以為她們將要離開涪陵城。

花想容一路上暗中留心，但別說未發現有人跟蹤，就是心知林青與蟲大師必會暗中隨行，卻也未見蹤影。

眼見已到午間，水柔清道：「我肚子好餓，要不要再去三香閣？」

花想容道：「還是回船上用飯吧，不然就叫上蟲大叔他們一起去三香閣。」

水柔清笑道：「怕什麼？就算鬼失驚要來，我們也先做個飽死鬼。」

「誰怕了？」花想容沒好氣地道：「你這小妮子膽子似又大了呢。這一路上你不是到處懷疑人人都是鬼失驚改扮的麼？你不怕他化裝成三香閣的夥計給你下毒呀。」

水柔清臉一紅：「我只是給你講講江湖傳言罷了，又不是真的怕他。」她眼珠一轉：「我知道你為什麼急著回船了？」

花想容隨口問：「為什麼？」

「一日不見如隔三秋嘛……」水柔清搖頭晃腦地笑道：「不對不對，是一個時辰不見就如隔三秋。」

花想容大窘：「亂嚼舌頭，我是想蟲大師他們也沒有吃午膳，你莫胡說。」

「不要不承認嘛。」水柔清笑嘻嘻地道：「你不是說花大叔總是念叨什麼你眼高於頂，天下男人都看不上嗎？這次回去後我馬上給他報告好消息。」

「你再說。」花想容作勢要打，水柔清連忙閃開，嘴上猶道：「你要證明對林大哥沒那心思就陪我去三香閣。」

花想容拿水柔清無法，只得答應：「好啦，依你就是。」嘻嘻一笑：「可惜今天沒人請客了。」

一提到小弦，水柔清氣不打一處來：「那個小鬼實在可惡，我懷疑他是擒天堡的人。」

這下花想容占了上風，笑吟吟地繼續開水柔清的玩笑：「說不定他就是鬼失驚扮的。」

「就憑他？」水柔清一撇嘴，氣鼓鼓地道：「那我再見到他便剝了他的皮，看看他到底是什麼人扮的……咦，真見鬼了。」原來水柔清話音尚未落，便看到一個漢子抱著小弦從街邊轉角出現了，正往兩人的方向走來。

「說曹操曹操就到呀。」花想容大笑：「快去剝他的皮吧。」

水柔清剛剛說了大話，臉上頗掛不住，對那漢子喝一聲：「站住。」

那漢子卻非日哭鬼，三十上下，身材瘦小，五官上最醒目的便是一雙狹長的眼睛，正是擒天六鬼中的吊靴鬼，依言停下腳步：「兩位姑娘好。」

見到花想容與水柔清，小弦眼睛驀然一亮，卻不說話，只是在吊靴鬼的懷裡掙扎起來。

水柔清裝作老氣橫秋，一指小弦：「你這小鬼見了我還不上來請安麼？」

小弦眼中神色複雜，仍不答話，依然拚命掙扎，只是吊靴鬼力大，如何掙得脫。

花想容見小弦衣衫上撕破幾處，面上還有一道傷痕，覺出不對。向吊靴鬼問道：「你是什麼人？這小孩子和你什麼關係？」

吊靴鬼乍見到花想容的傾城絕色，呆了半晌，方舔舔嘴唇嘿嘿乾笑道：「這位便是花姑娘吧，果然是國色天香，豔壓群芳……」

「住口。」水柔清斥道：「你怎麼和這小鬼一樣的油嘴滑舌，想做什麼？」她正沒好氣，連帶小弦一起罵上了。

花想容見對方知道自己的名字，料知對方有備而來，心中暗自提防。

吊靴鬼從驚黯中清醒，退後半步，長揖一躬：「水姑娘息怒，在下擒天六鬼之吊靴，奉堡中寧師爺之命給蟲大師與林大俠問安，另外尚給林大俠帶一封信，還要麻煩兩位姑娘轉交。」

花想容尚未答話，水柔清卻見小弦一臉奇怪的神色，有意為難吊靴鬼：「我們又不是和林大俠一路，你自去找他罷了。」

吊靴鬼一笑：「水姑娘有夜探擒天堡涪陵分舵的膽量，卻沒有承認與暗器王同行的勇氣麼？」他終於從初見花想容時的慌亂中恢復過來，言辭亦鋒利起來。

花想容見吊靴鬼侃侃而談，將己方底細數家珍般道來，更是毫不遮掩地說出水柔清夜探之事，心中暗驚：莫非是龍判官已到了涪陵城，正式向林青與蟲大師宣戰麼？嘴上卻道：「這位大哥言重了，清兒不過小孩心性，去涪陵城中玩耍，何言夜探擒天堡？」

水柔清雙眼圓瞪：「你哪隻眼睛看到我去你們什麼分舵了？就算真是這樣，你堂堂擒天堡連我一個小女孩都攔不住，還胡亂吹什麼大氣。」

吊靴鬼平日亦是舌燦蓮花口若懸河，本與水柔清的伶牙利齒大有一比，但碰到水柔清這般不講道理的胡攪蠻纏卻也無計可施，微微語塞，訕訕一笑，轉身便走：「你們既然不承認與暗器王同路，我便再去尋他好了。」

「且慢。」花想容知道對方既然尋上門來，必是不肯干休：「你且說說給他帶什麼信？」

吊靴鬼神秘一笑，拍拍手中的小弦：「這便是我們寧師爺給林大俠帶的信。」

「什麼？」水柔清一跳老高，蔥指幾乎按到了小弦的鼻子上：「他就是你帶的信?!」看小弦一直不說話，心中更是認定這小鬼是擒天堡的奸細，似笑非笑地調侃道：「你這小鬼越發長進了嘛，竟然好好的人不做，要做什麼信？」

小弦聽水柔清這個「對頭」調笑自己，一隻手指頭在眼前直晃，恨得牙癢，只想去咬她一口，只是被封了穴道，說不出話來，心中憋氣，要不是一意強撐，只怕眼淚都掉下來了。

一聲長笑響起，林青驀然現身，對吊靴鬼淡然道：「既是寧徊風的信，我便收下，你這就回去覆命吧。」原來他與關明月商議已定，重又跟上了花、水二女。

林青來得毫無預兆，水柔清嚇了一跳，倒是花想容早有預料般微微一笑，臉上不由又是不爭氣地暗生紅暈。小弦卻是猶若見了親人般雙眼發紅，一顆淚珠在眼眶中轉來轉去，強忍著不肯在水柔清面前掉下淚來，神情當真是複雜至極。

吊靴鬼亦是料不到林青說來就來：「見過林大俠，久仰……」

林青盯著小弦，心中奇怪他激動的表情，毫不客氣地打斷吊靴鬼的話：「你的信已送到了，還不快走？要與我攀交情便叫寧徊風親來。」

吊靴鬼身為擒天六鬼，在川境內都一向驕縱慣了，何曾被人如此搶白，更是當著花想容這樣絕色面前，臉上端是掛不住，正要開言分辯幾句場面話，卻見林青一雙目光炯炯射來，心頭一寒，憋在嗓子眼的話登時全咽回肚中。心中暗罵，表面上仍不敢失了禮數，將小弦放在地上，再對林青與花、水二女拱拱手，轉身走了。

小弦被吊靴鬼放在地上，登覺手足痠軟，往地下跌去。花想容手疾眼快，一把扶住他，抬頭望向林青：「帶他回船麼？」

林青看小弦目中神色複雜，心知必有隱情，在此涪陵城中亦不好多問，點點頭。他眼力高明，一掌拍在小弦肩頭，要先解去他被點的穴道……

「咦！」林青微微一震，他這一掌用了六成真力，竟然不能解開小弦的穴道，小弦的身體內似是有一種極為詭異的真氣上下竄行，將自己的掌力彈開。

林青蹲下身來，拿起小弦的手腕將兩根手指按在他脈門上，只覺其經脈紊亂，跳蕩凝窒，無有常法，似是被一種極為邪門的武功所制，自己一時竟然沒有半分把握可解開。

小弦從小在許漠洋那裡耳聞目染，一直把林青當做自己最大的偶像，在心中地位實與父親無異，看到林青離自己這麼近，再也忍不住，被日哭鬼擄來離開父親這一路的委屈統統釋放，未哭出聲，但眼淚就如斷了線的珍珠一樣簌簌往下掉。水柔清只道這個「對頭」是因疼痛而哭，雖有些不忍心落井下石，仍是扁扁小嘴，給他扮個鬼臉。

林青哪想得到小弦的心思，拍拍他的肩：「不要急，回去後我與蟲大師必能給你解開穴道。」默默思索著小弦體內古怪的傷勢，緩緩站起身，往碼頭方向行去。

花想容與水柔清打個眼色，抱起小弦跟著林青。不料小弦先是一呆，然後拚命掙扎起來，幾乎難以抱他行路，只得輕聲叫住林青。

林青回頭一看，小弦滿面通紅，心中吃了一驚，莫不是自己剛才解穴不得其法反而引發了什麼傷勢。他見小弦的樣子對自己十分親近，亦是不由關心他，何況寧徊風既然如此鄭重派吊靴鬼將小弦當做「信」送來，定有蹊蹺，當下跨上一步，接過小弦：「你哪裡不舒服麼？」

花想容對小弦道：「你若是能寫字，便在地上寫出來吧。」小弦紅著臉點點頭。

林青將小弦放在地上，水柔清想到畢竟被小弦請過一次客，不忍再為難他，怕他蹲下寫字難受，遞來一根樹枝：「你寫吧。」

小弦接過樹枝，他除了口不能言，手足痠軟，其餘各處倒是無有大礙，當下在地上劃了起來。

「男?!」水柔清仔細分辨著小弦劃下的字，笑了起來：「我們知道你是男的。」

「女?!」花想容亦忍不住笑了，這小孩子不知道中了什麼邪，這時候還有心情寫這些無關痛癢的字。

「授……受……不……親！」林青念完小弦寫的字，呆了一下，哈哈大笑起來。原來剛才小弦被花想容抱在懷裡臉紅耳赤竟是為此，惹得眾人還當他身上有什麼不舒服。想不到他這麼小的孩子亦有此種心思，真是越想越好笑。

花想容與水柔清亦笑得前仰後合，水柔清一手捂著肚子一手指著小弦笑得直不起腰來。唯有小弦仍是一臉正色，眼巴巴地望著林青，似是盼他來抱著自己。

「哈哈，這個小孩子實在太有趣了，害得我也忍不住現身出來。」蟲大師亦不知從什麼地方竄了出來，仍是戴著那頂大蓑笠，上前一把抱起小弦：「來來來，我抱你回船總沒事了吧。」小弦重重點頭，露出一絲笑意，眼中猶掛著一顆泫然欲滴的淚。

林君見字好！

此子身中我獨門點穴之法，雖口不能言，行動如常，但若一月不能解，後患無窮。

久聞林君與蟲大師俠肝義膽，鋤強扶弱，況此子與君淵源頗深，必不會袖手不顧。且以五日為期，若不能解其禁制，寧某自當援手，此後擒天堡與諸位便再無糾葛。

六年前林君當眾給天下第一高手明將軍下戰書，此等事蹟傳遍武林，實乃吾輩楷模，可堪效尤。如今便以此子為戰書，班門弄斧，為博林君一笑耳！

寧徊風頓首

水柔清讀完小弦身上所帶的信，抬頭看看諸人，喃喃道：「原來這小鬼卻是一封戰書。」

林青沉吟不語，寧徊風既然敢給自己下這封戰書，必是有幾分把握。信中說得客氣，所謂與擒天堡再無糾葛云云，無非便是讓自己再莫管他們的事。而剛才給小弦解穴時確實難以摸準對方的手法，弄不好就要真輸了這一仗。

「此乃緩兵之計。」蟲大師道：「寧徊風既以五日為期，這五日中擒天堡必會有所行動。」

水柔清卻對林青信心十足：「寧徊風不過是擒天堡的一個師爺，能有什麼本事。我就不信林大哥還需要用五天才能解得了他的穴道。」又幸災樂禍地望了小弦一眼，笑嘻嘻地說：「你這小鬼頭運氣可真好呀，遇上了我們，不然真想看看你一輩子說不出話是什麼樣。」

小弦聽水柔清念到「但若一月不能解，後患無窮」時，心頭泛起一絲寒意，且不說還有什麼後患，單是這一上午口不能言、四肢無力便已讓他難過得幾乎要放聲大哭了。此刻哪有閒心與水柔清鬥氣，何況便是想說幾句亦無法開口，只得轉過頭去不理她。

林青抬首望天，歎了一口氣：「寧徊風此人絕不可小窺，他既然劃下道來，只怕在這小孩子身上下了不少功夫，我沒有把握能解開。」

「哦！」蟲大師聽林青如此說，眉尖一挑，抓起小弦的手，凝神閉目暗察他體內經脈情況，良久方才睜開眼睛，臉上微現驚容：「這是什麼手法，我卻是聞所未聞。」

花想容心地善良，見小弦聞言臉色一變，按住他的胳膊安慰道：「不要怕，你可聽說過有暗器王與蟲大師還解決不了的事麼？」

蟲大師搖搖頭：「小丫頭先別吹大氣，這種點穴手法霸道異常，平生僅見，倒要好好研究一下。」

林青沉聲道：「我剛才試了一下，卻發現他體內經脈全亂。單以脈像看，少陰、太陰這二經的穴道全閉，無法輸入半點內氣……」

蟲大師點點頭：「偏偏陽明經與太陽經中卻有一股強烈的異氣，奔突不已。若是強行以外力收束，我怕以他的體質卻是吃不消。」

林青卻在想寧徊風信中所說小弦與自己大有淵源之事，隨口答道：「先不要著急救治，此手法暗伏殺機，搞不好便有走火入魔的風險。」

小弦聽得心驚肉跳，雖不懂那些經脈是何意，但看蟲大師與林青一臉凝重的神色，可想而知自己身上發生的事情大大不妙。

花想容與水柔清面面相覷，實想不到以蟲大師與林青之能竟然亦會對此束手無策，看來寧徊風給暗器王下戰書果是有所依憑。

花想容心細，聽林青與蟲大師在小弦面前毫無顧忌地談論他的病情，怕他聽了難過，又見他衣衫已破，臉上還有一道血痕，心中憐意大起，上前一拉小弦的胳膊道：「你先隨我去艙中休息一會，再把衣服換下來我找人給你縫一下。」

小弦甩開花想容的手，一跳而起，堅決地搖搖頭。

「怎麼了？」花想容奇道。

小弦咬著嘴唇，只是搖頭，面上竟然滴下汗來。

看小弦一張小臉上滿是惶急之色，水柔清亦不忍心，端了一杯水遞與小弦，破天荒地和顏悅色：「到這裡就放心吧。你既然識字，不妨寫下那壞蛋如何給你點穴的過程，或許對如何解你的穴道有幫助。」

小弦點點頭，再雙手反抱肩膀，復又搖起頭來。

蟲大師聽水柔清說得在理，亦道：「小兄弟聽話，先隨我去艙內，慢慢寫下你被點穴的過程。我總會有辦法幫你解開的。」

水柔清伸手來拉小弦，卻被小弦再次躲開。看小弦似是怕人碰觸的樣子，水柔清失笑道：「你莫不是還惦記著男女授受不親吧?!真是個古板的小老夫子。」眾人想到適才那一幕，都不由笑了起來。

小弦見水柔清的笑臉，心頭莫名一慌，臉亦紅了。他此刻對自己的傷勢倒不著急，卻是怕拉他去換衣。原來他懷內便放著水柔清的金鎖，那是早上見到關明月時交與他的，若是當場被物主發現了，那才真是百口莫辯，何況他現在連僅有的一張嘴都作聲不得。

林青見小弦神態異常，正要開口，眼角卻突見從河岸的樹林中射來一物，不假思索，一把抓在手裡，觸手柔軟，卻是一塊包著絲巾的石塊。

「什麼人？」花想容正欲追上岸去，卻被林青一把拉了回來：「不用追，是妙手王關明月。」

水柔清奇道：「妙手王來做什麼？」

蟲大師微笑道：「自然是給林大俠送上龍判官的消息。」他早上與林青一起暗中跟蹤花、水二人，自是知道林青與關明月聯手之事。

林青展開絲巾，卻見上面寫了幾個字，緩緩念道：「明日午間，龍判官約見齊百川與我於城西七里坡困龍山莊。」

「龍判官一併約見齊百川與關明月！」蟲大師大是驚訝：「擒天堡毫無避諱地與京師兩派的人一起碰面是何道理？」

林青歎道：「這必是寧徊風訂下的計策，伺機挑起兩派之間的矛盾，擒天堡才好從中得利。」

水柔清不解：「擒天堡只需和一家暗中訂盟約就行了，為何要如此？」

「也許我們都錯了，擒天堡根本就不想與任何人結盟。」林青冷笑：「我一直在想泰親王與龍判官結盟一事極其秘密，為何弄得人人皆知？」

蟲大師一拍大腿：「對，這一點是個疑問。按理說泰親王方面應該不會洩露，那麼問題便是出在擒天堡了。」

水柔清道：「這樣做對擒天堡有什麼好處？總不至於要把京師的幾大勢力統統得罪吧？」

林青沉吟道：「關鍵是寧徊風。此人心計極深，難以捉摸。我心中隱隱有種感覺，只是有些地方還想不通透。」

「會不會是關明月故布疑兵？引我們上當？」水柔清一轉臉卻看到花想容滿面紅暈，奇道：「咦，容姐姐你怎麼了？怎麼和這小鬼一樣紅了臉？」

花想容低聲道：「沒什麼，我有些不舒服。」原來剛才花想容被林青一把拉住，一顆芳心登時怦怦鹿撞，臉上不由火熱滾燙起來。而小弦聽林青說到關明月，亦是怕他們說到關明月盜金鎖之事，一時也是面紅耳赤。

蟲大師笑道：「也罷。林兄便留在此想一想，兩個小姑娘回房休息，我去試著解這孩子的穴道，大家各有分工，晚間再來繼續商議。」

小弦生怕水柔清說到金鎖之事，巴不得他們早些結束談話，聽蟲大師一說正中下懷，不待別人拉他，自己先往艙內走去。水柔清大叫：「你這小鬼別亂闖到我房裡去了。」挽著花想容追了上去。

蟲大師思索道：「寧徊風這道戰書下得不遲不早，大是蹊蹺，裡面只恐有詐。而鬼失驚不再現身，而寧徊風亦絕口不提將軍府，這讓我有一個非常不妙的猜想……」他再長吸了一口氣，面色凝重，低聲續道：「或許擒天堡與京師三派已然聯手，目的便是對付你和我。」

林青亦是滿腹疑團，皺眉不語。

蟲大師拍拍林青的肩膀：「我先回艙中試著給那小孩子解穴，你好好想想。目前情勢看似平常，內中卻頗多凶險，一步走錯便可能引發大禍。你我還罷了，就怕讓兩個女娃子涉險……」

林青獨立於船頭，望著奔流不息的滾滾江水，心中思潮起伏。江風吹拂著他的衣角，亦吹亂了理不清的千頭萬緒。

直到此時，他才第一次認真地思索寧徊風這個人。原以為他不過是擒天堡一個師爺，可現在看來此人大不簡單，送來小弦這封「戰書」更是出人意料之外。

林青心頭驀然泛起一種感覺：與龍判官相比，或許這位號稱「病從口入，禍從手出」的寧徊風才算是一個真正的對手。

過了幾個時辰，到吃晚飯的時間，蟲大師仍沒有從艙中出來。花想容與水柔清大是驚訝，料不到寧徊風這封「戰書」竟然如此難解。林青倒似全然無礙般仍是言笑甚歡，只是花、水二人心存芥蒂，再想到明日擒天堡約見京師兩派之事，氣氛頗有些凝重。

花想容終忍不住向林青問道：「擒天堡不表態與何方結盟，卻又於明日同時會見泰親王與太子的人，我們應該怎麼辦呢？」

林青也在一直考慮這個問題：「擒天堡此舉大是高明，不但出我意料之外，京師的人亦都會弄個措手不及。」他沉思道：「關明月既然通知了我，我勢必不能袖手不管，如何插手此事卻甚難決斷。暗中偷聽只怕於事無補，但若是橫加干預，只怕連京師三派的人都會與我等為敵。」

「我有一事不解。」花想容慢慢啜著一杯茶，緩緩說出她的疑慮：「擒天堡應該算不到我們會阻止他們與泰親王結盟，只要不引起我們的猜疑，暗中行事既可。但為何寧徊風要在這個節骨眼上給林大哥下戰書呢？」

林青略微一愣。此言大是有理，按理說此時寧徊風忙於處理京師三派的事，絕無餘暇來理會暗器王，更絕不想自己插手其間。下戰書之舉確是令人猜想不透其用意，除非寧徊風孤陋寡聞到不知暗器王遇強愈強的性子，天真的以為一封戰書便會令自己知難而退……

若不然，那就是寧徊風有意把暗器王與蟲大師這兩大高手牽涉到此事之中。

水柔清亦是一臉疑色：「容姐姐這一說我也覺得有些懷疑，擒天堡似是深怕我們沒有沾惹他們的理由一般……」

蟲大師的聲音由門外傳來：「不錯，寧徊風就是故意引得我們疑神疑鬼。我越想越是不對頭，明天困龍山莊的聚會極有可能是給我們設下的圈套，這一點不可不防。當然，我們不要忘了還有個暗伏於側的鬼失驚。」

林青與花、水二人見蟲大師一臉倦色，小弦又沒有跟他一起，彼此對望一眼，不知道他是否解去了小弦身上的禁制。

林青沉聲道：「我想不出擒天堡要對付我們的理由，除非就是與將軍府結盟了。可若是如此，明擺著得罪泰親王與太子，何其不智？」

花想容亦點點頭：「結盟一事弄得人人都知，若我是龍判官，在此情形下與任何一方結盟都會開罪其他兩家，倒不如保持中立。」

林青聽花想容如此說，眉尖一挑，已想到了什麼關鍵：「我明白了，若是龍判官想保持中立，但又同時可對京師三派示好，只有一個法子……」

水柔清仍問道：「什麼法子？」忽然醒悟，與花想容對望一眼，心頭不由有些發冷。

——最簡單的方法自然便是殺了暗器王與蟲大師，既顯實力，又可讓京師三派都滿意。

蟲大師意味深長地望了一眼林青：「妙手王的情報可信麼？」

林青沉吟，一時也不知如何回答。只憑擒天堡的實力要想一舉搏殺暗器王與蟲大師這兩大絕頂高手只怕難有勝算；但若是關明月有意給他這樣的情報引他入彀，那就是京師三派與擒天堡聯手置他們於死地，實力懸殊下，一旦入伏，幾無逃生機會。

蟲大師歎道：「我花了一下午的時間也解不開那孩子的穴道，不如明日我們便不去困龍山莊，雖是示弱，但也可靜觀對方的反應。」

花想容詫目望來：「寧徊風真有這麼大本事？」

「也不是沒有法子。」蟲大師道：「這孩子身子骨雖不弱，但經脈的強度絕難與久習上乘武功的人相比，強行解穴有極大的風險，如若能先用藥物固本培原，再緩緩解之應該可行，只是時間上就來不及了。再就是將先天真元之氣渡入其體內，可如此一來，施術者必是大傷元氣……」

花想容歎道：「寧徊風心計太深。他既然肯花這麼大力氣在一個小孩子身上，分明是看出林大哥與蟲大師心地仁義不會置之不理。但若是先救了這孩子，大傷元氣下便更難抵擋擒天堡的殺著。」

水柔清道：「要不我們馬上離開涪陵城，管他擒天堡與誰結盟，找個僻靜的地方給那小鬼頭治傷，也不怕他們來尋我們的麻煩。」花想容暗暗搖頭，她可不似水柔清一般不通世情，若是林青與蟲大師不戰而走，勢必有損名聲，在江湖上再也難以抬頭。只是這種想法卻不便說出來。

果然蟲大師苦笑一聲：「你說得倒是輕巧，且不說這一身虛名，你教我卻如何面對嗅香公子所托之事？」

林青良久不語，卻似下了決心般正色道：「明日我一個人去困龍山莊。」

「這如何使得。」花想容急聲道：「你何必如此犯險，若是有了什麼意外……」話至此已說不下去。

蟲大師亦道：「此事萬不可憑一時意氣，若寧徊風有意算計，這許多高手再加上一個龍判官，只怕真是凶多吉少。嘿嘿，這困龍山莊莫非真是有意要困龍麼？」

「一時意氣！」林青深吸一口氣，緩緩道：「蟲兄可以不看重虛名，我卻不行。我最大的心願便是與明將軍的一戰。若是我明日不敢去困龍山莊，心志一喪，日後絕無可能再勝過明將軍。」他此話絕非空言，武功高至暗器王這一步，更注重的是心境上的修為，若是經此一挫，戰志大減戰意大傷下，日後再經勤學苦練亦是無補。

聽林青如此說，幾人面面相覷，在此情形下頗有些進退兩難。

林青一笑：「你們只想到寧徊風心計如何，卻忘了京師三派的人哪個沒有自己的想法。他們又何願看到擒天堡聲勢凌駕武林？何況說到底彼此間並沒有解不開的死仇，他們還需要考慮萬一困不住我的後果呢。」

水柔清眉頭一舒，拍手笑道：「是呀，一旦暗器王脫困，以後誰能有安穩的日子過？單憑此點他們若沒有萬無一失的把握就不敢輕易發難。」

蟲大師亦是眼睛一亮：「不錯。京師三派畢竟不是擒天堡的人，縱算權衡利害一時合作，彼此間也遠遠談不上了齊心協力。」

林青大笑：「既是散兵游勇，何足懼之？」他臉上充溢著澎湃的信心：「只憑擒天堡的實力我還不信能置我於死地，明日別說一個困龍山莊，縱是龍潭虎穴亦要去闖一闖。」

花想容被林青的強大鬥志感染，再不似適才的憂心忡忡：「要去就一起去，看看他們是不是有膽子連蟲大師和四大家族一併招惹。」

林青給蟲大師使個眼色，蟲大師會意，對花想容與水柔清道：「天色不早了，容兒與清兒先去休息，養精蓄銳明日才好去那困龍山莊。」花想容與水柔清心中雖不情願，但知道林青與蟲大師必是有要事商談，只好先告辭回房。

林青待花、水二女走後，對蟲大師道：「我說我獨身一人去非是托大，而是你與鬼失驚有仇，泰親王與太子在朝中的官員只怕也被你殺了不少，我怕他們不會輕易放過你。何況兩位姑娘也不宜涉險，不若你在外面暗中接應我。」

「林兄多慮了。我殺泰親王的官員又何嘗不是令太子一派拍手稱快？反之亦然。」蟲大師笑道：「至於鬼失驚，我倒有個想法可以一試。畢竟我的身分還沒有公開，只有他認得我的真面目。明日我便你一起去困龍山莊，若是鬼失驚點明我的身分，在那樣情形下齊百川這個神捕勢必再不可能故作不見我這個欽犯，只怕當場就要反目，由此便可見對方已有害我之心。而有我與你在一起相機行事，至少自保應該無多大問題吧。」

林青理解蟲大師的意圖：「若是鬼失驚裝作不識你，那就是他們未必想與我們翻臉，這便又是另一種結果了……」含笑續道：「鬼失驚只怕萬萬想不到做了你我的試金石。」

蟲大師又道：「至於兩個小姑娘家學淵源，足有能力自保。何況誰敢輕易惹四大家族的人？我倒是傾向於帶她們見見這等場面。再說若是留下她們反而耽心敵人另有奸計，還不如在一起方便照應。」

林青沉思一番，決斷道：「好，就依你之言。明日我們一起去困龍山莊，看看寧徊風能玩出什麼花樣。關明月此人可以好好利用一下，反正我們只要擒天堡不與泰親王結盟，倒不如對太子一系示好，在擒天堡與京師三派各懷鬼胎的情況下，只要我們言語得當，我倒是覺得有把握兵不血刃解決此事。」

「京師三派的人未必有意與我等為敵，此事大有餘地。」蟲大師點點頭，臉上卻猶有憂色：「但我卻另有一層擔心。我雖未見過寧徊風，可此人心意難測，似是唯恐天下不亂。你未接下他的戰書，若是被他言語擠兌下被迫翻臉，卻是中了他的計。」

想到小弦這封令人頭疼的「戰書」，林青亦是心懷不安：「那孩子寫了什麼嗎？或是能記下寧徊風的手法，也許有辦法。」

蟲大師搖搖頭：「寧徊風先點了他的穴道再施術，他於迷糊中只見寧徊風似是在身上扎了不少針，自己也不知道如何成了這模樣。」又想起一事：「這孩子在紙上翻來覆去地寫『楊默』二字，也不知是何意。我看他神情激動，精神亢奮，怕是有損身體，便先讓他睡一會。」原來許漠洋化名楊默，小弦雖聽他提及過化名之事，但許漠洋平日都是使用楊默的名字，加上小弦此刻激動之下，渾然忘了父親的本名，只道寫出楊默的名字林青便必會知曉。

「楊默！」林青沉吟：「應該是個人名，但武林中似乎沒有這個人？不知是何意……」

話音未落，只聽門外一聲大叫：「林叔叔。」卻是小弦的聲音。

蟲大師驚道：「怎麼這孩子能開口說話了？」與林青搶步出來，卻見小弦站於門邊，面色赤紅，呼吸急促，嘴角竟還隱帶血跡。

小弦見到林青，神情極是振奮，撲進林青的懷裡，語音已是哽咽：「林叔叔，我，我總算見到你了……」

林青一把接住小弦，先探住他的脈門，運功查他體內情形，只覺他體內充溢著一股怪異的內氣，在各處經脈間遊走、跳蕩不止，將上半身穴道的禁錮盡數衝開，卻也令經脈混亂異常，再看到他臉上異樣的一種似曾相識的神色，不由大吃一驚：「你會嫁衣神功！」

「嫁衣神功」正是兵甲傳人杜四的獨門武功，自殘其身反激人體潛力。六年前杜四在笑望山莊引兵閣為登萍王顧清風所擒，為了讓好友林青不為所制，力運嫁衣神功脫出顧清風的掌握，卻也因此慘死當場，林青對此印象極深。卻不料事隔六年後，竟然又在小弦身上發現有嫁衣神功的痕跡，如何不失聲驚呼。

小弦心情激動，說不出話來，只是伏在林青懷裡抽泣。花想容與水柔清聞聲趕來，見此情形，一時也是摸不著頭腦。

蟲大師亦拿起小弦另一隻手，卻發現他啞穴雖通，但體內經脈大損，還道是自己剛才給小弦解穴不得法傷了他，撫著他的頭輕聲道：「你可有哪裡不舒服麼？」

林青對嫁衣神功的運行情況也不甚瞭解，杜四這門霸道的內功因為對身體大有損害，一向不傳外人。而小弦表面狀況雖是極像當日杜四，但運起嫁衣神功後體內各機能到底會是何種情況除了當局者誰也不知，林青亦也不能確定這是否就是兵甲派的獨門神功，勉強穩住心神，沉聲問道：「你到底是什麼人？」

小弦哽咽道：「林叔叔，我父親便是楊默！他現在去了媚雲教，你快和我一起去找他。」

林青念了幾遍楊默的名字，聯想到嫁衣神功，再加上他知道許漠洋現在正安身於滇北，那一帶亦正是媚雲教的勢力範圍，心中終有所悟。只是見小弦足有十二、三歲，而許漠洋六年前親眼見妻兒死於冬歸城戰火中，如何又冒出來一個這麼大的兒子，知道必有隱情，猶豫問道：「你慢慢說，你父親可是許漠洋麼？」

小弦點點頭，便將當日媚雲右使馮破天如何找父親接刀，自己如何被日哭鬼抓來涪陵城之事一五一十地講了出來。

原來昨晚費源奉了寧徊風的命令，幾經周折總算找到日哭鬼。小弦與日哭鬼一起去見寧徊風，卻意外見到了吊靴鬼。問起父親的消息，這才知道許漠洋已去了媚雲教。

那一天日哭鬼帶著小弦一走了之，吊靴、纏魂二鬼本是與許漠洋、馮破天纏鬥不休，卻是誰也奈何不了對方。許漠洋耽心小弦的安危，瞅個空當跳出戰團便去追趕日哭鬼，馮破天獨力難支，亦只好跟著他一起走，但茫茫山地，如何找得到日哭鬼的去向，加上吊靴、纏魂二鬼陰魂不散地緊跟著他們，最後許漠洋不知聽了馮破天的什麼言語，便隨他往媚雲教方向奔去。吊靴鬼與纏魂鬼亦不敢徑直迫入媚雲教總壇，只好回來覆命。

林青萬萬沒有料到在此碰到故人之子，這才知道寧徊風信中所說小弦與自己極有淵源果然不假，一時亦是神情激動，拍拍小弦的頭，長歎一聲：「你放心，待此間事了，我必帶你去找你父親。」

蟲大師心思縝密，緩緩問道：「寧徊風如何知道你的身分？」

小弦回想當時的情景：「當時廳中有好多人，最管事的好像便是那個寧先生。先問起吊靴鬼與纏魂鬼去媚雲教的情形，又責他們為何沒有將馮破天抓回來？那個吊靴鬼十分可惡，自己的任務沒有完成好，便胡說一氣，一心要讓我去做那個龍堡主的乾兒子，還嚇唬我說若是不從便將我毒打一頓再關進地牢，又說我父親既然去了媚雲教，也就是擒天堡的死對頭，我若能討得堡主的歡心尚可將功折罪……」

林青插言問道：「你可見了那龍堡主麼？」

小弦搖搖頭：「聽說龍堡主不來涪陵城，而是直接去什麼山莊。」

花想容提醒他一聲：「是困龍山莊吧。」

「對對！」小弦一拍腦袋：「便是困龍山莊。」他仰臉看著諸人，振振有詞：「我都沒見過那個龍堡主，如何肯做他的兒子。再說我不喜歡吊靴鬼那個怪樣子，才不受他嚇唬，當下便說道：『你就會欺負小孩子，想來定是那天被我爹爹好一頓修理，這才找我報復。』吊靴鬼笑著說，『你爹爹一個小鐵匠如何是我的對手，那日是他落荒而逃……』我才不信他胡吹大氣，便反駁道，『我爹爹劍法高強，只要你能打贏我爹爹我就聽你的話，去做那龍堡主的兒子。』吊靴鬼也算有點本事，便將我父親的劍招先使出幾招，然後說他如何破招。才使了幾路，旁邊有一大個子忽然道，『這是北疆的嘯天劍法，我知道那個鐵匠是誰了。』然後便在寧先生耳邊嘀咕了幾句，寧先生便皺了皺眉。吊靴鬼似是十分怕那大個子，陪笑道，『先生明目如炬，自然不會錯。』那個大個子理也不理吊靴鬼，只是對寧先生道，『若是暗器王知道這小孩子的身分，無論如何不會袖手不理的。』寧先生一面點頭，一面不住打量我，看得我心頭發毛……」

林青問道：「那個大個子是什麼模樣？」

小弦臉現悸容，似是想到了什麼可怕的事情：「那個人除了個頭很大外，長相倒也平常，起初站在一邊也不起眼，但望上去不知怎麼心頭就有一股寒意，目光像能殺人一般。對了，他眉心正中有個痣。」

林青與蟲大師對望一眼。蟲大師眉尖一挑，雙目間神光一閃即逝，緩緩點頭，早有所料般吁出一口長氣，吐出兩個字來：「是他！」

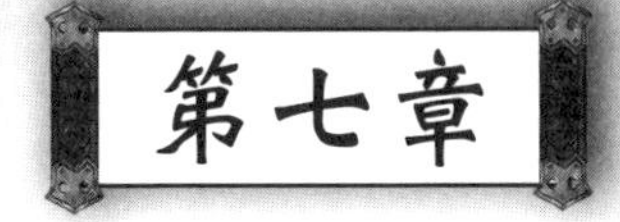


# 困龍山莊

林青苦笑一聲，點頭不語。

小弦是許漠洋之子，他無論如何亦不能袖手。

而小弦體內的情形可謂是絕無僅有，

現在嫁衣神功暫時壓制住了傷勢，卻是誰也說不準何時發作，

要想及時完全化去小弦體內的後患，先找寧徊風怕才是萬全之策。

看來明日的困龍山莊之約已是勢在必行。

聽小弦說起擒天堡那個頭高大男人令人望之生畏的相貌，蟲大師終可確定此人的身分：自然便是將軍府內的第三號人物，被譽為百年來最為強橫的黑道第一殺手鬼失驚！

而既然可證實鬼失驚與寧徊風有來往，公然出入在擒天堡中，那麼將軍府與擒天堡或許已暗中結盟。

小弦見林青、蟲大師與花、水二女面色古怪，奇道：「這個人是誰？擒天堡的人似乎都挺怕他，均是離他保持著遠遠的距離。」

水柔清見小弦似是平安無事，忍不住又開始調侃他：「算你福大命大，那個人便是黑道第一殺手鬼失驚，連鬼見了他都要吃驚，你沒有被嚇死已經很幸運啦……」

「原來他就是鬼失驚！」這黑道煞星的名字小弦倒是聽父親說過，抬起頭發了一下呆，又繼續道：「不過我倒覺得他凶在臉上也還罷了，不像那個寧先生看起來白淨斯文的一個人，卻陰陽怪氣讓人捉摸不透，我見他聽鬼失驚說我與林大叔有什麼關係的時候眼珠直轉，就知道要壞事。果然過了一會他就突然笑嘻嘻地說要讓我做什麼禮物……」

水柔清掩著嘴笑：「不是禮物，是戰書。」

小弦哼了一聲，瞪一眼水柔清：「哭叔叔一心維護我，說我是由他帶回來的，至少要先送我去見堡主。那個寧先生執意不從，兩人鬧將起來，最後寧先生還冷不防打了哭叔叔一掌。」

說到此處，他鼻子一酸，小嘴一扁，眼見又要掉淚，卻強自忍住，喃喃道：「也不知道哭叔叔現在怎麼樣了，我見他受了那寧先生一掌，吐了一口血，我就忍不住罵寧先生那個壞蛋，卻被他一指點在我腰上，當下便動彈不得。然後他把我帶到一個小房子中，又是推拿又是扎針，弄得我好痛。」他想到那時的情形，臉上猶有懼色：「他足足擺弄了我一、兩個時辰，我心裡害怕，後來迷迷糊糊地睡著了。等到再醒來時便已說不出話來，可把我給憋壞了……」

林青與蟲大師又是互望一眼，寧徊風費這麼大功夫制住小弦，只怕遠不僅僅是下一道「戰書」那麼簡單，其間必還有深意。

花想容笑著安慰小弦道：「現在好了，你不又沒事了。」

「不！」蟲大師一臉肅容：「現在只怕比剛才更糟糕。」

林青撫著小弦的頭，似是責備又似是歎息：「你這孩子為何要用嫁衣神功？你難道不知道此功對身體損害極大麼？」

「我知道。」小弦一臉堅決：「只是我剛才聽林叔叔說若是不能解開我的穴道，就會被那寧先生取笑。我，我不要做林叔叔的累贅……」

林青這才知道剛才自己與蟲大師的對話已被隔壁的小弦無意間聽到，長歎一聲：「你豈不是太信不過林叔叔的本事了？」

小弦欲言又止，終垂頭不語。其實他強用嫁衣神功還有另一層原因，卻是不便說出來。

原來剛才蟲大師讓小弦先休息，過來與林青說話。但小弦輾轉反側如何睡得著，他十分信任林青的武功，倒不擔心自己的穴道無法解開，只是懷中揣著水柔清的那面金鎖卻是難以心安，暗想：或是被她發現了，定要說我是小偷。與其如此還不如主動還給她，便說是無意間從妙手王那裡撿來的。

小弦拿定主意後便悄悄出門，他雖是四肢痠軟，但行走尚無大礙，當下尋到水柔清的房間，正要敲門，卻聽到水柔清的聲音從門內傳來：「若我是林大哥才不替那個小鬼頭費心呢……」小弦心裡暗罵一句：你才是小鬼頭。當下將耳朵貼在門上凝神細聽，卻聽花想容道：「林大哥與蟲大師都是俠義心腸，如何能見死不救。再說那他畢竟只是一個小孩子……」

水柔清哼了一聲：「你想寧徊風能安什麼好心，在這個時候把這個半死不活的小鬼頭送來，分明就是算好了林大哥與蟲大師不會置之不理。你想想若是為他大耗功力，明日如何去與敵人周旋？說不定這小鬼頭還是擒天堡派來的奸細……」

小弦聽到此處心頭大怒。他對水柔清實是有種說不出的情緒，既喜歡看到她，見了面卻又總想與她作對，這等情懷初開的朦朧心思便是他自己也不甚了了。若是平日鬥氣也還罷了，此時無意間聽到水柔清在背後這樣說，分明就是看不起自己，這口氣如何咽得下？

當下小弦恨恨地將握在手中的金鎖重又放回懷裡，打定主意偏偏不還給她，讓她著急一番。他這種行為與其說是小孩子的任性胡鬧，倒不若是說與水柔清賭一口氣。

小弦重又回到自己房間，越想越是生氣，路過廳前時恰好又聽到蟲大師對林青說起若解不開自己的穴道或許會為敵人恥笑……心想無論如何也不能讓林叔叔因自己的傷勢為難，靈機一動，忽想到《鑄兵神錄》中記載有嫁衣神功，可以激發人身體的潛力，或許對自己有幫助。他雖知那嫁衣神功對自身有大害，須得慎用，但一來並不知其後果是什麼，二來賭氣水柔清看不起自己，心想若是能靠自己的力量一舉解開穴道，亦免得被她誤會為擒天堡的奸細。

當下小弦將心一橫，咬破舌尖，按《鑄兵神錄》中的法門運起嫁衣神功。果覺得一股熱哄哄的內息從丹田中驀然騰起，在體內左衝右突，最後似奔流的山洪般直往天靈衝去。

這嫁衣神功極為霸道，借著自殘引發體力潛力，一旦運功根本不受控制，此刻本應運氣將這股爆發的內息緩緩散入各經脈中，再徐徐用之。而小弦雖然從小跟著許漠洋學得一些內功，但畢竟時日尚淺，此刻但覺渾身經脈欲裂，脹得生痛，不由慌了手腳，方有些害怕起來，一時渾忘了自己啞穴被封，張口大叫林青。而心念才起，氣隨意動，那股內息自然而然地便撞開了啞穴……

他卻不知因對嫁衣神功運用不得其法，體內各處經脈本被寧徊風盡數封閉，卻受不住這突來的大力，盡數受損，表面看起來似是大有好轉，其傷勢卻是更重了幾分。

這種情形就如對氾濫的洪流本應緩緩疏導，卻被強行堵住各處出口，最後終於衝開一個缺口渲瀉而出，雖是暫解一時之憂，但岸堤全被沖毀，再建卻是大為不易了。

小弦啞了半天，再加上終與林青相認，十分高興，一時對諸人說個不停，只是他心頭對水柔清有氣，便故意冷落她。

林青與蟲大師自是深知小弦體內的變故，只是當著他的面誰也不便說破。只得先將此事放在一邊，日後再行補救。

「明日林叔叔帶我一起去困龍山莊，看看那個寧先生見我完好無損會是什麼嘴臉？」小弦一臉得色：「他本定下五日之期，現在不到半日便解了我的穴道，定會氣歪了他的鼻子。」越想越覺得解氣，大笑起來。

林青卻是握著小弦的手：「不要逞強，好好告訴叔叔，你體內可有什麼不適麼？」

小弦道：「我沒事呀，現在就像以前一樣。」

林青苦笑一聲，又不忍怪責小弦，只得柔聲道：「記住以後萬萬不可再運此功了。」

小弦嘻嘻一笑：「我以後跟著林叔叔，自然不會有人再傷到我，便用不著再使嫁衣神功了。」

蟲大師脫口歎道：「你這不知天高地厚的小孩子，你可知這樣一來要治你的傷勢卻更為棘手了？」

花想容怕小弦聽了此話心中不安，笑道：「怕什麼，就算現在一時治不好他，景叔叔也有法子。」

林青與蟲大師眼睛一亮，林青欣然道：「久聞四大家族中點睛閣主景成像醫術天下無雙，任何疑難雜症到了他手上均是手到病除。這孩子此刻體內的情形雖是凶險，便若是得他出手醫治，應無大礙。」其實他未見過景成像，亦不知是否真能妙手回春，此番話卻是以安慰小弦的成份居多。要知小弦此刻的體內經脈全損，全憑著嫁衣神功尚未消去的一股內氣支撐著，就如當日杜四強運嫁衣神功脫出顧清風之手，事後卻定要大病一場。而小弦的情形比杜四當時更為凶險，因為他起初受寧徊風之制，如今強壓傷勢無異飲鴆止渴，一旦重新發作，不但舊傷不減，更要加上嫁衣神功的反挫之力，恐怕立時便有性命之憂。

水柔清拍手笑道：「這小鬼頭真是有運道，我都好久沒有見到景大叔了。」

小弦一聽水柔清說話心頭便是有氣，他亦聽許漠洋說起過點睛閣，知道那是四大家族之首，自己若是還要找他醫治，豈不是更要被水柔清看輕，哼了一聲：「我才不要別人治。」又看向林青，懇求道：「林叔叔把那個寧先生抓住，逼他把我治好不就是了。」他雖聽諸人說得嚴重，但對林青極有信心，何況現在體內全無異狀，對自己傷勢全然不放在心上。眾人當中反是以他這個當事者最是樂觀。

蟲大師眼中隱有憂色，對林青緩緩道：「若要找景成像，只怕時間上未必來得及，解鈴還需繫鈴人！」

林青苦笑一聲，點頭不語。小弦是許漠洋之子，他無論如何亦不能袖手。而小弦體內的情形可謂是絕無僅有，現在嫁衣神功暫時壓制住了傷勢，卻是誰也說不準何時發作，要想及時完全化去小弦體內的後患，先找寧徊風怕才是萬全之策。看來明日的困龍山莊之約已是勢在必行。

花想容沉思一番，對林青道：「寧徊風才聽鬼失驚說起這孩子與你的關係便立刻定下此計，而且不須請示龍判官便擅自將我們捲入此事，這說明什麼？」

水柔清點頭道：「對呀，擒天堡要對付我們無論如何也應該先請示龍判官，寧徊風為什麼自作主張？他憑什麼實力？」

花想容道：「難道擒天堡早就打算對付我們，龍判官早知此事，所以無需請示？」

眾人沉默。

林青眼望小弦，心中記掛著他的傷勢：「無論如何，明天我們去了困龍山莊，一切便有結論了。」

困龍山莊地處涪陵城西七里坡，依山而建。雖然占地不過十數畝，但方圓百步內的樹木都已鋸斷，就只有一條光禿禿的大道直通莊門，離得老遠便可見到莊前迎風飄揚著五尺見方的一面大旗，旗上用朱砂寫著兩個血紅的大字——「困龍」！

林青、蟲大師、花想容、水柔清與小弦一行五人往困龍山莊行來。此刻已是午後，陽光直射下，卻又找不到一處蔭涼可蔽，令人心頭煩悶。只有蟲大師仍戴著那頂蓑笠，反倒最可遮蔭納涼，小弦一路大讚其有先見之明，惹得大家笑語不斷。

林青與蟲大師心有所思，一路上小心提防，卻不見任何異常，各自盤算貿然入莊後如何應變。而小弦昨夜經林青與蟲大師的悉心照料，傷勢雖未痊癒，但暫時亦不會發作。他昨夜對林青等人細述了這些年與許漠洋一起在清水小鎮的生活，與幾人混得熟了，這一路上說笑不停，見了此地荒涼，大談營盤山是如何山青水秀，林木茂密，何像此處光禿禿地不見一株樹木，直如和尚的腦袋般寸草不生，極是無趣。一路上就以他聲音最大，連一向矜持的花想容亦被他逗得嬌笑不已。

水柔清仍是一如既往地與小弦抬槓，小弦卻是心中對她有氣，一副愛理不理的樣子，水柔清不知原故，連吃幾個沒趣後，亦賭氣不言。倒是花想容看出了一絲蹊蹺，每每見二人欲起爭執，便有意將話題引開。她雖自幼足不出戶，但看書頗多，引經據典，一方山水便是一個故事，小弦聽得津津有味，更是深得聽眾看客湊趣之道，不時拍手叫好。

水柔清看到小弦興高采烈的樣子反而更是生氣，悶頭不作一聲，倒像是昨日有口難言的小弦一般。

眼見不足百步就要進莊，幾人的心中都有些忐忑，小弦的聲音也不由自主放低了些。他們這一路雖是不避行跡的沿大道而來，但畢竟是不速之客，林青與蟲大師本都料定擒天堡必會派人阻攔，均設想好了一番對答，卻不料一路上半個人影也見不到，渾不知敵人會做何應對。

蟲大師小聲道：「我們這一路行來，處處可見到明卡暗樁，可見此莊平日定是防衛森嚴，但此刻卻看不到一個哨兵，直讓人驚疑不定。」

花想容亦贊同道：「按理說此次會議對擒天堡來說極其重要，莊外應該有大批莊丁看守方合情理。可為何不見半個人影，會不會是妙手王故意給了我們假情報，教我們撲個空，好讓擒天堡與京師三派的結盟之事不被我們打擾？」

林青似是對關明月的情報深信不疑：「也不盡然，擒天堡一向在川內擁兵自立，和京師結盟畢竟有奉媚之嫌，為避人耳目才不派人看守。如今的情形反而更讓我確信擒天堡便在此處與京師各路人馬談判。」他見眾人臉上均有疑色，笑著解釋道：「此莊各處崗哨林立，又是修於入涪陵城的要道上，必是擒天堡一道重要的關卡，平日不可能沒有哨兵守衛，現在半個人影也不見豈非更是不合情理？」

眾人一聽有理，紛紛點頭。小弦更是恍然大悟般又開始賣弄剛剛想到的成語：「這便叫欲蓋彌彰吧。」話音未落，果見莊門出現了五六道人影，朝他們的方向行來。

蟲大師眼利，認得其中一個正是送戰書的吊靴鬼，卻不見鬼失驚在其中。當先領頭那人三十餘歲的形貌，淡青長衫，瘦削慘白的臉上不留鬍鬚，修飾得十分乾淨清爽，面含微笑。雖是一副羸弱的樣子，但昂然行於眾人之前，衣袂迎風，仍是極為惹眼，身旁幾人雖是形像各異，但乍望去目光便只停在當先那人身上。

蟲大師精擅觀人之術，不由暗暗點頭，暗忖此人當是個超卓人物。低聲對林青笑道：「果然不出林兄所料，這位大概便是寧徊風吧。」

林青雖不是第一次與寧徊風照面，但前晚夜探涪陵分舵時一來天黑，二來也僅瞥見他的側面。當下留神觀看，但見寧徊風一副從容淡定的樣子，對己方幾人的出現毫不現驚容，一副胸有成竹早就料到如此的模樣，心頭更是警惕。

尚在十餘步外，寧徊風那尖細如針的笑聲便扎入了每一個人的耳中：「暗器王與蟲大師大駕光臨，令困龍山莊蓬篳增輝，寧某有失遠迎，兩位大量，尚請恕罪。」

蟲大師聽寧徊風如此明目張膽地提及自己的名字，心中微驚。鬼失驚想必在莊中，而自己與鬼失驚的過節江湖上無人不曉，寧徊風既然毫不隱諱，莫非真是有意與己方大幹一場麼？

林青拱手一禮：「寧兄客氣了，本該是我們早來拜訪，只是一時不得空暇。何況寧兄身居擒天堡要職，日理萬機，何敢冒昧求見？」他淡然一笑：「林某是嗜武之人，久聞龍堡主的還夢筆法驚傲武林，早欲一見，今日得聞龍堡主亦來了此處，一時心癢便做個不速之客，卻不料引得寧先生放下手邊要事出莊相迎，真是不敢當。」他這番話表面平和，內裡卻是言辭鋒利，擺明自己只是聽說龍判官來了才貿然到訪，暗示寧徊風尚不值暗器王親身前來一見。

寧徊風似是料不到林青如此不給面子，呆了一下，隨即呵呵一笑：「林兄言重了，我雖事務繁忙，但若知道暗器王要來怎敢怠慢。別說暫時放下手中的事情，縱是深更半夜亦會倒履相迎。」此話一出，連林青都把不準寧徊風是否知道自己前晚夜探擒天堡涪陵分舵一事了。

卻聽寧徊風身邊一人哈哈大笑：「老夫能在川東立足，全靠江湖朋友賞得幾分薄面，所謂驚傲武林云云實在愧不敢當，得暗器王如此謬讚，豈不讓老夫汗顏。」

林青與蟲大師齊齊吃了一驚，聽此人的語氣分明便是龍判官，不由抬眼望去。但見那人濃眉銳目，方口闊鼻，一張臉上虬髯密結，看不出多大年齡，古銅色的皮膚在陽光下熠熠生光。

林青長身一躬：「想不到龍堡主親來迎接，適才林某一番胡言多有得罪。」心中卻暗暗怪責自己剛才只顧看寧徊風，竟然沒有注意同來之人。

蟲大師亦是大笑：「龍堡主太謙了，若是僅靠幾分薄面便能撐起擒天堡這份大業，我早就改行去廣結良朋了。」他嘴上客氣，心中卻是另一層想法。要知蟲大師身為白道殺手之王，最是精於潛形匿跡之術，一聽這人便是龍判官，首先想到的就是此人能在自己與林青的眼光下隱去鋒芒，這份藏鋒斂鍔的功夫才是叫人吃驚。

龍判官聽蟲大師如此說，樂得滿面的虬髯都在抖動，嘴上卻仍謙道：「龍某一介武夫，怎敢與智勇雙全的暗器王與蟲大師相提並論……」

寧徊風一抬手：「林兄蟲兄與二位姑娘既然來了，這便請於廳中一敘。」

林青單刀直入：「今天不是擒天堡與京師人馬商議結盟的日子麼？我們這一入莊豈不打擾了龍兄與寧兄的大事。」這亦是他與蟲大師暗中商量的計策，開門見山地直接詢問，試探一下對方的反應。

「林兄好靈通的消息。」寧徊風早有所料般哈哈一笑，又故作神秘地對林青放低聲音道：「實不相瞞，結盟一事讓我與龍堡主均左右為難、大傷腦筋。泰親王與太子哪一派我們都惹不起，苦思無策下，便想要借助林兄給我們出出主意……」

水柔清鼻子一翹，哼了一聲，搶著道：「寧先生想讓暗器王出主意明說就是，又何必下一道戰書？」

「水姑娘有所不知，我深知諸位要事在身，開口相邀只恐被拒絕，這才冒昧給林兄下一道戰書，目的其實便只是為了請得諸位大駕。」寧徊風臉色不變，侃侃而談，似是一點也不為水柔清的話所動，又含笑望著小弦：「此子與林兄大有淵源，我若是有膽子與你們為敵，倒還不如把他扣為人質，又何必交還給你們？這孩子與其說是戰書，倒不若說是擒天堡給暗器王奉上的一份請柬。」

蟲大師撫掌大笑：「是極是極。寧兄冒著被暗器王誤會的風險，費了那麼大的心神方制下這封請柬，連我這一向不聞世事的人亦要為寧兄的良苦用心鼓掌叫好了。」

寧徊風眼光閃爍，口中大笑：「江湖人稱蟲大師最厲害的不是那殺人無形的身手、名為竊魂影的絕招，而是一張三寸不爛之舌，今日一見果然名下無虛，寧某素來亦好舌辯，倒要好好請教一下。」他舉手做個請的姿勢：「來來來，這便請諸位入莊。林兄莫怪我用些手段將你請來，說來亦是為了擒天堡，假若泰親王與太子的人見到暗器王與蟲大師亦是我擒天堡的座上嘉賓，談判起來自是有利得多。」他果是善辯之士，幾句話下來連消帶打，便將自己給林青下戰書之事輕輕揭過。

林青聽寧徊風絕口不提將軍府與鬼失驚，不知他葫蘆裡賣得什麼藥，此人太難以捉摸，相比之下說服龍判官應該要容易得多。當下淡然一笑：「寧兄何必妄自菲薄。以擒天堡在川東的威勢，何需要我等前來以壯聲色。至於談判一事，俗話說強龍難壓地頭蛇，京師勢力再大，終難動搖擒天堡在蜀地數十年的根基，更無需看京師各派的眼色。你既然要聽我的意見，我倒是以為擒天堡大可不必理會結盟與否，畢竟此地離京太遠，若是與其中一派結盟，擒天堡未必能得什麼好處，到是江湖上人多嘴雜，眾口爍金，落下了奉媚的口實，反會讓人把擒天堡看低了。是以應該何去何從，龍堡主與寧兄真要三思而行！」他這番話雖是看著寧徊風講，但卻是故意說給龍判官聽。

蟲大師見寧徊風與龍判官互望一眼，似是意動，笑道：「此言有理。不過想必此事龍堡主與寧先生早有決斷，或許亦與林兄之見不謀而合。」他與林青一個唱紅臉一個唱白臉，卻是昨夜早就商定下的對策。

寧徊風又是一陣大笑：「林兄與蟲兄既然看得如此通透，我亦就不瞞你們，擒天堡實是已有決定，我剛才不過是試試林兄的態度罷了。難得林兄如此毫無避忌地直言相告，一會定要請林兄多飲幾杯。」

林青見寧徊風一意邀幾人入廳，而龍判官亦是毫無異議地聽任寧徊風如此，心中略微生疑，以退為進道：「龍兄與寧兄既然不得閒暇，倒不若我們隔天再來拜訪。」

寧徊風笑道：「林兄與蟲兄都是我久仰的人，若是就這樣讓你們走了，先不說我這主人面子上過不去，而且也顯得我擒天堡太過小氣。」他輕咳一聲，又放低聲音道：「何況廳中尚有不少林兄在京中的舊日相識，林兄就不想見見麼？」

龍判官亦笑道：「天氣炎熱，何必在此說話，待去了廳中，令弟兄給幾位奉上幾杯水酒以消暑氣。」

「既然如此，我等恭敬不如從命。」林青客氣一句，當先朝莊中行去。他雖是心頭生疑，但藝高膽大，亦不怕擒天堡玩什麼花樣。何況結盟之事待決，再加上小弦傷勢未解，也勢不能就此離去。

小弦早注意到與寧徊風龍判官同來的人中沒有日哭鬼，忍不住向寧徊風問道：「寧先生，哭叔叔在什麼地方？」

寧徊風聽到小弦已可開口，眼中閃過了一絲訝色，飛快望了魯子洋一眼，魯子洋才對小弦答道：「哭兄另有要事，沒有來困龍山莊。」

小弦心裡雖有百般疑問，恨不得質問寧徊風是否將日哭鬼軟禁起來。但他亦知道此刻不是問話的時候，只是要氣氣寧徊風，笑嘻嘻地道：「對了，寧先生昨天給我使了什麼功夫，害得我一直說不了話，幸好林叔叔在我身上點了幾下，這才恢復過來。寧先生要是有空可要教教我，下次誰再欺負我也教他嘗嘗說不了話的滋味。」他故意將林青的本事誇大，偷眼看著寧徊風的神色，心中十分得意。

寧徊風心中震驚，表面卻是不動聲色，乾笑一聲：「小兄弟若是有意加入擒天堡，我定會無私相授。」

小弦低頭想了想，眼珠一轉：「不過我心裡有個疑問一直想請教一下寧先生。」

寧徊風心中沉思，隨口答道：「小兄弟儘管問好了。」

小弦道：「我記得昨日寧先生對我又拍又打的費了不少力氣，這門功夫是不是非要先把對方抓住了綁得牢牢實實的才能下手？既然是這樣，寧先生還要先教我如何將人抓住的功夫才行呀……」

「這……」寧徊風畢竟是成名人物，要當著這許多人的面前公開承認昨日對一個不通武功的小孩子下手的事，饒是以他的能言善辯也不由語塞，一時答也不是，不答也不是，白淨的臉上掠過一絲惱怒。

水柔清本不欲搭理小弦，此時也忍不住「噗哧」一笑：「你這小鬼頭何必去打擾寧先生，我就可以教你如何把人抓住。」

小弦雖是這一路故意不理水柔清，但心中實是覺得彆扭，此刻見她對自己說話，又是幫著氣寧徊風，一喜之下也不計較她稱自己「小鬼頭」，回頭給她做個鬼臉，相視一笑，那份芥蒂似也煙消雲散了，又是你一言我一語地爭執起來。

蟲大師見小弦如此陰損寧徊風，表面還裝作若無其事，肚內暗笑，嘴上卻對小弦呵斥道：「你小孩子不要亂說話，這等高明的武功現在就算讓你學也是學不會的，至少要先打數十年的根基。」轉過頭有意無意地對寧徊風道：「不過寧先生的武功似是不同於中原各大門派，在下眼拙，竟然識不出，實是慚愧。這孩子身上的禁制其實也只解了一半，還要請寧先生多加指點。」

打聽人武學門派原是大忌，但此刻蟲大師如此相詢倒似給寧徊風打個圓場。寧徊風發作不得，只好強壓怒意淡然道：「蟲兄過獎，寧某家傳武功，一向少現江湖，實不堪方家一笑。」

蟲大師心知寧徊風不肯說自己的來歷，也不多問。隨口指點莊中閣台風景，他一向對各項雜學均有涉獵，對建築亦頗有見地，加上口才又好，聽得小弦與花、水二女都覺得大增見識。

困龍山莊依山而建，莊門在朝東山麓下，主樓卻在朝北的山腳邊，乃呈狹長之形。幾人沿著小道曲曲折折走了半柱香的時分，方才看到一座三層高的黑色小樓。樓上以長索與幾面山頭相連，索繃得筆直，上掛數面旌旗，極具氣勢。龍判官笑道：「此樓名為困龍廳，齊神捕與妙手王現均在其中，只怕早已等得不耐煩了。」

旁邊魯子洋亦陪笑道：「堡主與寧先生一聽暗器王與蟲大師光臨，拋下一干客人出來迎接，這份面子可著實不小。」

林青微一拱手：「得龍兄與寧兄如此看重，林某深感榮幸。」

蟲大師卻不言語，眼望那小樓黑黝黝的門口不見半個人影，知道齊百川與關明月必是心中不忿龍判官與寧徊風厚待己方，所以不出來迎接，寧徊風與龍判官這樣的行為表面上是給自己面子，背地裡卻是更增京師人馬的忌意，怕是暗藏禍心。

寧徊風大笑：「林兄不必自謙，齊百川與妙手王縱是在京師呼風喚雨，卻如何能與名滿江湖的暗器王與蟲大師相提並論。」

林青嘴上含笑，一雙眼睛卻凜然盯著寧徊風，輕輕問道：「那麼鬼失驚又如何呢？」

寧徊風略微一愣，料不到林青直接說出鬼失驚的名字：「鬼先生不喜熱鬧，亦不願與泰親王太子的人朝面，今日他沒有來。」

林青實是有意提到鬼失驚要看看寧徊風的反應，鬼失驚身為將軍府的要人，如此大事不在場實是讓人半信半疑，卻也不好多問，一笑置之。

依林青與蟲大師的判斷，即使鬼失驚不公開出現，亦必會藏於某處，有這樣一個暗殺高手暗伏於側，實是讓人頭疼，行事須得小心。蟲大師與鬼失驚交過手，更是知其深悉隱匿之道，可這一路上留心察探四周，卻看不出半分蹊蹺，面上仍是裝作渾若無事，只是盯著那小樓，若有所思。

小弦第一次看到龍判官，一路都在偷偷打量他。心想這吊靴鬼與日哭鬼都一心想要自己去做這龍堡主的義子，今日總算見到了他。但看其外表，雖是長得一副英武的相貌，卻也不見得有何特別，先不說比起林青的瀟脫不羈、蟲大師的鋒芒畢露均是大大不如，便是與寧徊風相較亦少些高手的氣度，實不知還有什麼本領。

原來小弦孩子心性，一開始不情不願地被幾個人當做禮物般欲送給龍判官，主觀上首先便產生一種抗拒的心理，加上見了林青與蟲大師後心氣愈高，是以此刻越看龍判官越覺得不耐。忍不住說道：「我才來涪陵城的時候，便是經那『鎖龍灘』，此處又叫困龍山莊，也不怕與龍堡主的名字有所忌諱麼？」

林青等人見到擒天堡的幾個人均有怒色，龍判官更是一臉尷尬，都是肚內暗笑。小弦這句話若是出自一般武林人士之口，只怕立刻便會引起一場風波，但他一個小孩子童言無忌，卻是讓人發作不得。

蟲大師不虞與擒天堡的人先起衝突，有意給龍判官解圍，板著臉對小弦道：「你小孩子不要亂說話。先不說那鎖龍灘的沸湧之勢，便單是這小樓的磅礴大氣也當得起這個『龍』字。」轉過臉對龍判官笑道：「龍兄大人大量，莫與孩子一般見識。」

花想容也有意打圓場，順著蟲大師的語意岔開話：「蟲大叔說此樓磅礴大氣，卻不知因何而來？」

蟲大師一指小樓，微微一笑：「你們看，此樓的建築上寬下窄，底層大廳不過丈許方圓，上層卻闊達二丈，甚是少見。別的不說，這底基必須要牢靠，方才可以承得如此之重。」眾人一看果是如此，不由都嘖嘖稱奇。

林青見寧徊風臉上閃過一絲異色，也不及細想，有意無意地隨口笑道：「若是樓上藏有幾百刀斧手，只怕樓下的人也未必能察覺吧。」

寧徊風大笑：「林兄說笑了，你與蟲兄聯手，再加上翩躚樓與溫柔鄉的兩大女子高手，普天之下誰有這份能耐算計你們，別說我區區擒天堡，便是將軍府怕也沒有這個實力。」

小弦聽寧徊風如此說，不知怎麼心中突又想到「欲蓋彌彰」這個詞來。見水柔清對自己做個鬼臉，心頭不由又是氣不打一處來，正要再說幾句，卻見花想容對他使個眼色，意思是不必把蟲大師的責備放在心上，終於忍住，頗為不服地看向那小樓，卻發現一處極古怪的地方：那小樓明明近山而建，卻偏偏座落於一片空曠之地，顯得甚是突兀。

古時建築術並不發達，一般建造房屋均是借用周圍的環境，省時省力，而這一點正是此樓的蹊蹺處。倒不是因為小弦的眼光比蟲大師更高明，而是蟲大師一門心思都放在暗察鬼失驚的蹤跡上，所以疏忽了。而小弦身懷《天命寶典》的學識，對一些不合情理的地方有種極敏銳的感覺，是以諸人中反獨是小弦先發現了此點。但他見林青與蟲大師對此毫無異色，料想蟲大師精通建築之術，如此建造必是有一些自己不明白的道理，只得把一絲疑惑留在心底，不敢再多說什麼。

進得樓中，第一眼最先看到的卻是廳內正中的一口大木箱，那木箱高達八尺，闊有五尺，不知裡面放的是什麼。

廳內圍著這箱子就近擺好十餘個席位，左邊四席坐的是齊百川、趙氏兄弟與扎風喇嘛，那柳桃花卻沒有來，看來齊百川亦是不得不聽從寧徊風只准帶三人的約定；右首便只有關明月一人一席，上首二席空著，不問可知應是龍判官與寧徊風的座位，而下首業已列好五席。每個席上只有一套酒具與一套茶具，再無他物。

寧徊風對林青攤手笑道：「一聽林兄與蟲兄來此，我立刻吩咐手下準備好了席位，若是林兄剛才不肯進莊，豈不是大傷我的面子。」

龍判官亦笑道：「龍某一向隨便，席間不喜多設花樣，諸位酒水自便。」

林青也不多言，先坐了下來，蟲大師、小弦、水柔清、花想容亦一一按序就座，只是廳中頗為狹小，面前幾步便是那口大箱子，十分古怪。

小弦似是聽身邊的水柔清嘀咕了一句「小氣鬼。」心中大生同感，他雖是對這等場面甚為好奇，但當真來到此處，卻亦覺得無趣了，一雙眼便只盯在那個大箱子上。

龍判官大步走到上席坐下，寧徊風對魯子洋耳中低低吩咐了句什麼，亦坐在龍判官的旁邊，而魯子洋與吊靴鬼卻不入廳，想是此等機密會議，擒天堡除了龍判官便只有寧徊風有資格列於其間，此舉一來以示鄭重，二來也可略釋諸人的疑心。

蟲大師眼光從齊百川、關明月等人的面上滑過。見齊百川等人俱是不發一言，臉上隱含敵意，那個扎風喇嘛一雙賊眼又是直勾勾地盯住花想容不放，只有關明月見到林青時似是冷哼了一聲，也不知道是真意如此還是故意在擒天堡人面前表現出對林青芥蒂甚深。他也不放在心上，面呈微笑望著龍判官，藏於案下的右手卻在林青的腿上寫：「箱內有人。」

林青面上不動聲色，手指卻亦在蟲大師的手背上劃下幾個字：「是個女子，不通武功。」

蟲大師早聽得箱內人呼吸急促，長短無序，知道應是不會武功之人，卻也佩服林青能從此微弱的呼吸中聽出是個女子。只是不知道擒天堡玩什麼名堂，又在林青腿上寫道：「靜觀其變！」

旁邊的小弦卻湊過頭來在蟲大師的耳邊低低道：「大師，我總覺得這房間有點古怪。」蟲大師詫目望來，小弦頓了一下，似是有些把不準般猶豫道：「這裡的氣候與清水鎮相差不多，但房內卻四處不見蟲蟻……」

蟲大師一愣，細看下果然如此，亦未聞到什麼驅蟲藥物的味道，一時想不出究竟，卻也未太放在心上，只是拍拍小弦的頭，以示讚許。

卻見龍判官端起酒杯豪笑一聲：「諸位都是老朋友了，亦不需要我一一介紹，看在擒天堡的面子上，以往有什麼過節暫先揭過不提。來來來，這一杯見面酒大家須得一併飲了，其後請自便。」

關明月首先端起杯子，對林青微微一笑：「幾年不見，林兄風采猶勝往昔，我先敬你一杯。」林青含笑點頭，舉杯遙對，一飲而盡，他見關明月故意在擒天堡面前做出與自己才見面的模樣，倒是略放下了心，至少關明月與自己暗通消息之事應該是瞞過其他人的。

齊百川亦端杯對林青道：「那日不知是林兄，手下有所得罪尚請林兄包涵。」亦是一飲而盡，其他人見這兩人如此率先表態，也只好舉杯飲了。唯有那扎風喇嘛一雙眼睛不住地瞅花想容，花想容倒是臉色如常，倒是水柔清氣得小嘴都鼓了起來。

眾人客套幾句，俱又不語，氣氛漸重。

龍判官笑道：「林兄來此乃是應我擒天堡之邀，為的便是給今日的結盟大會做個見證，齊神捕與妙手王都無異議吧。」

花想容心細，卻見到龍判官說話之前先看一眼寧徊風，待寧徊風習慣性地輕咳一聲後方才開口，似是等這個師爺給自己拿主意，心中生疑：龍判官以堡主之尊，對這個師爺是不是太過依賴了？

蟲大師聽寧徊風不提自己的名字，樂得靜坐旁觀諸人的神態。但見齊百川略有怒容，欲言又止；關明月卻是眼中閃過一絲喜色，又觀察到二人雖是正對而坐，卻從不相視，偶爾視線相碰亦是冷冷轉開，猜想剛才只怕二人尚有一番爭辯，看來己方來得正是時候，只要言語得當，按起初的想法拉攏關明月而排擠齊百川，泰親王與擒天堡的結盟有望可破。

林青亦是與蟲大師做同樣的想法，只不過他畢竟在這結盟之會上是個外人，如何切入話題尚需把握好時機，一時亦是沉吟不語。

齊百川與關明月各懷心事，對龍判官的提議都不表態。一個是不敢當場得罪林青，另一個卻是正中下懷，俱不言語，權當默許。那扎風喇嘛卻操著一口半生不熟的漢語道：「龍堡主此言大大不妥，這個傢伙既不是擒天堡的人，又不是京師的人，憑什麼可以作見證？」

水柔清最是看不慣扎風的態度，聽他稱林青「那傢伙」，忍不住冷笑一聲：「番外蠻夷果是孤陋寡聞，連大名鼎鼎的暗器王也不知道麼？你隨便到江湖上找幾十個人問問，就知道林大哥與你們吐蕃大國師誰更有資格作見證？」其實林青名滿江湖，扎風喇嘛縱是身處吐蕃亦不可能未聽過他的名字，他故裝作不識，不問而知自是找碴。

蟲大師呵呵一笑，舉手止住水柔清，對扎風淡然道：「所謂見證人自應當是與諸位毫無關係，總不能找一個與大師交好的人，一味偏聽偏信便可讓大師滿意麼？」

扎風一時語塞，他漢語本就不好，如何辯得過蟲大師，急得一張黑臉漲得紫紅，求助似地望向齊百川。其實扎風對林青不無顧忌，只是這一路與柳桃花勾搭上了，一來為報那日在三香閣受辱之仇，二來今日柳桃花不能到場，偏偏林青大模大樣地坐在一旁，不由心頭有氣，料想在這擒天堡的地頭林青亦不敢貿然發難，這才出言挑釁。

齊百川這一路來亦頗看不慣扎風的驕持跋扈，見他向自己望來，有心不理畢竟卻不過情面，只得勉強向蟲大師一拱手：「這位仁兄所言雖是有理，若是暗器王果真與京師各派都無關係也還罷了。但林兄與關兄同列八方名動，此乃天下盡知之事。」言下之意自是懷疑林青會暗中相幫關明月。

關明月冷冷道：「只可惜齊兄成名太晚，不能在六年前便混入刑部。暗器王縱想結識你卻也有心無力。」

齊百川大怒，但關明月說的確是實情，六年前林青在京師的時候已是聲名鵲起，自己那時不過一個無名小卒，無論如何也沒有機會相識。但聽關明月當眾這般冷嘲熱諷，一口氣如何咽得下，拍桌而起，正待翻臉，又突覺不智，一時愣在原地，下不了台。

「江山代有新人出，所謂僨事失機者，必執拗之人。齊神捕清修數年，這兩年間破了幾個大案，連我等處川東偏壤之地亦有耳聞，如今不也是京師響噹噹的人物。」寧徊風出來打圓場：「而且我之所以請林兄前來，亦是給一個彼此認識的機會。大家可能有所誤會，林兄來此亦僅僅是做個見證，斷斷影響不了龍堡主的決定，萬不可因此傷了和氣。」

龍判官豪笑道：「寧先生說得不錯，其實擒天堡對結盟一事已有決定，一會便請寧先生通告諸位。」眾人聽他如此說，心頭俱都有些緊張。

扎風喇嘛站起身大聲道：「寧先生不要賣關子，這便告訴大家吧。」

寧徊風一笑，慢條斯裡地端起酒杯：「齊兄與扎風大師先請坐下，擒天堡辦事不周，我自罰一杯。」他舉杯一飲而盡，再斟起一杯酒對眾人笑道：「寧某身為東道，再敬諸位一杯，望大家以大局為重，無論我擒天堡有什麼決定，都莫再起什麼爭執，權當給擒天堡一個面子。」

齊百川聽寧徊風與龍判官如此說，語意中維護自己，心中略好受了些，拉著扎風坐回椅中，端起酒杯悶頭喝了下去，喉中發出「波」地一聲，那口酒竟被他囫圇咽下，似一團硬物般由嗓間墜入肚中，乍聽去就若是連杯帶酒一起吞下。眾人俱聽說齊百川出身華北金剛門，一身硬功少遇敵手，人的嗓子俱是軟骨，他竟能將此處亦練得如此堅固，果是名不虛傳。只是那樣子實是有些滑稽，小弦與水柔清都忍不住笑了起來。

「喝杯酒也要顯功夫麼？」關明月冷哼一聲：「在場都是高手，也不知齊兄是在班門弄斧還是要拋磚引玉？」他面上不露聲色，右手按在席間的酒壺，手指微動，一股酒箭由壺中迸出，不偏不倚地正落入杯中，卻半點也未濺出，再端起杯徐徐送入口中，一臉傲色。他這手法雖說與齊百川的硬功各擅勝場，卻是好看得多，引得小弦與水柔清不斷拍手叫好。

扎風喇嘛見齊百川分明處了下風，不屑地哼道：「中原武林原來便只懂用花拳繡腳唬弄人，真正動起手來才知道誰是好漢。」他心想若是林青兩不相幫，己方四人無論如何亦不會輸給關明月，是以才如此說。

林青笑道：「大師此言差矣。中原武學的最高境界在於不戰屈人，若是這許多高手也學街頭耍把式賣藝的人下場比拚一番，豈不有失風度？」他此話分明是站在太子一派的立場上，關明月喜形於色，齊百川面色鐵青。

「有趣有趣。」龍判官大笑：「我一介武夫，只懂得酒到杯乾，卻沒想過還能喝出這許多花樣。」也不見他如何作勢運氣，隨著他的說話聲放於桌上酒杯中的酒水驀然激起，倒灌入他口中。這一手相較齊、關二人卻是難得多，非得有一等一的上乘內功不可，更難得他手腳絲毫不動，於不經意中使出來，一時在座諸人包括林青與蟲大師均有些變色，如此自然而然地隔空逆向發力簡直聞所未聞，龍判官雖是身處六大邪派宗師之末，卻當真不是浪得虛名。單以這份內力修為而論，已遠在眾人之上。那扎風喇嘛本是一臉倨傲，此刻也不由面現悸容，收起狂態。

寧徊風笑吟吟地望著林青，似是要看看他如何喝下這杯酒。

林青心中一動，知道寧徊風與龍判官的用意。在江湖上只看武力高低，只有顯示出超人一等的實力，才會得到別人的尊重，說出的話才有份量，否則一切都是空談，所以龍判官才不惜用武力懾服眾人，此後無論擒天堡做出什麼決定，旁人縱有異議亦要三思。

林青淡然一笑：「小弟不好酒道，便學學關兄的手法吧。」他也學關明月一般將右手按在酒壺上，果然亦有一道酒箭從壺嘴中噴出，不偏不倚地正落在放於桌上的酒杯中。

扎風冷笑道：「邯鄲學步，東施化妝。」也虧他還記得兩句成語，只是把東施效顰說成了東施化妝。眾人俱都忍住，只有小弦與水柔清哄然大笑，扎風狠狠瞪住二人，不明所以。小弦與水柔清笑得喘不過氣來，也顧不得給扎風解釋，眼見扎風臉色漸漸漲紅，若不是礙得林青在旁，只恐就要出手洩憤。

寧徊風緩緩道：「大師不妨看仔細些，林兄這一手可與關兄略有不同。」

扎風見諸人都是目不轉睛地望著林青的手，臉上均現出欽佩的表情，仔細一瞧，才發現林青雖也是如關明月一樣用內力將酒從壺中激出，但一杯酒斟了半天卻仍是不滿，只有半杯，那小小的酒杯就若是無底洞一般。

原來那酒箭看似只有一股，其中卻有分別，一半從酒壺中倒往酒杯，另一半卻是從酒杯中反射回壺中。要知林青身為暗器之王，若僅論手上的功夫，只怕天下無人能出其右，這不過是牛刀小試，雖難說能趕得上龍判官內力的霸道之處，但手法的小巧、使力的精妙卻是令人大開眼界。

關明月有意拉攏林青，按下心中的妒意，連聲叫好。蟲大師亦來了興趣，笑道：「林兄不好酒道，我可不但是個酒鬼，還是個懶人，現在便借林兄的酒過過酒癮吧。」言罷張唇一吸，林青杯中那股酒箭突然分出一股射入蟲大師口中，而從酒壺中倒出的酒箭卻仍是絲毫不亂地射往杯中，杯中的酒仍是不多不少維持著半杯。

看到這猶若變戲法般的情形，眾人掌聲雷動，小弦更是興奮得滿臉通紅，巴掌都拍疼了。齊百川與關明月並不認得蟲大師，但見他露了這一手都不由刮目相看，均在想林青從何處找來這樣一個絕頂高手？扎風卻是面色慘白，此刻才知天外有天人外有人，半張著大嘴愣在當場，再也說不出一句話來。

寧徊風哈哈大笑：「這一杯酒喝得精彩，足令小弟終身難忘。」

「還是寧兄敬得精彩。」林青含笑收功，迎上寧徊風的目光，直言道：「酒酣意暢後，寧兄是不是該奉上主菜了？」

齊百川先後見了龍判官、林青與蟲大師的神功，已是有些心灰意冷，對寧徊風一抱拳：「寧先生但請說出擒天堡的決定，無論結果如何，齊某皆會甘心接受，回去如實報上泰親王。」

寧徊風先咳了數聲，一聲長笑，手指廳中那口大箱子：「主菜便在其中！」

聽寧徊風如此說，眾人的眼光不由都落在那口古怪的箱子上。此廳本就不大，諸人座位相隔不遠，中間又放上這麼一口大箱子，頗顯擠迫，更添一種詭異的氣氛。

諸人進廳時見到那箱子突兀地放於正中，便覺得其中定有文章，卻委實想不透寧徊風葫蘆裡賣的是什麼藥，均不言語，唯有扎風耐不住叫道：「寧先生你玩什麼花樣？這口箱子中放的是什麼？」

龍判官呵呵笑道：「大師莫急，這口箱子裡的東西乃是寧先生精心為大家準備的，與在場諸位都有點關係。」聽他如此一說，眾人心頭疑慮更深，均望著寧徊風，待其解謎。

寧徊風眼見眾人的好奇心全被勾了起來，滿意地一笑，提高聲音：「各位遠道而來，可算給足了擒天堡面子，可這結盟一事卻也讓堡主與我左右為難，卻不是怕得罪那一方，只是川東離京師甚遠，能得到泰親王與太子的另眼相看，既是受寵若驚，又是誠惶誠恐，唯怕空掛一個盟約卻談不上有何助宜。」

「普天之下莫非王土。」龍判官接口笑道：「龍某雖只是武林中人，但一向奉守朝廷法紀，擒天堡雖是江湖門派，卻也常常幫助官府維護一方安定，若是能為川東百姓多出一份力，實是心中所願。」

寧徊風與龍判官一唱一和，這番話可謂取巧之極，既不表明態度與何方結盟，又不開罪各方勢力。眾人心頭無不暗罵一聲「老狐狸」，小弦卻聽水柔清低低道了一聲「寧滑風」，肚內暗笑，強自忍住，目視水柔清，重重點了一下頭，面上卻仍裝作若無其事的樣子。

寧徊風繼續道：「何況泰親王與太子一向對擒天堡多有照顧，只要泰親王與太子有何吩咐，擒天堡上下無有不從，事實上以往雖無結盟之約，卻已有結盟之實。而這若是簽上一紙合約，白紙黑字寫得清清楚楚，卻不免會引起江湖上一番說辭……」說到這裡，見齊百川與關明月臉上色變，寧徊風微微一笑，拍拍手掌，二個黑衣人應聲走了進來，站在那口大箱子旁邊，靜待寧徊風的號令。

林青與蟲大師互望一眼，神色喜憂參半。聽寧徊風的語意，與泰親王或是太子結盟一事怕是要不了了之，但顯是另有下文，莫不是與將軍府已先結盟了麼？推想到鬼失驚未現身於此，或許便是已與擒天堡有了什麼合約回京覆命了。

寧徊風呵呵一笑：「若是現在當場宣佈擒天堡與何方結盟，只怕過不了幾天便鬧得天下盡知。人言可畏，擒天堡當得住千軍萬馬卻未必抵得了江湖流言，所以我與堡主商議之下，便分別給諸位送上一份禮物，待齊兄與關兄將此禮物送回京師，親王與太子自然便知道了擒天堡的態度，卻沒有必要在此公佈了。此間苦衷，尚請齊兄與關兄原諒一二。」

他這一說大出眾人意料，齊百川與關明月心中忐忑，均猜想對方是否早已與擒天堡暗中來往，所以一件禮物便可推知擒天堡的心意，只是表面上誰亦不願示弱，都是淡然處之，一副早就深知內情的樣子，同時抱拳道：「但憑寧先生決斷。」

林青與蟲大師猜不出寧徊風心意如何，見齊百川與關明月不置可否，心中都泛起一絲不安。寧徊風送禮之舉大有可能是緩兵之計，表面上互不得罪，暗中卻與一方定下合盟，而聽他言語合情合理亦是無從指責。

他們剛才已聽出箱中實是藏有一女子，不知寧徊風是做何安排，只好靜觀其變，畢竟身為外人，不好橫加干預。

小弦與水柔清聽到這箱子中原來是送給齊、關二人的禮物，均是大為好奇，以擒天堡富甲一方的財力，這送上的禮豈是非同小可，恨不得趕快打開箱子看看究竟。

「此箱分為三層，這第一層的禮物乃是送給妙手王的。」寧徊風目視二個黑衣人，吩咐道：「開箱！」

二個黑衣人走前幾步，各出雙手，分按在箱子兩側，齊齊低喝一聲，往中間一擠，箱蓋應聲彈起，箱子上面約有二尺餘的半截的木板隨之而碎。他們開箱的手法甚是與眾不同，那箱蓋分明已被釘死，卻不用斧鑿，全憑手上勁道互抵後產生一股向上的彈力將箱蓋頂開，更是全憑威猛的掌力將箱子上半截木板盡數震碎，而下面的木板卻絲毫不受影響，顯示出頗為深厚的內力。最難得是那箱蓋平平飛起，不見絲毫傾側，顯是二人手上的勁力不偏不倚正好抵消，可見配合熟練，心意相通。

蟲大師見兩個黑衣人身手矯健，配合無間，心中微驚，口中卻淡然道：「擒天堡藏龍臥虎，寧兄這兩個手下功夫可不弱啊。」單是這二人手上的功夫怕就不在江湖普通二流好手之下，卻僅僅是擒天堡中的不知名姓的隨從，擒天堡的實力可見一斑。

寧徊風笑道：「雕蟲之技，讓兄台見笑了。」

木箱上半截一碎，露出裡面的事物。登見一道紅光射了出來，照得廳中諸人眼前都是一花。定睛看時，卻是一株尺餘高的大珊瑚，紅光湛然。珊瑚被雕成假山之狀，十分精細，上可見亭台行廊，橋欄水瀑等。這麼大的整株珊瑚本就少見，再加上這份雕琢之功，價值著實不菲。

假山中尚有一小山洞，洞中卻放了一顆足有雞蛋大小的玉色珠子，那珠子全身晶瑩，不見一絲瑕疵，反映著珊瑚的紅光，透出一股明澹清冽之氣，洞小珠大，也不知是如何放進去的。這寶珠價值相較那珊瑚只怕還要更勝一籌，最難得寶珠與珊瑚渾然一體，似是天然長就一般，這份大禮確可謂是連城的無價之寶了。

眾人看得目炫神迷，此等寶物縱是有心求購怕也難得，也不知寧徊風從何處弄來的。小弦平日少見此等華貴之物，更是瞠目結舌。

寧徊風對關明月輕聲笑道：「此寶本叫『剖腹藏珠』，我卻嫌其隱含刀兵之氣，重起個風雅名字為『珠胎暗結』。煩請關兄帶給太子，以表我擒天堡對太子的一番誠意。」

關明月大喜，他素知太子最愛收藏各種名貴寶物，但即便是皇室內也少見這樣精緻的寶物。縱是與擒天堡合約不成，也可對太子有所交代，何況寧徊風既然故意起名叫「珠胎暗結」，其意怕亦是不言自明。

齊百川心中不忿，忍不住喃喃低聲道：「什麼『珠胎暗結』，我看是『明珠暗投』。」

水柔清見小弦嘴裡念念有詞，只道他見這寶物驚得呆了，忘了剛才與他賭氣，偏頭問道：「你做什麼？」小弦臉上一紅，卻不言語，原來他正在拚命記下這幾個成語，以備日後不時之需。

蟲大師聽齊百川語意不善，有意相幫關明月，笑道：「齊兄言重。江湖人都講究采頭，送禮更要取個好名字，若要一意糾纏於這等枝節，豈不讓人看輕了？」

關明月聽林青一方幫自己說話，膽氣愈壯，冷冷道：「江湖上一些不知名的小捕快也自封為什麼神捕，何況這等千年難遇的寶物。」這話確是直諷齊百川的神捕之名了。

齊百川大怒，但畢竟關明月成名之久，是京師大大有名的人物，而自己不過刑部一個捕頭，何況泰親王嚴令不得與太子的人馬衝突，不能太過開罪關明月，一腔怒火盡皆發在蟲大師身上，戟指喝道：「你是何人？不敢報上名姓的藏頭露尾之輩，這等地方豈有你說話的餘地？」他雖見蟲大師適才露了一手不俗武功，但心火上湧之下，再也顧不得許多。

蟲大師眼中精光一閃，正要開言，寧徊風呵呵一笑：「齊兄息怒。這位兄台不報名姓自是有其道理，他是江湖上赫赫有名之人，我這禮物亦有他的一份。」又轉臉對蟲大師道：「仁兄莫怪齊兄，看在我的面上多擔待一二。」齊百川實不敢當眾與寧徊風翻臉，只得悻然作罷，他今日屢次為關明月所笑，一口惡氣實在咽不下，只得恨恨地瞪了關明月與蟲大師一眼。

蟲大師一笑置之，心頭卻猜測寧徊風如何會準備好給自己的禮物？莫不是早就算定了自己要來此處？關明月卻是故意側開身子，對齊百川挑釁目光視而不見。

林青見齊百川與關明月勢成水火的樣子，心中暗驚，幾年不回京師，不知京師各勢力已鬧成了什麼樣子。

扎風見寧徊風亦幫著蟲大師說話，亦是坐不住：「你們漢人偏偏就是這許多的講究，那似我們藏人痛痛快快，是戰是和一言可決，這般婆婆媽媽豈不讓人笑話。」小弦雖是看不慣扎風的霸道，這番話卻聽得暗暗點頭，不知為何，他總有一種直覺：寧徊風這般故弄玄虛，其後必是藏著什麼大陰謀。

寧徊風大笑：「扎風大師莫急，這下來一個禮物卻是送與你的。」

一時齊百川與關明月亦無暇鬥氣，眾人不由重又望向那口箱子，剛才給關明月的禮物已是那般驚人，卻不知寧徊風會送給扎風什麼？

寧徊風道：「吐蕃與蜀地近壤，久聞吐蕃大國師蒙泊之名，一直無緣拜見。泰親王此次與擒天堡結盟之行專門請了大師前來，實是有其深意，是以我思考再三，將這本是給泰親王的禮物便割愛與大師，尚請大師笑納，務要理解我擒天堡的一番苦心。」

林青雖是一直不言語，但心念澄明，察觀各人的反應。他見寧徊風以一口箱子便將在座諸人的心神牢牢抓住，心頭對此人更增顧忌，相形之下，龍判官就全然如擺設一般。

寧徊風對兩個黑衣人微一點頭示意，兩人又如剛才一般運氣裂箱。大家目光望去，這次卻與剛才不同，箱裂後露出一道三尺餘高的彩色幕布，將箱內的事物圍住，不知其中是什麼。

那彩色幕布上畫有神態各異、不知名目的鳥獸草木，與中原山水潑墨素描迥然不同，在二個黑衣人的掌風漾動之下，緩緩起伏，其上所繪的鳥獸栩栩若生，充滿了動感，更增添了一種神秘的異國風情。

寧徊風對諸人惑然目光視若不見，從懷中取出一枝小管，放於唇邊，囁唇一吹，一股尖銳的聲音驀然響起，人人心中均是一跳。小弦更是覺得心口猛然一震，那份四肢無力的感覺突又襲來，大驚之下張口欲叫，卻是發不出一點聲音。蟲大師坐在他身邊，感覺有異，一把抓住他的手，將無上玄功渡入他的體內，助他抵禦寧徊風的銳音。

蟲大師心頭震憾：雖未見過寧徊風的出手，但觀他制住小弦的手法，再加上現在的音懾之術，分明是一種非常厲害的邪派武功，以往江湖上只聽說寧徊風的「病從口入，禍從手出」，更多的是說其精於算計。但現在看來，此人的武功怕是大有來歷，只恐未必在自己之下。

隨著寧徊風口中小管的聲響，那彩色幕布中發出一聲女子嬌吟聲，其音慵賴，便似是才為寧徊風發出的銳聲喚醒一般，在場諸人聽在耳中，心內俱是一蕩。

一隻手臂忽從彩幕後伸出，五指成啄狀，昂然指天。那手臂光滑白皙，肌膚幾近於透明，上面的脈胳血管隱約可現；手臂本是靜若玉雕，但隨著搭在臂上的輕紗翩然落下，如弱柳搦風，如浮萍漾水，再加上輕動的手指，驀然便有了一種流動感，如磁石般將各人的眼光牢牢吸住，均不由在心中暗歎一聲：原來藕臂蔥指便是如此這般！

那手臂柔若無骨，做出各種姿態，若棲枝彩鳳傲翼，若萌情小鳥誘歡。初時手臂高舉，越落越低，最後軟弱無力地垂搭在彩幕上，只餘二指在外，塗成粉紅色的指尖尚在不停顫抖，那種不勝其負的嬌怯更是令人血脈賁張，恨不能上前為她輕捶按摩，以舒惜花之情。就連小弦這等不懂男女之事的孩子也看得心頭怦怦亂跳，熱血上湧，一雙眼睛再也離不開那幕布，猜想其後應是怎樣一個絕代佳人。

一時廳上靜聞針落，唯有扎風的喉間發出「咕咚」一聲，卻是狠狠吞下了一口唾沫。

寧徊風似是極懂人的心理，隔了良久，靜待那隻手指將諸人的好奇心挑至最大，這才重又將小管放於唇邊。

尖銳之聲一起，那搭在幕上的手指一動，手臂再度揚起。指、掌、腕、肘、肩依次頗有韻律地晃動著，從彩幕後扶搖而起，裡面的那女子本是睡臥，如今卻似是緩緩坐起身來，手臂的盡頭終可見一頭如雲秀髮，那髮色卻呈金黃，柔軟而捲曲，與中原女子大不相同，披散在隱約半露的一段玉頸上，就若是披了一件羽衣。眾人已猜出箱中必是一異族女子，均是瞪大了眼睛欲睹芳容，但她偏偏還不露出頭來，只見到一頭金髮在彩幕端沿處如波浪般起伏不休，怎不令人心旌神馳。

寧徊風哨音再急，如同與哨聲應和般，一張雪白的臉孔從彩幕後緩緩探出，眾人屏息細看，果是一個美豔無雙的異族女郎。

小弦雖從小在滇境長大，見過不少苗瑤等異族女子，但這般金髮碧眼，顴高鼻聳的異國女郎卻是平生第一次見到，一時瞪大雙眼目不轉睛地望著那張白得幾近透明的臉孔，按中原的審美標準實是看不出妍醜與否，只是那肌膚白得耀眼，太不尋常，忍不住低聲對水柔清笑道：「比起她來你可真就像一塊黑炭頭了。」

水柔清大怒，其實她皮膚甚為白皙，只是天生人種不同，自是不能與這異國女子相較，聽小弦如此說，雖明知他在故意惹自己生氣，卻也按捺不住，當場翻臉太現痕跡，便在桌下狠狠踩了小弦一腳。這一招卻是她家傳的「隨風腿法」中的「踏梅尋芳」，迅捷無比，別說小弦武功不高，一般的江湖好手猝不及防下只怕也閃躲不開，何況小弦的視線被桌几擋住，這一腳踩個正著。

水柔清含忿一腳踩出，立時後悔，急忙收力。小弦雖學有武功，但如何敵得住四大家族的絕學，還好這一招重在以速度取勝，力量並不大，加上水柔清及時收力，不然只怕小弦的踝骨也要被踩折了。

水柔清本待聽得小弦一聲痛呼，心頭怦怦亂跳，若是平日打鬧也就罷了，在這等場合豈不讓敵人恥笑。卻不料小弦雖中一腳，口中卻無半分聲響，水柔清側目看去，卻見小弦滿面通紅，若說是強忍痛苦卻又不像，只看他目光直勾勾地盯著前方，對自己這一腳竟似渾若未覺。心中大奇，不由順著他的眼光看去。

這一看卻將水柔清看了一個面紅耳赤。原來那木箱中的異族女子已緩緩站起身來，身上卻是只罩了一層粉紅色輕紗，隨著她的身子如水蛇般扭動不休，滑臂玉腿，蜂腰聳胸，玄虛處隱約可見，再加上嘴中輕舒嬌吟，眉目間旖旎風情，在場諸人全都是胸中巨震，啞然無聲。

縱是水柔清不解男女之事，見此情形亦是羞得面上飛霞，慌忙垂下頭來。這才明白小弦何以對自己的一腳恍然不覺，心頭更恨，又是重重一腳踩了下去。

「啊！」小弦一聲大叫，將廳中眾人目光全都引了過來。寧徊風目光有意無意地一瞥林青，再掃到小弦身上，哨音停了下來，笑道：「這位大食國女子年方十八，自幼精擅舞藝，再經瑜珈高手調教，全身柔若無骨，實是少見的天姿絕色。」

林青雖是那一剎間亦是神馳目迷，但立即默運玄功，緊守靈台。此刻見寧徊風面上雖亦如廳中諸人一般迷茫，眼中卻仍是一片清明之色，心頭暗凜：剛才寧佪風的哨音中分明暗含懾魂之術，此人武功涉獵旁雜，十分邪異，再加上這份捉摸不透的心計，確是平生少見的大敵。

小弦第一次見這般香豔的情形，正在意亂情迷間，先是腳上巨痛，神智頓清。再聽到寧佪風的話，更有水柔清的一聲冷哼，這才恍然清醒，也顧不得腳上的痛楚。被寧佪風調笑也還罷了，讓水柔清見到這般情景才真是大傷面子，臉上如中熱毒般陣青陣紅，一時卻又不知該如何分辯，期期艾艾地說不出話來。

扎風耳中聽得寧佪風的話，目光不離那異國女郎，大笑道：「你們中原漢人有句古話不是叫做『食色性也』麼？如此傾國傾城的尤物，只要是個男人都會按捺不住。」再對著小弦嘿嘿一笑：「小兄弟想是初次見到，失聲驚呼亦是情有可原。再過得幾年，就更能領會其中的妙處了，哈哈……」他在三香閣中受挫於林青，此刻正好借勢冷嘲熱諷。

蟲大師微微皺眉，吐蕃大國師蒙泊他早有耳聞，聽說是一飽學之士，精通佛理，在吐蕃被藏人敬為天神，僅次於活佛之下。但如今觀其弟子言行如此，只恐其師亦是徒有虛名。

花想容一個名門閨秀，如何受得了扎風如此說話，忍不住低斥一聲，卻不好回駁。水柔清可不管三七二十一，她心中雖對小弦剛才的神情大大不滿，卻容不得扎風這般欺負「自己人」，俏臉一寒：「我中原乃禮儀之邦，這些衣容不整的女子自然是第一次見到，如何可比那些來自蠻荒之地的人。」這句話自是影射扎風不通禮教了。

扎風被一個年輕女子當面譏諷，如何按捺得住，正要發作。寧徊風卻一擺手：「自古美人配英雄，如此禮物大師可還滿意麼？」

扎風這才想起這異國女郎本是送與自己的禮物，心中大喜。他本是吐蕃王子，十足一個紈綺子弟。吐蕃王怕他不學無術，這才央吐蕃大國師蒙泊收其在門下。那蒙泊大國師武技精湛、佛理高深，在吐蕃被視為天人，本以為可以好好管教一下扎風，可扎風自幼嬌慣，如何受得了這份清苦，此次借機來擒天堡原就是抱著遊山玩水的念頭，加之一向好色如命，此刻見如此千嬌百媚的女郎落入手中，什麼結盟大計早就拋之腦後，樂得一張大嘴咧到了耳根邊，忙不迭對寧徊風道謝，恨不得這會議早些結束，好嘗嘗這異國女子的滋味。

眾人將扎風猴急的樣子看在眼裡，均是心生不屑，就連齊百川亦是長歎一聲，暗暗搖頭。

# 明將軍傳奇之 **換日箭**〈上卷〉

作者：時未寒
發行人：陳曉林
出版所：風雲時代出版股份有限公司
地址：10576台北市民生東路五段178號7樓之3
電話：(02) 2756-0949
傳真：(02) 2765-3799
執行主編：劉宇青
美術設計：吳宗潔
行銷企劃：林安莉
業務總監：張瑋鳳

初版日期：2020年6月
版權授權：王帆
ISBN：978-986-352-832-6

風雲書網：http://www.eastbooks.com.tw
官方部落格：http://eastbooks.pixnet.net/blog
Facebook：http://www.facebook.com/h7560949
E-mail：h7560949@ms15.hinet.net
劃撥帳號：12043291
戶名：風雲時代出版股份有限公司

風雲發行所：33373桃園市龜山區公西村2鄰復興街304巷96號
電話：(03) 318-1378
傳真：(03) 318-1378
法律顧問：永然法律事務所 李永然律師
北辰著作權事務所 蕭雄淋律師

行政院新聞局局版台業字第3595號 營利事業統一編號22759935


**定價：299元**



國家圖書館出版品預行編目資料

明將軍傳奇之換日箭 / 時未寒著. -- 臺北市 : 風雲時代, 2020.05　冊；　公分

ISBN 978-986-352-832-6 (上卷 : 平裝) --

857.7　　109003946